Le secret de l'ombre

LORI DEVOTI

Le secret de l'ombre

NOCTURNE

éditions HARLEQUIN

Collection : NOCTURNE

Titre original : THE WITCH THIEF

Traduction française de KAREN DEGRAVE

HARLEQUIN®
est une marque déposée par le Groupe Harlequin

NOCTURNE®
est une marque déposée par Harlequin S.A.

83-85, boulevard Vincent-Auriol, 75646 PARIS CEDEX 13.

Service Lectrices — Tél. : 01 45 82 47 47

www.harlequin.fr

ISBN 978-2-2802-4625-5 — ISSN 1950-2753

Ce livre est dédié à tous mes fans qui l'ont patiemment attendu. Vous êtes formidables.

Prologue

Il y a cent un ans

Des lèvres brûlantes glissèrent sur la gorge d'Amma. La chaleur du souffle de son amant la fit frissonner de désir. Elle écarta ses cheveux pour mieux offrir sa gorge à ses caresses, puis enroula ses doigts autour de son bras. Sa peau était délicieusement fraîche.

Il trouva les petites gouttes de sueur qui se formaient entre ses seins et les lécha. Ses yeux bleus brillaient comme des cœurs de flammes dans la pénombre. Lorsqu'elle lui mordilla le torse, il la fit rouler sur le dos pour se placer au-dessus d'elle et emprisonner ses poignets dans ses mains. Elle le laissa faire.

Ils jouaient ainsi depuis des heures, comme ils l'avaient déjà fait quelques semaines plus tôt, le jour où elle l'avait rencontré et laissé l'entraîner chez lui. Elle s'ennuyait alors. Elle cherchait quelque chose ou quelqu'un capable de la divertir, et c'est lui qu'elle avait trouvé : Joarr, son premier amant dragon. Qui se serait douté que leurs étreintes seraient aussi torrides ? Mais elle n'avait pas tardé à découvrir qu'il avait encore autre chose à lui offrir. Le dragon avait un secret… un trésor. Bien sûr, elle savait que des légendes parlaient des trésors des dragons, mais qui croyait vraiment aux légendes ?

Depuis leur dernière rencontre, elle avait trouvé un acheteur pour un objet qu'elle avait remarqué au fond de sa caverne. Ce n'était pas grand-chose : une coupe — qui n'allait sans doute pas beaucoup manquer à son amant. Elle était en or et ornée d'un dragon en relief qui en faisait le tour, mais elle était beaucoup moins impressionnante que d'autres pièces qu'elle avait décrites au Collectionneur.

En échange de cet objet dérisoire, celui-ci allait lui fournir ce qui avait le plus de prix à ses yeux : la vérité sur sa famille, son passé et ses origines. Elle avait toujours été différente de ses sœurs ; elle allait enfin comprendre pourquoi. Elle allait enfin découvrir où était sa place…

Joarr lui murmura quelque chose à l'oreille. Elle ne comprenait pas le langage dont il s'était servi, mais son sourire lui assura que ses paroles étaient encourageantes… provocantes peut-être. Elle agita les doigts pour faire crépiter son pouvoir à leur extrémité. Il lui prit la main et la fit glisser de son torse jusqu'à son ventre pour lui montrer que sa magie ne pouvait pas lui faire de mal.

Elle sourit intérieurement. Il ne savait pas de quoi elle était capable… Elle s'était présentée comme une sorcière ordinaire et lui avait caché l'étendue de ses pouvoirs, mais ses sœurs et elle sortaient vraiment de l'ordinaire. Pour commencer, elle était sans doute aussi ancienne que le dragon. Elle ne lui avait pas demandé son âge, mais elle savait que les dragons vivaient pendant des siècles, plus longtemps que les chiens de l'enfer et les garms. Les elfes eux-mêmes n'avaient peut-être pas leur longévité.

Elle fit le tour de son mamelon du bout de la langue, puis leva les yeux vers lui. Les dragons étaient si malins et si méfiants… Quelle chance elle avait eue de tomber sur le seul qui ne l'était pas !

La caverne était plus obscure que dans son souvenir. La fois précédente, le dragon devait l'avoir éclairée sans qu'elle s'en aperçoive. Elle s'était engagée sur l'échelle de bois qui permettait d'accéder à la grotte de Joarr depuis son salon. Les ténèbres étaient si profondes qu'elle ne pouvait pas compter sur sa vue. Elle descendait lentement, prudemment, en tâtant les barreaux du bout du pied avant de s'y appuyer. Finalement, elle sentit la roche remplacer les cylindres de bois. Elle se retourna, ce qui fit voler sa jupe autour de ses jambes, puis, adossée à l'échelle, fit apparaître une boule d'énergie au creux de sa main.

Sa lumière inonda la caverne. Lors de sa visite précédente, le trésor se trouvait sur sa droite… et il y était toujours. L'or et les pierres précieuses étincelaient joyeusement. Le tas avait grossi entre ses deux visites et était plus haut qu'elle à présent.

Elle courut vers lui et tomba à genoux devant. C'était un amoncellement de richesses invraisemblable. Les humains auraient tué — décimé des continents — pour se l'approprier. A vrai dire, ils l'avaient déjà fait. Le dragon, lui, avait jeté ce trésor dans un coin avec des chaises cassées et d'autres objets sans valeur. Le posséder lui suffisait, apparemment. Il ne devait pas en dépenser une pièce et ne venait sans doute jamais l'admirer.

Elle caressa un joyau étincelant du bout du doigt et poussa un soupir.

Une infime portion de ce trésor ne lui ferait pas défaut… Elle prit le joyau dans sa main, l'admira, puis le reposa.

Elle n'allait prendre qu'un seul objet. Elle n'avait besoin ni d'argent ni de pierres précieuses. Elle voulait juste la coupe et les informations que celle-ci lui permettrait d'obtenir.

Elle leva sa main au-dessus de sa tête pour mieux éclairer le tas d'or et de vieux meubles, et repéra la coupe, qui se trouvait au même endroit que lors de sa précédente visite. En se penchant pour la ramasser, elle bouscula une pile de pièces qui glissa sur le sol avec des tintements qui lui parurent assourdissants. Elle tourna la tête vers la trappe par laquelle elle était arrivée et se figea, s'attendant à voir le dragon passer la tête par l'ouverture et la réduire en cendres — du moins *essayer* de la réduire en cendres.

Pouvait-elle vaincre un dragon ? Elle fixa longuement l'échelle, le cœur battant. Toutes les légendes parlaient de héros qui avaient triomphé de dragons par la ruse. Aucune ne mentionnait une sorcière qui en aurait vaincu un dans un combat loyal. Mais son père pouvait être l'un de ces héros — peut-être même était-il un dieu… Ses deux sœurs et elle avaient la même mère, mais aucune ne connaissait son père. Celui d'Amma pouvait être n'importe qui, n'importe quoi…

Elle se sentait de taille à affronter Joarr, pourtant elle n'en avait pas envie. Ils n'avaient passé que des moments agréables ensemble. Si elle n'était pas revenue pour le voler, elle aurait peut-être même réussi à se convaincre qu'elle éprouvait de l'affection pour lui. Il était viril, sûr de lui et imprégné de magie. Elle en frissonnait dès qu'elle s'approchait de lui et ne s'était jamais sentie aussi vivante qu'en lui faisant l'amour.

Elle attendit encore. Finalement, lorsqu'il se fut écoulé assez de temps pour que ses craintes s'apaisent, elle recommença à respirer.

Amma jeta un dernier coup d'œil par-dessus son épaule et reprit confiance. Elle ne s'était pas trompée : ce dragon était négligent — et elle n'éprouvait rien pour lui. Si c'était nécessaire, elle l'affronterait sans la moindre hésitation. Mais la coupe… Il la lui fallait pour comprendre ce qu'elle était et découvrir ses propres secrets.

Elle se pencha une nouvelle fois pour la ramasser, puis elle remonta l'échelle et sortit discrètement de la maison du dragon toujours endormi.

Elle remonta sur le cheval avec lequel elle était venue et l'éperonna en direction du portail.

Lorsqu'elle atteignit le sommet de la première colline, elle s'arrêta le temps d'envoyer un baiser au dragon. Sa négligence lui avait coûté la coupe, mais peut-être venait-elle de lui donner une leçon qui la valait… Quoi qu'il en soit, elle allait se souvenir de lui avec tendresse. Le sourire aux lèvres, elle lança son cheval au galop.

1

De nos jours

— Où est le calice ? Qu'en as-tu fait ? rugit Joarr Enge en fixant la lanterne de métal.

Amma, la sorcière dont l'esprit était piégé à l'intérieur, refusa de lui répondre.

Il secoua la lanterne. Ce corps n'était pas le sien. Une princesse imprudente, qui espérait s'attribuer les pouvoirs de la sorcière, avait invité son esprit à l'habiter. Mais — tout comme lui — elle avait sous-estimé l'obstination d'Amma. Celle-ci aurait encore été en train de tourmenter la pauvre princesse si Joarr ne s'en était pas mêlé. A présent, la sorcière se trouvait là où il voulait — là, du moins, où il avait projeté de l'enfermer. Les choses ne se passaient pas exactement comme il l'avait prévu.

Il jeta un regard furieux à la lanterne. Il mourait d'envie de cracher un jet de flammes pour réduire l'objet à une flaque de métal et de verre fondus.

Son regard l'exprimait clairement, mais la sorcière enfermée dans la lanterne resta obstinément cachée.

Ses doigts se crispèrent sur la poignée et il rabattit la lanterne le long de son corps pour dissimuler sa frustration à son ennemie au cas où elle l'aurait épié sans qu'il s'en aperçoive.

Elle est bien là, se répéta-t-il. Elle refusait simplement de se montrer, comme elle le faisait depuis le jour où il l'avait ramenée chez lui un mois plus tôt. C'était en grande partie à cause d'elle qu'il n'était pas revenu dans cette maison depuis plus d'un siècle.

Il fit craquer ses vertèbres en tournant la tête d'un côté, puis de l'autre. Sa rage s'accrut au souvenir de l'endroit et de l'état dans lesquels il s'était retrouvé piégé.

Il venait de passer un siècle sous forme de dragon dans une pièce qui lui laissait à peine assez d'espace pour respirer. Il n'avait pu ni s'y retourner ni étirer les ailes. Il avait passé cent ans à regarder un mur blanc, à sentir la poussière… et à s'en nourrir.

C'était à la sorcière qu'il devait cette expérience. Le moins qu'elle pouvait faire maintenant était de lui dire ce qu'était devenu le fichu calice qu'elle lui avait volé.

Joarr poussa un grognement. Il s'apprêtait à jeter la lanterne dans sa cheminée lorsqu'on frappa à la porte.

Il posa lentement l'objet sur la table.

— Tu as gagné un répit, ma petite voleuse, mais il ne sera pas long, commenta-t-il en tapotant la vitre de la lanterne. Les dragons ont beaucoup de mémoire et très peu de patience. La mienne est presque à bout. Je veux que tu me rendes mon trésor.

Sur ces mots, il se dirigea vers la porte en grommelant un juron. Son visiteur frappa une nouvelle fois.

Il ouvrit la porte et tomba nez à nez avec Ryke Nyhus, qui le regardait, les sourcils froncés.

Joarr fit volte-face sans prendre la peine de le saluer et retourna près de la table sur laquelle il avait posé la lanterne. Qu'Amma entende donc ce que le représentant d'Ormar, l'armée des dragons, avait à lui dire ! Dans l'état où elle se trouvait, elle n'irait nulle part et ne parlerait à personne — elle n'acceptait même pas de *lui* parler. De plus, il n'appartenait pas à Ormar et n'avait pas juré de garder ses secrets.

Il s'assit à califourchon sur un banc de bois et attendit Ryke. Celui-ci hésita un instant en laissant des bourrasques de neige s'engouffrer dans son salon, puis il se décida à entrer et referma la porte derrière lui.

Joarr posa ses deux mains sur la table. Le représentant d'Ormar le harcelait depuis son retour pour qu'il paye un siècle d'arriérés d'impôts. Quel groupe chaleureux... Il ne s'en était pas trouvé un pour lui demander où il était passé. Personne n'avait exprimé ni inquiétude, ni joie, ni même étonnement en le voyant revenir. Ils s'étaient contentés de l'accueillir par des menaces.

Bien sûr, il connaissait déjà leurs cœurs reptiliens et ne s'attendait pas à autre chose.

Ryke s'arrêta devant la table et le fixa sans ciller. Joarr lui rendit son regard avec l'assurance ennuyée qu'il avait affichée à chacune de ses précédentes visites. Mais il s'aperçut vite que quelque chose avait changé. Ryke semblait fatigué et... inquiet.

— C'est bon de te revoir, Gardien du calice, lui lança le lieutenant.

Cela éveilla sa méfiance. Personne ne l'appelait jamais par son titre. Il avait cru — espéré — que les dragons l'avaient oublié.

— Ryke..., commença-t-il.

— Tu es parti un bon moment, lui fit remarquer le lieutenant en observant le salon.

— Je t'ai expliqué pourquoi lors des cinq premières fois où tu es venu réclamer tes impôts.

— Oui, les impôts..., répéta Ryke en continuant à jeter des regards autour de lui.

Joarr eut la nette impression qu'il cherchait quelque chose et se força à fixer son visage pour ne pas être tenté de tourner les yeux vers la lanterne.

— As-tu changé d'avis ? demanda Joarr sans y croire. Viens-tu m'annoncer que je ne vous dois rien ?

Joarr s'attendit à l'entendre rire et fut surpris de le voir conserver toute sa gravité.

— Comme je le disais, tu es parti un bon moment... As-tu remarqué que quelque chose manquait, à ton retour ? Le calice, par exemple ?

Des flammes dansèrent brièvement au fond de ses yeux.

Joarr pinça les lèvres. Comment pouvaient-ils le savoir ?

— Je connais la valeur du calice, répondit-il en se massant le front comme si la question de Ryke l'ennuyait. Crois-tu que je vous l'aurais caché si je l'avais perdu ? Je suis son Gardien.

— Et je sais que tu prends cette charge très au sérieux depuis que tu as perdu ton père, commenta le lieutenant.

Joarr resta parfaitement impassible. Ils savaient aussi bien l'un que l'autre à quel point cette remarque était ironique.

Joarr n'avait jamais voulu de cette responsabilité. Son plus grand désir aurait été qu'on le laisse tranquille... Mais il avait hérité de cette charge quand son père s'était fait tuer.

Il crispa les poings et s'interdit de jeter un coup d'œil à la lanterne. Il ne demandait qu'à retrouver le calice et l'aurait déjà fait si la sorcière s'était montrée un peu plus coopérative.

Ryke porta une main à son épaule pour arracher sa broche de représentant d'Ormar de sa chemise ajustée. Joarr observa son geste, puis releva les yeux vers son visage en éprouvant de plus grandes difficultés à rester impassible.

— Je ne suis pas venu en tant que représentant de l'armée, annonça Ryke en fronçant les sourcils. Suis-je toujours le bienvenu ?

— Tu l'es davantage, répondit Joarr en écartant les bras.

Il posa lses coudes sur la table sans cesser de fixer le lieutenant. Cette conversation ne se déroulait vraiment pas comme il s'y attendait et elle pouvait se révéler intéressante.

Ryke s'assit sur l'autre banc.

— Peux-tu me montrer le calice ?

Joarr ne répondit rien. De toute évidence, le lieutenant était informé de sa disparition.

Ryke poussa un soupir.

— C'est donc vrai. Tu l'as perdu… Comment ? Depuis combien de temps ? L'avais-tu déjà perdu quand tu as disparu ? Es-tu assez irresponsable pour nous laisser sans protection ?

Il se leva brusquement en prononçant ces mots et frappa du poing sur la table, ce qui fit vaciller la lanterne d'Amma.

Joarr posa sa main dessus pour la stabiliser avant de répondre d'une voix calme :

— Qu'est-ce qui te fait croire que je l'ai perdu ? Quelle catastrophe a frappé la communauté des dragons ? Je suis revenu depuis un mois. Jusqu'à ce jour, personne n'est venu me demander des nouvelles du calice ou m'annoncer l'Apocalypse… Ai-je manqué un grand désastre, ou as-tu oublié de m'en parler ?

Joarr n'avait jamais cru à la légende du calice. S'il voulait retrouver cet objet, ce n'était pas parce qu'il croyait à ses pouvoirs, mais parce que Ormar y croyait. S'il avait pu trouver une copie satisfaisante, il l'aurait jetée là où se trouvait l'original sans la moindre hésitation.

Mais un objet ancien, avec ou sans pouvoirs, était difficile à imiter — surtout s'il s'agissait de tromper des dragons.

Ryke posa ses deux mains à plat sur la table.

— Des événements se sont produits, déclara-t-il en plongeant son regard dans le sien. Nous ne les avons pas immédiatement reliés au calice, puisque nous le pensions en sécurité dans ta caverne. Nous pensions que son Gardien nous aurait avertis, s'il avait disparu…

Joarr était bien forcé d'admettre qu'il avait commis une faute majeure. Il haussa les sourcils.

— Une fois encore, ça ne peut pas être si grave, sans quoi…

Ryke se pencha au-dessus de la table pour attraper le pull de Joarr et l'attirer vers lui.

— Un dragon est mort sans raison ! Il était jeune et fort… Son corps ne présentait aucune blessure et personne n'a entendu parler d'un héros avide de gloire. Il est mort — un point c'est tout.

Joarr retint la réponse qui lui venait aux lèvres. Les dragons ne mouraient pas. Il arrivait qu'ils se fassent tuer, comme son père, mais cela se produisait très rarement. Les dragons étaient les créatures les plus puissantes des neuf mondes. Ils ne craignaient personne.

Comprenant qu'il s'était fait entendre, Ryke le lâcha.

— Hier, un deuxième dragon est mort. Il était aussi jeune et fort que le premier. Les deux cas sont semblables : pas de blessure, pas de héros.

Il se laissa retomber sur le banc, puis tourna la tête vers l'évier plein de vaisselle sale. Le vieux dragon avait les yeux cernés, et la main qu'il passa sur son visage tremblait.

— Il y a environ cinq ans, le premier dragon est parti à l'aventure dans les neuf mondes, comme la plupart des jeunes. Son voyage a duré une année. A son retour, il était fatigué et tenait à rester seul. Nous l'avons laissé tranquille, jusqu'à ce que nous comprenions qu'il se passait quelque chose. Au début, nous n'avions rien remarqué. Il était capable de se transformer, de voler, de cracher du feu... mais il est devenu de plus en plus faible. Il a perdu ses pouvoirs l'un après l'autre, jusqu'à ne plus être que l'ombre de lui-même. Nos médecins n'ont pas compris ce qui lui arrivait, et rien de ce qui s'était produit au cours de son voyage ne permettait de l'expliquer. Il avait visité tous les mondes, participé à des batailles, volé des trésors... comme tous les jeunes avant de s'assagir. Nous avons tout essayé pour le sauver. Nous avons même fait venir des sorcières... Mais il est mort en quelques mois.

— A-t-il été empoisonné ?

— Quelle importance ? s'écria Ryke en tournant la tête vers lui. Pouvons-nous mourir empoisonnés ?

La réponse était évidente. Non. Rien ne pouvait expliquer qu'un dragon meure de cette manière.

Ryke détourna de nouveau la tête en grognant.

— Il y a six mois, un autre jeune est parti à l'aventure. Même histoire, mêmes symptômes, même issue.

— Est-il mort ? demanda Joarr en sentant son sang se glacer dans ses veines.

La mâchoire crispée, Ryke acquiesça.

— Il a survécu un mois après son retour. De nouveau, nous avons tout essayé. Cette fois, nous avons même envoyé des éclaireurs enquêter dans les neuf mondes… mais c'était comme chercher une pépite d'or au cœur d'une montagne. Il nous a raconté une partie de son voyage en rentrant, mais il est devenu si faible… Il a dû en omettre la plus grande part.

— Qui était ce dragon, Ryke ? ne put s'empêcher de demander Joarr.

Il n'était pas normal qu'un lieutenant d'Ormar exprime autant d'émotion.

— Mon fils, répondit Ryke en continuant à fixer l'évier. Mon fils unique. Et il n'était pas parti seul. Son cousin l'accompagnait. Ari est rentré, mais nous n'avons jamais revu Brandt. Ari nous a expliqué qu'ils s'étaient séparés à un moment. Ils avaient prévu de se rejoindre, mais Brandt ne s'est pas présenté à leur rendez-vous. Ari l'a attendu jusqu'au moment où il a compris qu'il était malade. Je pense qu'ils sont morts de la même chose et que Brandt n'a pas eu la force de rentrer.

Joarr ne sut pas quoi dire. Ryke et lui n'étaient pas proches. A vrai dire, ils ne faisaient que se tolérer. Et puis les dragons n'avaient pas pour habitude de se consoler les uns les autres… Il fit donc ce qu'il pouvait faire de plus charitable en ces circonstances : il changea de sujet.

— Et tu crois que j'ai perdu le calice à cause de ces deux morts et d'une disparition ?

Les dragons étaient convaincus que le calice les protégeait, que c'était grâce à ses pouvoirs qu'ils étaient les créatures les plus puissantes des neuf mondes. Joarr trouvait cette idée ridicule. Quelle ironie qu'on l'ait chargé de le conserver… Mais la tradition prétendait que seul le Gardien et ses descendants étaient capables de contrôler ses pouvoirs.

— J'ai reçu ça hier, déclara Ryke en tirant une enveloppe de sa poche.

Celle-ci n'avait rien de remarquable. C'était une enveloppe blanche telle qu'on pouvait en trouver dans n'importe quelle papeterie du monde des humains.

Ryke en sortit une lettre qu'il déplia et jeta sous son nez.

Elle aussi était parfaitement ordinaire. C'était une feuille de papier blanc sur laquelle on avait imprimé quelques mots à l'encre noire.

Je sais où se trouve le calice. Si vous voulez le récupérer, envoyez un dragon au portail. Il y recevra de nouvelles instructions.

Flairant un piège, Joarr pinça les lèvres.

— Tu y crois ? demanda-t-il à Ryke.

Celui-ci fronça les sourcils.

— Dis-moi que j'aurais tort d'y croireparce que tu as le calice…

Joarr ne répondant rien, il secoua la tête.

— Nous aurions dû nous en apercevoir plus tôt. Nous n'avons jamais été la proie de personne… Qui aurait eu l'audace ? Nous étions invincibles tant que le calice nous protégeait. Nous aurions dû comprendre que tu l'avais perdu dès que le premier dragon est revenu malade… Nous avons essayé de le soigner et de découvrir ce qui l'avait tué… alors que nous devions seulement retrouver le calice.

Il s'interrompit un instant.

— Plus précisément, *tu* dois retrouver le calice.

Evidemment.

2

La caverne était froide et obscure. Joarr, qui y voyait dans le noir presque comme en plein jour, ne s'était pas donné la peine de prendre une lampe. Il rangea la lettre dans sa poche et leva la lanterne. Amma n'avait fait aucun bruit ni trahi d'aucune manière qu'elle se trouvait à l'intérieur depuis le départ de Ryke. Joarr se demanda ce qu'elle avait entendu de leur conversation. Se réjouissait-elle des ennuis qu'elle lui avait causés et de ceux qui l'attendaient ?

Avant de partir, le lieutenant lui avait rappelé qu'il devait toujours un siècle d'arriérés d'impôts à Ormar et avait conclu par une menace. S'il échouait à retrouver le calice, l'armée des dragons lui prendrait tout : elle brûlerait sa maison, lui confisquerait son trésor, scellerait l'entrée de sa caverne et le condamnerait à l'exil.

Les dragons exilés devenaient des wyrms, de monstrueux bipèdes incapables de prendre une autre forme que la leur et ne vivant que pour satisfaire leurs appétits féroces de chair fraîche, de pouvoir et de richesses.

Le crime de la sorcière le mettait dans une situation périlleuse.

Il avança jusqu'au fond de la première cavité et

contourna son trésor, auquel il n'avait pas touché depuis le jour où il avait découvert le vol qu'Amma avait commis. Les deux creux qu'avaient laissés ses seins quand elle s'était penchée sur son tas d'or étaient encore visibles. Il lui suffirait sans doute de s'en rapprocher pour sentir son parfum, mais il préférait s'en abstenir. Il était entré dans une rage folle la dernière fois qu'il avait tenté l'expérience et n'avait pas l'intention de recommencer. Non… Cette fois, il allait s'occuper d'Amma avec la froideur calculatrice dont elle avait fait preuve pour le voler.

Un passage étroit, dans lequel il pouvait à peine se glisser sous sa forme humaine, s'ouvrait au fond de la première cavité. Il menait à une seconde cavité encore plus vaste, dans laquelle il se rendait rarement. Il y entreposait ce qu'il possédait de plus précieux — les objets qui n'avaient pas pour seule fonction de satisfaire l'obsession des dragons pour les trésors. Il n'y avait là qu'une table de deux mètres de long et, posé dessus, un objet recouvert d'un drap.

Il découvrit l'objet d'un geste brusque en tenant la lanterne bien haut, comme si elle émettait réellement de la lumière. Celle-ci tressaillit, puis se mit à vibrer.

Joarr esquissa un sourire. Amma venait de voir un fantôme… le sien.

Son corps… Les nouveaux régents d'Alfheim — un chien de l'enfer et la princesse elfe qu'Amma avait possédée pendant un temps — le lui avaient fait parvenir. Son esprit en avait été séparé par des elfes. Ceux-ci l'avaient enfermé dans un talisman dans, puis expédié dans l'entre-deux mondes de Gunngar.

Gunngar… où lui aussi s'était retrouvé piégé. Amma et lui y avaient été retenus prisonniers pendant un siècle — elle, dans une pierre précieuse, lui, sous sa forme de dragon. Il avait rêvé de se venger pendant toutes ces années. Ironiquement, alors que cela lui était enfin possible, c'était devenu le cadet de ses soucis.

Il devait retrouver le calice. Ryke lui avait fourni une piste en lui donnant cette lettre, mais il aurait été téméraire d'en suivre aveuglément les instructions. Il lui fallait davantage d'informations. En d'autres termes, il devait faire avouer à Amma ce qu'elle avait fait du calice après l'avoir volé.

Il caressa doucement la joue froide de la sorcière et secoua la tête. Que son apparence était trompeuse…

— Tu es magnifique. Tes cheveux blonds et tes yeux bleus te donnent un air si innocent… Tu ressembles à un ange… sauf quand tu fais l'amour. Toute ta perversion se révèle dans ces moments-là.

Il laissa planer sa main au-dessus de son visage, puis effleura ses lèvres.

— D'après Ryke et mes informateurs, les elfes ont tout essayé pour te détruire… à part le feu d'un dragon. Rien n'y résiste, à ma connaissance…

Il inspira profondément, puis expira en laissant un petit nuage de fumée s'échapper de ses lèvres.

— Es-tu décidée à parler ? conclut-il en rapprochant la lanterne de son visage.

Amma fit le tour de la lanterne, comme elle l'avait déjà fait des milliers de fois, à la recherche de la moindre fissure qui lui aurait permis de s'échapper. Son corps ! Le dragon avait son corps… Comment se l'était-il procuré ?

Puisque la lanterne lui permettait d'y voir, elle contempla la forme inerte qui gisait sur la table.

Rien n'indiquait qu'on lui ait manqué de respect. Elle n'était même pas décoiffée...

Frustrée par son impuissance, elle projeta son esprit contre la vitre de la lanterne.

Joarr tressaillit, puis plongea son regard glaçant au cœur de sa prison.

— Je te le rendrai si tu m'aides à retrouver le calice, annonça-t-il en balançant la lanterne au-dessus de son corps.

L'esprit d'Amma s'immobilisa, mais elle se mit à réfléchir aussi vite qu'un chat agite la queue quand il a repéré une colombe. Si elle aidait Joarr à récupérer ce qui lui appartenait, elle lui permettrait d'échapper à ce dont l'autre dragon l'avait menacé avant de partir. Elle n'avait pas tout à fait compris de quoi il était question, mais elle avait bien remarqué que Joarr avait pâli.

Or Amma n'avait aucune envie de l'aider. Elle n'était pas idiote... Elle savait à quel point il lui en voulait d'avoir volé le calice — et c'était avant qu'on l'ait menacé. A présent... s'il voulait lui restituer son corps, c'était sans aucun doute pour mieux la carboniser.

Mais son désir de redevenir elle-même l'emportait sur tout le reste.

Sa décision prise, elle rassembla son courage et fixa Joarr, qui recula instinctivement. Sa surprise lui assura qu'il devait la percevoir, d'une manière ou d'une autre, et qu'il avait compris qu'elle était prête à négocier.

— Rends-moi mon corps et je t'aiderai, murmura-t-elle en espérant que Joarr l'entendrait.

Il esquissa un sourire.

— Je te libérerai quand tu m'auras dit à qui tu as donné le calice.

Amma se rétracta en elle-même. Les dragons étaient connus pour leur fourberie. Si elle lui fournissait trop d'informations, il n'aurait plus aucune raison de tenir sa promesse.

— Un nain, répondit-elle pour rester vague.

Joarr soupira.

— Ce n'est même pas le début d'une réponse…

Il souleva sa main inerte et l'approcha de ses lèvres. Amma crut d'abord qu'il allait y déposer un baiser, puis elle le vit souffler un mince jet de flammes.

— Arrête ! s'écria-t-elle malgré elle.

Contrariée d'avoir trahi son inquiétude, elle se rétracta en elle-même une nouvelle fois. Elle ne savait pas si son corps pouvait résister au feu d'un dragon.

— Quoi ? répondit-il en tournant la tête vers la lanterne. Il me semblait qu'une infime partie de réponse valait une infime partie de ton corps…

Il plaça son petit doigt dans la paume de sa main.

— Un doigt, peut-être ? Si je le congelais, il me serait facile de le casser…

Amma aurait grincé des dents si cela lui avait été possible. Elle avait oublié qu'il avait le pouvoir de cracher de la glace aussi bien que du feu, ce qui en faisait un adversaire encore plus redoutable.

— Non ? insista Joarr en caressant son doigt. As-tu mieux à offrir ?

Amma fixa son auriculaire en se rappelant ses sensations avec nostalgie. Le dragon n'aurait pas pu jouer avec elle de cette manière si son esprit n'avait pas été séparé de son corps. Elle se serait servie de sa magie pour l'exterminer sans lui laisser le temps de cracher la moindre flamme…

— La moitié ! s'écria-t-elle.

— La moitié de ton corps ? répondit Joarr en feignant l'incrédulité. Ce sera plus sanglant…

— Non, crétin ! Je te dis la moitié de ce que tu veux savoir et tu me relâches. Quand j'aurai retrouvé mon intégrité, et que je me serai assurée que tout fonctionne correctement, je te dirai le reste.

A ceci près qu'il n'y avait rien de plus à dire… Elle avait vendu le calice à un nain et ne pouvait pas apprendre grand-chose de plus au dragon.

Joarr reposa le doigt d'Amma et laissa courir sa main le long de son corps.

— Tu veux t'assurer que tout fonctionne correctement, bien sûr… Voilà qui promet d'être divertissant.

Amma s'efforça de rester insensible à son sous-entendu, mais ne put s'empêcher de le regarder caresser son décolleté.

Il écarta brusquement sa main.

— Tu me dis la moitié de ce que je veux savoir et je te relâche, puis tu m'accompagnes. Je te rendrai ta liberté quand j'aurai retrouvé le calice.

— Je te dis ce que je sais, un point c'est tout. Que tu réussisses ou non à récupérer le calice ne me regarde pas.

— Puisque tu l'as volé, tu vas m'aider à le récupérer.

Amma compta jusqu'à dix pour retrouver son calme. Cette discussion lui donnait envie de hurler. Le dragon était en position de force et en abusait. Combien de temps allait-il lui falloir pour retrouver son fichu calice ? Comment pouvait-il exiger qu'elle reste auprès de lui pour une durée indéterminée ?

C'était sa manière de se venger, comprit-elle subitement.

Elle grommela un juron en songeant à ce qu'elle allait lui faire dès qu'elle serait libre… puis elle se ressaisit. Le dragon lui faisait perdre sa lucidité en l'énervant. Elle n'avait rien à perdre à accepter ses conditions. Il lui suffirait de disparaître dès qu'elle aurait réintégré son corps, puisqu'il ne demandait que sa parole. Décidément, les dragons étaient aussi arrogants qu'on le disait.

— C'est d'accord.

Elle ne vit plus que les yeux bleus de Joarr lorsqu'il approcha la lanterne de son visage et prit bien garde de ne pas avoir la moindre réaction qui aurait pu la trahir.

— Très bien, répondit-il.

Amma sentit son esprit gonfler à l'intérieur de la lanterne. Elle ne savait pas si Joarr était capable de percevoir sa joie et s'en moquait éperdument. Elle allait enfin retrouver son enveloppe charnelle…

Alors qu'elle s'en réjouissait par avance, elle ressentit une violente secousse. Joarr venait de poser la lanterne sur la table, à quelques centimètres de son corps. Elle contempla ses cheveux blonds qui encadraient son visage. Sa jupe préférée, qu'elle avait rapiécée et dont les franges commençaient à s'user, lui allait toujours à merveille. Elle n'avait ni pris ni perdu un kilo, ce qui l'incita à se demander ce qui était arrivé à son corps pendant toutes ces années. Dans quel état allait-elle le retrouver ? Et s'il s'agissait d'un piège ? Allait-elle se retrouver coincée dans un corps incapable de revenir à la vie ?

Joarr passa devant la lanterne. Amma ne fit qu'apercevoir son pull blanc, mais cela l'aida à triompher de son moment de panique. Son corps allait parfaitement bien.

Joarr réapparut dans son champ de vision.

Elle allait bientôt redevenir elle-même… et lui apprendre à ne pas commettre deux fois la même erreur. Comment pouvait-il être aussi naïf ?

3

Deux semaines plus tôt

Les haut-parleurs crachaient du hard rock et un client hurlait au fond du bar. Fafnir, qui marchait sur une planche suspendue à un plafond haut de huit mètres, ne prit pas la peine de baisser les yeux vers ce dernier. Il était minuit, l'heure de boire un verre — un verre très spécial. Le nain avait attendu que son père — Hreidmar, qui se faisait appeler « le Collectionneur » par ses clients — disparaisse avant de quitter son poste à la porte du bar.

— Où vas-tu ? lui demanda son frère Regin en se plantant devant lui. Tu es censé surveiller la porte… Des humains ont essayé d'entrer sans payer.

Fafnir fronça les sourcils.

— Et ils étaient plus forts que toi ? ironisa-t-il en baissant les yeux vers l'épée courte que son frère portait à la ceinture.

— C'est ton travail, pas le mien. J'ai autre chose à faire. Quelqu'un s'est encore introduit dans l'entrepôt. Papa est furieux.

— A-t-on volé quelque chose ? lui demanda Fafnir en feignant la surprise.

— Non, rien n'a été volé depuis que le calice a

disparu, répondit Regin en observant les têtes de leurs clients en contrebas.

Fafnir haussa les épaules.

— Papa ne s'en servait pas, de toute manière.

Regin lui jeta un regard suspicieux.

— Tous les objets que possède papa lui sont utiles, même si nous ne savons pas en quoi.

Ses doigts, exceptionnellement longs et fins, se crispèrent sur la poignée de son épée.

— As-tu entendu parler d'autres dragons qui seraient passés dans le coin ?

Fafnir se raidit.

— Tu sais bien que les dragons se promènent rarement dans le monde des humains…

— C'est vrai. Mais ce sont des voleurs… Et mes informateurs en ont repéré un, il y a quelques semaines.

Fafnir, qui sentit son cœur s'affoler, s'efforça de répondre avec un air blasé.

— Dans les environs ?

Ce qu'il avait dit à Regin était vrai : les dragons visitaient rarement le monde des humains — mais c'était encore plus rare depuis que le dernier n'en était jamais reparti.

— Il ne tournait pas particulièrement autour du bar, répondit Regin en secouant la tête.

Fafnir hésita. Il ne voulait pas que son frère comprenne que son histoire l'intéressait… mais il devait en savoir plus sur ce dragon. De plus, la curiosité de Regin l'inquiétait.

— Et d'abord pourquoi veux-tu savoir si j'ai entendu parler de dragons ?

Regin le fixa de son regard perçant.

— A cause du calice, évidemment… Sa magie a

un rapport avec eux et nous n'en avons plus vu un seul depuis sa disparition. Crois-tu qu'il les attire ?

Fafnir n'aurait pas demandé mieux… Il jeta un coup d'œil par-dessus l'épaule de son frère, en direction de son bureau où sa collation l'attendait. Il mourait d'impatience, mais il devait d'abord surmonter l'obstacle que constituait Regin.

— Papa connaît-il les pouvoirs du calice ? demanda-t-il.

S'il fallait absolument que Regin lui fasse perdre son temps, il pouvait au moins lui fournir des informations.

— Si c'est le cas, il n'en a parlé à personne.

Fafnir se lécha les lèvres. Son désir de sentir le liquide frais et épais couler dans sa gorge devenait obsédant.

— Alors tout ça ne doit pas être bien grave, conclut-il en écartant Regin de son chemin.

Son frère, qui était plus mince que lui, ne put résister à sa poussée. Néanmoins, l'habileté avec laquelle Regin maniait son épée rendait ce mouvement risqué. Tant pis ! Fafnir n'en pouvait plus : il lui fallait son verre.

Par chance, Regin n'essaya pas de le retenir. Fafnir poursuivit sa route aussi vite que ses petites jambes le lui permettaient en faisant osciller les planches qu'il empruntait. Lorsqu'il atteignit une intersection et s'engagea sur la planche de gauche, son frère réapparut dans son champ visuel. Il tenait bien en équilibre sur une planche qui se balançait sans même tenir la corde qui servait de rambarde.

— Reprends ton poste dès que tu en auras fini avec ce que tu es si pressé de faire ! lui ordonna-t-il. Je n'ai pas de temps à perdre ce soir.

Fafnir leva le bras pour lui signifier qu'il pouvait compter sur lui, puis franchit à pas précipités les derniers mètres qui le séparaient de son bureau. Il n'avait pas pour habitude de laisser qui que ce soit lui parler de cette manière sans réagir, mais son verre…

Il entra dans son bureau, referma la porte derrière lui et poussa le verrou. Certain que son frère n'allait pas le déranger même s'il se « souvenait » tardivement d'un autre ordre à lui transmettre, il se dirigea vers le coffre-fort dissimulé derrière un grand miroir. Ce miroir avait appartenu à son père, qui le lui avait offert — contrairement au calice qu'il cachait dans le coffre.

Il pressa le bouton situé derrière le cadre du miroir. Une porte secrète donnait sur un réduit meublé d'étagères en métal que Fafnir avait forgées lui-même. Même s'il n'était pas aussi doué que ses frères, il connaissait l'art de travailler le métal comme tous les nains. Le calice se trouvait au fond d'une étagère, dissimulé derrière un vieux casque pour plus de prudence.

Il l'enveloppa de ses deux mains et le porta à ses lèvres. Il était presque vide… mais il n'avait droit qu'à une gorgée par jour. L'elfe de l'ombre qui lui avait vendu les secrets du calice avait beaucoup insisté sur ce point. S'il ne respectait pas cette consigne, les pouvoirs du calice allaient le déborder et faire de lui ce que tous les dragons craignaient de devenir : un wyrm.

Le sang que contenait la coupe était vieux et éventé. Fafnir n'en avait pas collecté sur un dragon vivant depuis des mois. D'après l'elfe maléfique, il fallait du sang frais pour que le calice soit efficace.

Malheureusement, le monde des dragons était bien protégé.

Fafnir avait fait circuler des histoires de trésors en espérant attirer de jeunes dragons au bar, mais des mois s'étaient écoulés sans que rien ne se passe.

Ce que Regin venait de lui dire lui redonnait espoir.

Plus joyeux qu'il ne l'était depuis des semaines, il inclina le calice. *Une gorgée, rien qu'une gorgée...* , se répéta-t-il. C'était si tentant d'en boire davantage... mais il devait rester maître de lui. S'il prenait de mauvaises habitudes, il ne parviendrait plus à se discipliner lorsqu'il retrouverait du sang frais.

Il prit une profonde inspiration, mais songea au parfum du sang frais au lieu de respirer le liquide qu'il s'apprêtait à boire. Il se rappela sa chaleur délectable et le fourmillement que provoquait la magie du calice en se répandant dans son corps. Lorsque l'épais liquide coula dans sa gorge, il apaisa l'ardeur de sa soif — mais pas tout à fait.

Il ferma les yeux et resta immobile un long moment, la coupe pressée contre ses lèvres. Il inspira profondément à plusieurs reprises, se répéta son mantra, puis força ses mains à reposer le calice derrière le casque.

Les mains vides et le cœur gros, il referma son coffre-fort, puis s'observa dans le miroir.

Il n'avait pas changé. Il avait toujours des jambes courtes et arquées, des épaules larges et une tête démesurée en comparaison de celles des humains qui fréquentaient le bar. Pour un nain, il était parfaitement proportionné — et même assez séduisant. Ce n'était pas pour changer d'apparence qu'il avait volé le calice, c'était pour s'attribuer la force des êtres les plus puissants des neuf mondes. Il en avait assez d'être méprisé par son père et son frère, qui lui donnaient des ordres comme s'il n'était qu'un homme de main. Les choses allaient changer lorsqu'il posséderait la magie des dragons.

Quand il aurait enfin le pouvoir de se transformer en une créature majestueuse et invincible, le trésor de son père et la lame de son frère lui appartiendraient. Alors, il lui suffirait de prendre tout ce qu'il désirait.

Il arrondit les lèvres, souffla et esquissa un sourire lorsque s'en échappa un petit nuage de fumée noire qui sentait le soufre. Il crispa les poings, imagina qu'il se transformait en dragon, que des ailes et une queue se formaient sur son dos… mais rien ne se produisit. Il en perdit le sourire.

Il avait vidé trois coupes de sang frais et une demi-coupe de sang éventé. Combien de temps allait-il encore devoir attendre avant de pouvoir se transformer ?

Il s'observa une nouvelle fois dans le miroir en inclinant la tête.

De qui se moquait-il ? Cela ne se produirait pas sans une nouvelle source de sang frais. Il devait trouver un autre dragon… et vite.

4

Le présent

Joarr souleva la prison d'Amma et la contempla pendant quelques instants en soupesant les options qui s'offraient à lui. Il n'avait pas peur de la libérer. Même si c'était une sorcière, elle n'était pas de taille à lutter contre lui. La croyance d'Ormar n'était qu'une superstition absurde. La perte du calice ne les affaiblissait pas et, comme il l'avait rappelé à Amma, peu de choses pouvaient terrasser un dragon. Les faiblesses de ses semblables étaient bien répertoriées : leur penchant pour les trésors et leur naïveté face à la ruse de leurs adversaires.

En l'occurrence, le besoin de possession n'était pas un problème : le calice était une partie de son trésor dont il se serait débarrassé avec joie si cela avait pu mettre fin à la légende qui l'accompagnait.

Quant aux dragons vaincus par la ruse, ils étaient beaucoup moins nombreux que les légendes ne le prétendaient. Les adversaires des dragons aimaient se vanter de leurs prouesses, mais personne ne parlait des nains et des prétendus héros qui avaient échoué. Les aventures de ceux qui avaient fini rôtis, congelés ou emmurés dans une caverne étaient oubliées.

Les dragons avaient un faible pour les trésors,

certes, mais ils n'étaient pas stupides — surtout pas lui.

Ainsi, il ne courait pas grand risque à relâcher Amma. De plus, il allait la garder prisonnière pendant quelque temps, ce qui le vengerait en partie du tort qu'elle lui avait fait. Avec un peu de chance, elle l'aiderait à retrouver le calice et lui éviterait de devenir un wyrm.

Joarr se pencha pour ramasser l'objet qu'il avait caché sous la table. Il n'était pas aussi naïf qu'Amma le croyait…

Il fixa la lanterne.

— Le moment est venu de remplir ta partie du contrat : qu'as-tu fait de mon trésor ?

Une volute de fumée de couleur changeante tourbillonna dans la lanterne. Elle devait être en train de réfléchir… c'est-à-dire de chercher un moyen de le tromper. Il secoua sa prison.

— Donne-moi un nom et un monde !

La fumée, qui avait viré au rose, s'immobilisa. Alors des mots se formèrent dans sa tête.

— Le Collectionneur. Un nain.

Ce nom ne lui disait rien, et la lettre que Ryke lui avait donnée semblait provenir du monde des humains et non de Nidavellir, le domaine des nains. Joarr tapota la vitre de la lanterne.

— Dis-moi la vérité si tu veux sortir !

— C'est la vérité.

Même sans voix, Amma parvint à lui faire percevoir son agacement.

— Pourquoi voulait-il le calice ?

— Je n'en sais rien. Il *collectionne* des objets.

Elle perdait patience. Curieusement, alors que sa mauvaise humeur aurait dû le faire hésiter à la relâcher, elle eut sur lui l'effet contraire. Il allait prendre plaisir à retrouver Amma… Le siècle qu'elle avait passé séparée de son corps ne lui avait rien fait perdre de son mordant. Peut-être n'avait-elle rien d'autre à lui offrir, d'ailleurs… Mais la perspective de batailler contre elle, de jouer avec elle, et peut-être de l'aider à célébrer ses retrouvailles avec son corps, rappela à Joarr que lui aussi avait été prisonnier. Tous deux avaient été privés des mêmes plaisirs.

Alors pourquoi s'interdiraient-ils de les redécouvrir ensemble ?

Il baissa la lanterne le temps de réfléchir. Initialement, il comptait lui soutirer davantage d'informations avant de lui rendre son corps… sauf qu'il lui serait plus facile de la contrôler et de percer ses secrets lorsqu'elle aurait retrouvé son intégrité physique. Sous forme de dragon, il pouvait lire dans les esprits. La sorcière, qui devait l'ignorer, allait avoir une mauvaise surprise…

Sa décision prise, il souleva le couvercle de la lanterne.

— Rentre chez toi, murmura-t-il.

La liberté… Amma pouvait la sentir. Elle ne l'avait pas encore atteinte, mais elle était toute proche.

Elle s'envola de la lanterne. Elle perdit aussitôt la vue, qu'elle ne devait qu'à ses vitres magiques, mais c'était sans importance. Elle avait développé d'étranges talents au cours du dernier siècle : elle était capable de sentir la pulsation de la vie autour d'elle.

Joarr était tout près et sa présence était immense. L'intensité de son existence était si grande qu'elle exerçait sur elle un attrait irrésistible. Sa voix l'arrêta net alors qu'elle y cédait.

— Es-tu là-dedans ?

Il devait s'être penché au-dessus de son corps… Amma se força à rester immobile et se concentra sur l'espace vide, près de Joarr, où elle se rappelait avoir vu son corps. Elle contraria son penchant instinctif et se répéta que ce n'était pas une pulsion de vie qu'elle cherchait : c'était son enveloppe charnelle, à laquelle elle devait *rendre* la vie.

Elle s'efforça de percevoir un indice qui lui confirmerait la position de son corps et ne ressentit strictement rien. Assaillie une nouvelle fois par la crainte d'être piégée dans une chose morte, elle hésita. Mais que pouvait-elle faire d'autre ? Ses seules options étaient de rester sous forme d'esprit ou de tenter d'investir un autre corps… Or sa dernière expérience avait été particulièrement désagréable.

En réalité, elle n'avait pas le choix. Elle rassembla son courage et s'approcha.

— Amma ?

Joarr, penché au-dessus de la sorcière, attendait avec une anxiété croissante de la voir revenir à la vie. Pas un instant il n'avait songé que le fait d'ouvrir la lanterne pouvait ne pas suffire.

Sans vraiment y réfléchir, il avait imaginé qu'Amma saurait se débrouiller seule.

Son inquiétude grandissait de minute en minute. Quelles catastrophes Amma pouvait-elle provoquer sous forme d'esprit ? Une mauvaise conscience inattendue s'éveilla en lui. Alors qu'il avait menacé la sorcière d'innombrables fois, l'idée qu'elle pouvait se perdre pour l'éternité par sa faute le fit paniquer.

Alors qu'il tournait la tête vers la lanterne pour s'assurer qu'elle en était sortie, il entendit tinter les menottes. Il se retourna vivement. Amma avait bougé… Celui de ses bras qu'il avait attaché au sien fut saisi d'un autre soubresaut.

Sa poitrine se soulevait avec difficulté… mais elle se soulevait. Son bras attaché ne pouvant accomplir ce geste, elle replia l'autre pour passer sa main sur son visage.

— Amma ? répéta-t-il. Es-tu là ?

Surpris d'entendre sa voix trahir sa panique, Joarr prit une profonde inspiration avant de poursuivre :

— Est-ce que tu m'entends ?

Lorsque ses paupières s'ouvrirent, il retrouva les grands yeux bleus dont il se souvenait et s'abîma dans la contemplation de leur profondeur azurée pendant quelques instants.

Ses lèvres pulpeuses s'entrouvrirent.

— Dragon ? murmura-t-elle.

Il s'approcha jusqu'à sentir son souffle lui caresser la joue.

— As-tu faim ? Soif ? lui demanda-t-il d'une voix étonnamment rauque avant de se racler la gorge.

— Je…

Une lueur étrange passa dans son regard, mais Joarr, trop occupé à inspirer son parfum suave, s'en aperçut à peine.

Elle frissonna.

— As-tu froid ?

Il posa sa main libre sur son bras et le trouva glacé.

Elle secoua la tête, puis acquiesça.

— Un peu… Aide-moi, s'il te plaît.

Joarr comprit à ses efforts vains qu'elle voulait se redresser. Il glissa immédiatement son bras libre derrière son dos et l'attira contre son torse. Sa tête retomba au creux de son cou et ses cheveux lui chatouillèrent le visage. Elle était petite et semblait si fragile…

Il aimait se la représenter ainsi et en oublia presque le redoutable adversaire qu'elle avait été. Il se pencha vers elle, inspira son haleine, puis pressa ses lèvres contre les siennes.

Il était impossible de deviner en effleurant leur peau douce et souple qu'elles avaient été privées de vie pendant un siècle. S'il ne comprenait pas ce qui l'avait conservée ainsi, Joarr ne manqua pas de s'en réjouir lorsqu'il sentit sa langue jouer avec la sienne et le désir naître en lui.

Il laissa courir ses doigts sur sa gorge, puis les glissa dans ses cheveux pour l'inciter à lever davantage la tête vers lui. Il mourait d'envie de la toucher aussi avec son autre main, celle qu'il avait menottée à la sienne. Lorsque Amma leva le bras auquel il était attaché, il suivit son mouvement. Elle ne s'était pas encore rendu compte qu'il les avait liés l'un à l'autre. Comme cela allait sans doute la mettre hors d'elle, il préférait qu'elle s'en aperçoive le plus tard possible.

Il plaça sa main sur celle qu'elle avait posée sur son torse et l'embrassa avec plus d'ardeur, en laissant le feu qu'elle éveillait en lui réchauffer sa peau et trahir son désir. C'était une sorte de parade amoureuse chez les dragons. Si la femelle était disposée à s'accoupler, elle le signifiait en offrant un peu de sa chaleur en retour. En général, elles étaient beaucoup plus réticentes que les mâles. Elles s'abandonnaient rarement à faire ressentir leur flamme, et c'était toujours chargé de signification. Joarr n'avait pas fait cette expérience mais ne s'était jamais montré avare de sa propre chaleur.

Même si Amma n'était pas un dragon et ne pouvait pas la lui rendre, il voulait la lui faire sentir.

Lorsqu'elle se pressa contre lui en poussant un petit gémissement, il la serra plus fort et l'enveloppa de sa chaleur.

Elle écarta les doigts de sa main posée sur son torse et plaça l'autre dans son dos. Instinctivement, Joarr s'attendit à sentir sa chaleur avant de se rappeler qu'elle n'était qu'une sorcière et n'avait pas ce pouvoir.

Alors il sentit quelque chose s'échapper de lui et comprit qu'elle aspirait sa magie.

Il se raidit.

Il lui faisait un don et elle se contentait de prendre. Il lui avait offert sa chaleur, bien sûr, mais c'était pour l'inviter à un échange. Or elle n'offrait rien en contrepartie. Elle ne s'abandonnait pas à un moment de passion… Cette maudite manipulatrice le volait… une fois de plus.

Joarr se força à rester impassible tout en se reprochant amèrement d'avoir oublié à qui il avait affaire et ce qu'elle lui avait fait.

Elle lui soutirait de la magie. C'était logique : les sorcières n'étaient pas capables d'en produire ; elles ne savaient qu'employer celle qu'elles volaient à d'autres. Aux êtres capables de changer de forme, comme les dragons, les chiens de l'enfer ou les garms, qui produisaient leur propre magie. Cela leur était nécessaire pour se transformer, et ils en perdaient toujours un peu au passage.

Les dragons étaient les plus puissants d'entre eux.

Joarr pouvait se permettre de gaspiller un peu de pouvoir et comprenait qu'Amma éprouve le besoin de refaire ses réserves, mais son geste l'avait aidé à se rappeler qu'elle était capable de tout. Sous ses airs innocents, cette sorcière était extrêmement dangereuse.

Il lui souleva le menton du bout des doigts.

— Ça suffit pour le moment, déclara-t-il en protégeant sa magie derrière un rempart infranchissable.

Elle écarquilla les yeux, puis les plissa.

Joarr secoua tristement la tête.

— Tu ne savais pas que j'en étais capable, n'est-ce pas ? Tu aurais tout intérêt à mieux connaître les défenses des gens que tu espères voler.

Elle le repoussa brutalement et s'assit au bord de la table.

— Quelles défenses ? riposta-t-elle en lui jetant un regard furieux. Le calice traînait par terre comme un vieux chiffon. Tu me l'as presque donné…

Elle s'interrompit pour observer son environnement. Tandis que ses yeux scrutaient la pénombre, il la vit se calmer pour reprendre le rôle grâce auquel elle s'était déjà jouée de lui.

Amma retrouva vite toute son innocence… mais il était trop tard. Il avait vu — et senti — sa vraie nature.

— Tu sais bien que je ne parlais pas du calice, insista-t-il en défroissant sa manche. Je parlais de la magie que tu viens de me voler en espérant que je ne m'en apercevrais pas. Je comprends que mes pouvoirs constituent une terrible tentation… mais tu vas devoir te surveiller pour le bien de notre partenariat.

Il inclina la tête et haussa un sourcil avec une condescendance exagérée.

Cela fonctionna : les yeux d'Amma recommencèrent à briller de rage.

— Sauf que je ne vois pas d'intérêt à ce partenariat, répliqua-t-elle en faisant apparaître une boule d'énergie argentée dans sa main.

Ils n'étaient qu'à quelques centimètres l'un de l'autre. D'aussi près, son arme pouvait tuer n'importe quelle créature… mais Joarr n'était pas n'importe quelle créature.

Il était grand temps qu'elle le comprenne.

Joarr se transforma. Les menottes, qu'il avait achetées à un elfe, avaient le pouvoir de changer de dimension en fonction de ses besoins. Malheureusement, l'espace confiné de sa caverne ne lui permettait pas de se déployer dans toute sa gloire… mais il se savait impressionnant même lorsqu'il limitait sa taille. Sous sa forme de dragon argenté, il était bien plus éblouissant qu'un millier de boules d'énergie d'Amma. Même si cela ne dura qu'un instant, l'expression de la sorcière le lui confirma. Il se consola de la brièveté de son triomphe en songeant qu'elle n'allait pas manquer de le défier encore — et qu'il n'allait pas toujours être limité par l'espace dont il disposait. Joarr s'en amusa d'avance.

Il approcha sa gueule de la boule d'énergie et souffla de la glace. Il avait toujours adoré disposer des deux pouvoirs contraires, ce qui lui permettait de surprendre ses adversaires.

En se rencontrant, la boule et le jet de glace explosèrent en un feu d'artifice d'échardes argentées.

Amma poussa un petit cri et voulut fuir, mais les menottes la firent trébucher. Joarr étendit ses ailes pour la protéger tandis que les échardes volaient dans toutes les directions pour finir leur course sur les parois de la caverne sans y faire le moindre dégât. Les cavernes étaient solides. Elles existaient déjà depuis longtemps quand les dragons les avaient découvertes et un petit feu d'artifice magique ne pouvait pas suffire à les détruire.

Il baissa les yeux vers la sorcière qu'il protégeait. Elle gisait par terre, le souffle court, et fixait les menottes qui la liaient à un dragon argenté.

— C'est tout ce que tu sais faire ? lui demanda Joarr par télépathie. Je m'attendais à mieux…

Elle poussa un juron et leva ses deux mains en écartant les doigts. Des fils d'énergie formaient une dangereuse toile d'araignée entre eux. Mais, une fois encore, celle-ci ne pouvait pas faire grand mal à Joarr, qui commençait à se lasser de ce petit jeu.

Il secoua la tête et souffla juste au-dessus d'elle de petits cristaux de glace presque invisibles à l'œil nu mais aussi redoutables que la boule dont elle l'avait menacé. Elle leva les mains au-dessus de sa tête pour se protéger et les cristaux se muèrent en vapeur en rencontrant les fils d'énergie.

Elle lui décocha un sourire de triomphe.

Il soupira et s'assit en attendant qu'elle reconnaisse son impuissance.

Amma en profita pour se relever en le surveillant du coin de l'œil ; elle repoussa derrière son épaule les cheveux qui étaient tombés devant son visage, puis se planta en face devant lui. Elle tenait la chaîne des menottes d'une main et le menaçait de l'autre.

— Relâche-moi ! lui ordonna-t-elle.

— Je pourrais, répondit-il sans faire le moindre geste.

Elle frotta ses doigts les uns contre les autres comme pour mesurer la magie qu'ils contenaient. Joarr la sentit douter, puis s'empresser de se ressaisir.

— Relâche-moi ou je m'en charge moi-même ! insista-t-elle.

— Vas-y ! répondit-il en inclinant la tête.

Ses doigts se mirent à briller d'une lumière blanche si éclatante qu'il devint douloureux de les regarder. Amma lui jeta un regard méprisant avant de les enrouler autour de la chaîne, dont le métal s'illumina en recevant son énergie. Elle ferma les yeux et front se plissa sous l'effort.

Joarr attendit en balayant la poussière de la caverne avec sa queue. Il commençait à en avoir assez… Sous sa forme de dragon, il se sentait claustrophobe dans cet espace confiné.

Il vit Amma froncer les sourcils et remua la queue encore plus nerveusement.

Il était évident que ce qu'elle avait entrepris la vidait de son énergie — et c'était bien ce qu'il espérait. Joarr finit par bâiller. Combien de temps allait-elle mettre à comprendre son erreur ?

Gorgés de magie, les anneaux de la chaîne gonflèrent jusqu'à doubler de volume. Alors qu'ils devaient peser de plus en plus lourd dans sa main, Amma ne semblait pas s'être aperçue de leur altération. Finalement, leur poids la fit trébucher.

— As-tu fini ? lui demanda Joarr en se relevant.

A bout de patience, il ne put s'empêcher de cracher de la fumée par les naseaux et reprit forme humaine sans attendre sa réponse. Contrairement aux créatures moins puissantes que lui, il était capable de faire apparaître des vêtements en se transformant. Il opta pour un costume blanc — sa couleur préférée.

Après avoir lissé son pantalon, il ramassa la sorcière à qui l'épuisement avait rendu son innocence. Il ne put s'empêcher d'en être ému mais se força à lui parler d'une voix dure.

— Tu ne croyais quand même pas que j'allais te surestimer ? Je sais que tu es une sorcière. Même en pleine forme, tu n'aurais pas pu venir à bout de ces menottes. A vrai dire, tout ce que tu tenteras contre elles ne fera que les renforcer. L'elfe qui les a fabriquées leur a donné la capacité des sorcières à absorber toute la magie qu'on dirige contre elles... Ingénieux, tu ne trouves pas ?

Il ne s'attendit pas à ce qu'elle réponde et l'emporta dans l'autre salle de sa caverne en continuant à parler. La sentant complètement inerte, il finit par se demander si elle ne s'était pas évanouie.

Elle ne lui prouva qu'elle était encore consciente que lorsqu'ils ressortirent de l'étroit passage qui reliait les deux salles.

— Et toi ? lui demanda-t-elle. Es-tu en train d'absorber mon pouvoir ?

Alors qu'elle ne semblait plus capable de faire le moindre geste, son regard et sa voix restaient durs.

Joarr lâcha progressivement ses jambes pour la laisser glisser le long de son corps — ce qu'elle sembla apprécier autant que lui, à en juger par le regard provocant qu'elle lui jeta.

— Même en pleine possession de ses pouvoirs, une petite sorcière ne peut pas me vaincre, déclara-t-il en ignorant sa question.

Amma plissa les yeux. Alors qu'elle mourait d'envie de riposter, elle parvint à tenir sa langue.

— Comme tu sembles croire le contraire, souviens-toi que nous sommes liés, ajouta-t-il en levant le bras pour lui montrer les menottes. Et sache que nous prenons notre forme de dragon dans sa dimension réelle quand nous mourons… Ce que tu viens de voir n'était qu'une version très réduite de moi-même. Si tu réussissais à me tuer, tu te retrouverais piégée sous mon cadavre pour l'éternité.

Elle ferma les yeux, puis croisa les bras sur la poitrine et lui tourna le dos. A vrai dire, elle ne fit qu'essayer, car les menottes l'empêchèrent d'accomplir l'un et l'autre geste.

Joarr, qui en avait assez, l'attrapa par la taille et la hissa sur son épaule. Elle riposta en lui donnant un coup de coude dans la tête qui ne l'empêcha pas de continuer à marcher.

— Nous allons au portail. Si tu te souviens d'autre chose, n'hésite pas à me le dire… Je tiendrai parole si tu en fais autant. Nous allons vite être débarrassés l'un de l'autre.

5

Le trajet jusqu'au portail fut très inconfortable. Le dragon refusa obstinément de se transformer malgré l'insistance avec laquelle Amma lui répéta qu'ils iraient plus vite. S'il avait accepté de se transformer, elle aurait pu absorber la magie qui se serait échappée de lui… Dans la caverne, elle avait eu tort de lui en voler alors qu'il se tenait immobile et pouvait facilement s'en apercevoir. Il dégageait tant de chaleur qu'elle l'avait cru suffisamment distrait par son désir… Mais elle s'était trompée. Peut-être même avait-il fait semblant de la désirer pour l'inciter à dévoiler son jeu.

Cette hypothèse la contrariait. A vrai dire, c'était ce dragon qui la contrariait… autant qu'il l'attirait. Elle s'effleura les lèvres. Son baiser avait été si agréable qu'elle avait failli attendre avant de lui voler de la magie. Cela faisait si longtemps qu'elle n'avait rien ressenti du tout…

Résister à ce que le dragon lui proposait était comme refuser un cadeau des dieux. Par un suprême effort de volonté, elle y était parvenue.

Malheureusement, il l'avait surprise et empêchée d'absorber davantage de pouvoir. Elle ne savait pas les dragons capables de protéger leur magie de cette manière. Maintenant qu'elle était avertie, elle allait agir avec davantage de subtilité et ne plus laisser passer aucune occasion de se nourrir. Si seulement elle avait eu la présence d'esprit de s'imprégner de sa magie résiduelle lorsqu'il s'était transformé dans la caverne…

Oui, c'était dans ces moments-là qu'elle devait agir… Comment pouvait-il l'empêcher de se nourrir d'une énergie qui ne se trouvait plus dans son corps ?

Par conséquent, tant qu'elle ne lui aurait pas échappé, elle devait l'inciter à se transformer le plus souvent possible et absorber discrètement son énergie résiduelle comme une éponge. Avec assez de patience, elle finirait par retrouver ses pleins pouvoirs.

Joarr ne savait pas qui elle était, ni ce dont elle était capable.

Surtout, il n'avait pas la moindre idée de ce qui était en jeu pour elle.

Le dragon ne pouvait pas découvrir son secret, songea-t-elle en posant une main sur son ventre. Il ne pouvait pas deviner qu'elle avait trouvé le moyen d'obtenir la famille qui lui avait toujours manqué, et qu'il l'y avait aidée…

Le bar qui abritait le portail se trouvait à une quinzaine de kilomètres de la maison du dragon. Ils s'y étaient rendus en moto, que Joarr avait conduite d'une seule main malgré la route sinueuse qu'il leur fallait emprunter pour descendre dans la vallée. Amma, assourdie par le bruit du moteur, avait trouvé l'expérience déstabilisante et vaguement exaltante — un peu comme le dragon lui-même.

Joarr gara la moto sur l'immense parking du bar.

Le bâtiment rectangulaire de pierre blanche n'était pas à sa place dans le paysage. On l'aurait dit tombé du ciel. Dans la plupart des autres mondes, les bâtiments qui abritaient les portails étaient beaucoup plus discrets. Les dragons auraient d'ailleurs pu se passer de ce dispositif — puisqu'ils pouvaient se rendre où bon leur semblait en volant —n mais ils préféraient emprunter les portails comme les autres créatures pour ne pas gâcher l'effet de surprise.

Joarr lui prit la main lorsqu'ils s'approchèrent du bar.

— Inutile d'attirer l'attention à cause des menottes…, murmura-t-il.

Elle n'avait rien à objecter. Les garms qui s'occupaient des portails des neuf mondes ne faisaient pas partie de ses amis. A vrai dire, elle n'en avait aucun à part ses sœurs — qui n'étaient pas tout à fait des amies.

Etrangement, le parking était vide alors que le bar était bondé, à en juger par le bruit qui en provenait.

— Entends-tu ça ? demanda Joarr en s'arrêtant net à quelques pas de la porte.

Pensant qu'il parlait du vacarme de l'établissement, Amma haussa les épaules. Il aurait fallu être sourd pour ne pas l'entendre… Mais une petite chose sombre tomba du toit avant qu'elle n'ait le temps de lui répondre par un sarcasme.

Joarr leva les yeux et vit trois petits êtres sauter du toit pour atterrir devant eux dans le gravier du parking. Il attira Amma contre lui et enroula un bras autour de ses épaules. Liés comme ils l'étaient par les menottes, c'était ce qu'il pouvait faire de mieux pour la protéger.

Elle grommela quelque chose et essaya de lui échapper, mais il était beaucoup plus fort qu'elle. Tout en la maintenant fermement, il prit la mesure de leurs assaillants.

Ils étaient petits et robustes… Des nains.

Tous trois étaient vêtus de noir de la tête aux pieds et portaient des cagoules. Ils étaient armés d'épées courtes — l'une des armes de prédilection de leur espèce. L'un des trois, qui tenait un étrange flacon de verre et de métal en plus de son épée, lança un signal aux deux autres. Ceux-ci s'écartèrent aussitôt pour entreprendre de les encercler.

A force de se débattre, Amma parvint à dégager la tête du creux de son cou.

— Que veulent-ils ? grommela-t-elle.

— Rien de bon, à mon avis…

Il la serra plus fort contre lui et observa les nains l'un après l'autre. Sur un signal de leur chef, ils s'élancèrent tous au même instant.

Joarr les balaya d'un jet de glace… ou du moins essaya. Comme celui-ci était beaucoup plus fin quand il était sous forme humaine, il fut rapidement obligé de se concentrer sur le chef. Le jet l'atteignit en plein torse et le projeta contre le mur du bar.

Les deux autres s'arrêtèrent net et échangèrent un regard. Son attaque les avait surpris — ou peut-être ne s'attendaient-ils pas à le voir cracher de la glace. Les dragons qui avaient ce pouvoir étaient rares, et ceux qui disposaient des deux pouvoirs contraires l'étaient encore plus. La surprise d'un adversaire était toujours un avantage…

Profitant de leur hésitation, il souffla un autre jet

de glace sur l'un des deux. Malheureusement, sa cible, qui s'y attendait, fit un bond de côté et roula dans le gravier tandis que le jet de glace ne frappait que le mur du bar. Tout le bâtiment en fut ébranlé. Le brouhaha des conversations s'interrompit aussitôt mais personne ne prit le risque de mettre le nez à la porte ou à une fenêtre.

Les êtres qui fréquentaient les bars à portails n'étaient pas du genre à s'impliquer dans les querelles d'autrui.

— Donne-moi de la magie ! grogna Amma en levant les yeux vers lui. Laisse-moi me battre !

Le troisième nain l'empêcha de lui répondre en chargeant, l'épée levée. Cette fois, Joarr visa ses pieds. Le nain trébucha et tendit les bras par réflexe pour ne pas tomber face contre terre. La glace, en se solidifiant, le piégea à quatre pattes.

Joarr se serait amusé de sa posture disgracieuse si les deux autres nains n'avaient pas choisi cet instant pour attaquer de concert.

Ils avaient tous deux l'épée au poing, et celui qui ne tenait pas le flacon avait dégainé une hache.

Joarr cracha un nouveau jet de glace en visant encore leurs pieds, mais ses adversaires esquivèrent d'un bond pour rouler dans des directions différentes.

Joarr tourna sur lui-même en entraînant Amma. Il visa un nain, puis l'autre, sans parvenir à les atteindre.

— Ça suffit ! grogna Amma entre ses dents. Donne-moi du pouvoir… ou transforme-toi !

Elle avait raison. Il était nettement désavantagé sous sa forme humaine avec un bras attaché. Dans ces conditions, l'affrontement pouvait durer des heures…

Joarr n'avait pas assez de patience pour cela. Il se transforma en prenant sa taille normale — c'est-à-dire que son corps massif occupa tout le parking. Amma écarquilla les yeux, mais songea vite à se ressaisir pour absorber de la magie. Il la sentit puiser en lui, mais la sorcière était le cadet de ses soucis pour le moment…

Il avait des nains à vaincre.

Il la poussa doucement du pied pour l'avertir qu'il allait se déplacer et elle s'agrippa à sa jambe sans cesser un instant d'absorber sa magie.

Il en sourit intérieurement. Voilà qu'il portait une sorcière comme un bijou…

Les nains avaient profité de sa transformation pour libérer leur compagnon et ils étaient de nouveau trois à lui faire face. Joarr ouvrit sa gueule pour souffler un déluge qui allait piéger les clients du bar entre ses murs et transformer les trois nains en sculptures de glace.

Alors deux épées volèrent vers celle de ses pattes à laquelle la sorcière n'était pas accrochée. Surpris qu'ils aient visé une partie de son corps à laquelle ils ne pouvaient infliger que de légères blessures, Joarr hésita. Les avait-il sous-estimés ?

Les deux armes atteignirent leur but sans lui faire plus de mal qu'une piqûre de moustique. Il secoua la patte pour s'en débarrasser sans cesser d'observer ses adversaires. Les deux nains subalternes restèrent immobiles tandis que leur chef s'élançait vers lui. Il avait rengainé son épée et ne tenait plus que le flacon.

Il sauta et s'accrocha près de ses minuscules

blessures. Joarr, qui le sentait comme une mouche importune, secoua encore la patte sans parvenir à s'en débarrasser.

Amma hurla quelque chose qu'il n'entendit pas, poussa un juron, puis projeta un aveuglant rayon de magie sur la patte à laquelle s'était accroché le nain.

Joarr baissa les yeux vers elle. Elle était toujours perchée sur sa patte, mais s'en était écartée autant que la longueur des menottes le lui permettait pour viser son autre patte ou le nain.

Celui-ci jura à son tour, tira sa hache de son étui et la lança vers la sorcière. Au lieu de chercher à éviter le projectile, elle attaqua encore.

Les deux armes atteignirent leur cible : le rayon d'Amma frappa le nain de plein fouet et la hache de celui-ci sectionna la chaîne des menottes. Interloqué, Joarr vit l'un et l'autre rouler dans le gravier. Lorsque son regard s'arrêta sur le corps inerte d'Amma, une rage folle s'empara de lui.

Il poussa un rugissement assourdissant, puis cracha un jet de flamme qui réduisit les trois nains en cendres en un instant. Une bourrasque se chargea de projeter ce qui restait d'eux sur le mur du bar, qui en perdit sa blancheur.

Joarr, pour qui sa victoire avait le goût amer d'une défaite, reprit forme humaine en gardant les yeux fixés sur Amma.

Il se précipita vers elle sans prendre la peine de faire apparaître des vêtements pour se couvrir. Le vent froid qui soufflait n'avait aucun effet sur lui. Le corps des dragons pouvait supporter une tempête de neige comme un bain de lave. Son bras saignait un peu, mais les blessures que les nains lui avaient infligées commençaient déjà à cicatriser.

Joarr tomba à genoux auprès d'Amma et écarta ses cheveux de son visage.

Elle était pâle et avait les yeux clos. Il la prit dans ses bras et s'alarma de la sentir glacée. Seul un dragon pouvait avoir la peau aussi froide…

Il s'empressa de rapprocher ses lèvres des siennes pour souffler de l'air chaud et chargé de magie dans son corps.

Elle se mit à trembler, puis finit par ouvrir ses magnifiques yeux bleus.

— Merde ! Mais qu'est-ce qui m'a pris ? grommela-t-elle en baissant les yeux vers ses doigts, qui n'étaient plus reliés que par des fils d'énergie aussi fins que des cheveux d'ange. J'ai tout gaspillé…

Joarr esquissa un sourire, puis tourna la tête pour dissimuler son soulagement. Tandis qu'elle marmonnait en secouant la tête, il se vêtit d'un ensemble blanc qu'il fit apparaître par magie.

Lorsqu'il fut à la fois décent et apaisé, il lui souleva le menton pour la forcer à le regarder.

— Qu'as-tu fait ? lui demanda-t-il.

Elle posa ses deux mains sur son torse pour s'écarter de lui et il la laissa faire.

— Je crois que je t'ai sauvé la vie, répondit-elle en lui montrant tout ce qui restait des nains : leurs épées, leurs haches et l'étrange flacon.

La chaîne brisée se balança au bout du bras qu'elle venait de tendre. Joarr s'empressa d'en attraper l'extrémité pour lui signifier qu'il conservait la maîtrise de la situation.

— Je t'ai sauvé ! répéta-t-elle en plissant les yeux.

— Vraiment ? répondit-il en tirant sur la chaîne. Quelle chance que la hache du nain ait atteint la chaîne des menottes au lieu de toi…

— Aurais-tu préféré que je la reçoive en pleine tête ? demanda-t-elle en écarquillant les yeux pour jouer les innocentes.

Joarr poussa un grognement. Evidemment pas… et elle le savait très bien. Mais il ne se comprenait pas lui-même. Il n'aurait pas dû se soucier d'elle. C'était une voleuse, et elle avait beau prétendre l'avoir sauvé, elle avait surtout réussi à se libérer.

Il n'avait pas confiance en elle et allait jusqu'à la suspecter d'être de connivence avec les nains. Leur attaque lui avait été bien utile…

Elle fit la moue, puis secoua la tête.

— Est-ce que je regrette que la chaîne soit brisée ? Non, mais je ne suis pas libre pour autant. J'aurais dû le laisser faire…, conclut-elle en pointant son doigt en direction du flacon.

Cela éveilla la curiosité de Joarr, qui se dirigea vers l'objet en entraînant Amma.

Le flacon gisait sur le flanc. Il était débouché et contenait quelques centilitres d'un liquide rouge sombre qui ressemblait beaucoup à du sang. Il le ramassa, l'observa à la lumière, puis l'inclina d'un côté et de l'autre. Le sang qu'il contenait se déplaça lentement : il provenait donc bien de son propre corps. Le sang des dragons était en effet beaucoup plus épais que celui de toutes les autres créatures, et avait un parfum métallique beaucoup plus prononcé. Il plaça le flacon sous son nez pour en renifler le contenu.

— C'est du sang de dragon. Compte tenu des circonstances, j'imagine que c'est le mien, déclara-t-il en tendant l'objet à Amma.

Elle en renifla le contenu à son tour, puis prit un air songeur.

— Y a-t-il des légendes qui parlent du sang des dragons ? demanda-t-elle.

— Pas à ma connaissance, répondit-il en tapotant le flacon.

Amma tendit la main pour le lui prendre.

— Et toi ? demanda-t-il en repliant le bras avec méfiance. Connais-tu une recette de potion qui en contiendrait ?

Elle fronça les sourcils.

— Non.

— Me le dirais-tu si tu en connaissais ?

— Pas si j'étais la complice des ninjas miniatures, reconnut-elle en haussant les épaules.

Il ne put s'empêcher d'esquisser un sourire et lui tendit le flacon.

Amma le prit et laissa courir ses doigts sur le motif en métal qui l'ornait.

— Je trouve étrange qu'il soit de verre, lui fit-elle remarquer. Les nains ne se servent que d'objets en métal, d'habitude.

Elle avait raison. Ce flacon n'avait pas été fabriqué par un nain. Ceux-ci, qui pouvaient tout faire avec du métal, ne se servaient jamais d'autres matériaux. Il devait donc y avoir une bonne raison pour que ce flacon soit de verre… Il avait sûrement un usage spécifique. Servait-il précisément à recueillir du sang de dragon, pour éviter que ce liquide ne soit corrompu par un contenant métallique ?

Il reprit le flacon, l'observa pendant un moment, puis le glissa dans sa poche. Mieux valait le conserver… Peut-être allait-il l'aider à comprendre pourquoi les trois nains les avaient attaqués.

— Et que comptes-tu faire de ça ? lui demanda Amma en tirant sur la chaîne qu'il tenait toujours.

Bonne question… Que comptait-il en faire ? Joarr fronça les sourcils. Seul un elfe pouvait la réparer et il doutait fort que Ryke apprécie un tel contretemps.

— Je te retrouverai si tu t'enfuis, déclara-t-il.

— Et si je ne m'enfuis pas ? répliqua Amma en inclinant la tête.

Il s'approcha pour lui caresser la joue.

— Tu aimerais gagner ma confiance ?

— Ai-je vraiment le choix ? répondit-elle en haussant les sourcils.

Joarr baissa les yeux vers la chaîne. Le charme était rompu et il n'avait pas le pouvoir de rendre sa magie à l'objet, mais comment Amma aurait-elle pu le savoir ? Il glissa les deux maillons brisés l'un dans l'autre, et sa force surhumaine lui permit de les refermer d'une simple pression des doigts.

— Voilà ! C'est beaucoup mieux.

— Impressionnant…, commenta-t-elle d'un ton ironique avec une moue boudeuse.

Il lui prit la main et la porta à ses lèvres pour y déposer un baiser, puis lui montra le bar d'un signe de tête.

— Commence donc par me prouver que je peux te faire confiance. Qui sait ? Je finirai peut-être par changer d'avis…

— Commence par changer d'avis, et je serai peut-être assez stupide pour t'aider encore la prochaine fois que tu te feras attaquer par des nains…, riposta-t-elle.

— Ah, douce Amma… Comme je m'ennuierais sans toi !

Il éclata de rire, puis ouvrit la porte du bar et l'entraîna à l'intérieur.

6

Ce bar à portail ressemblait à tous ceux qu'Amma avait visités : il était sale et rempli de clients à l'hygiène douteuse. Personne ne tourna la tête vers eux lorsqu'ils entrèrent. Bien au contraire, ils semblaient tous fascinés par le verre qu'ils avaient sous le nez.

Joarr, qui était grand et robuste, intimidait par sa seule présence physique. Il était impossible de ne pas le remarquer…

Il en avait bien conscience, d'ailleurs. Il s'arrêta à quelques pas de la porte et balaya la salle du regard avec l'assurance qu'Amma commençait à lui connaître. Quelques secondes plus tard, il lui montra une table que deux elfes occupaient déjà. Ceux-ci ramassèrent leur pinte de bière et s'éclipsèrent en direction du comptoir dès qu'ils s'approchèrent.

— Ce sont des amis à toi ? ironisa-t-elle.

— J'ai bien peur que les dragons n'aient que peu d'amis…

Joarr l'invita à s'asseoir la première, puis s'installa sur la même banquette.

— Il faut avoir une grande confiance en soi pour se lier d'amitié avec un dragon, ajouta-t-il avant de se mettre à jouer avec la dentelle de son chemisier. As-tu confiance en toi, Amma ?

Amma, qui se sentait toute petite à côté de Joarr

sur cette banquette, résista à l'envie de s'écarter de lui. De toute manière, elle ne pouvait pas fuir.

— Es-tu en train de me proposer de devenir ton amie ? répliqua-t-elle aussi calmement que possible. C'est gentil…

Il esquissa un sourire qui affola son cœur.

— Mon amie ? Non, ce n'est pas exactement ce que j'avais en tête…

L'arrivée du barman la dispensa de trouver une réponse cohérente.

Il s'agissait d'un garm — un loup-garou —, ce qui n'avait rien d'étonnant. C'étaient des garms qui géraient tous les bars à portail par lesquels Amma était passée. Celui-ci se planta près de la table sans dire un mot et posa le torchon qu'il tenait sur son épaule. Comme Joarr l'ignorait, il finit par pivoter sur ses talons pour retourner derrière son bar.

— Avez-vous eu beaucoup de nains parmi vos clients ces derniers temps ? lui demanda Joarr avant qu'il ne s'éloigne.

— Ce ne sont pas des informations que je vends, répondit le garm en se retournant vers eux. Quand vous voudrez boire un verre ou aller quelque part, dites-le-moi.

Ses doigts se crispèrent autour de son torchon. Même si ce geste était bien innocent, la tension du barman était palpable.

— Je serais ravi de boire un verre, répondit Joarr en se tournant vers Amma. Qu'en penses-tu ?

Comme elle ne savait pas à quoi il jouait, Amma s'abstint de répondre. A vrai dire, elle ne comprenait pas ce qu'ils faisaient là. Il ne lui avait même pas demandé où elle avait vendu le calice, comme elle s'y attendait. Peut-être avait-il eu l'intention de le faire et en avait-il été empêché par l'attaque des nains…

Elle posa sa main libre sur la chaîne, qui pesait lourdement sur sa cuisse. Joarr en avait refermé les maillons, mais elle n'était pas stupide et s'y connaissait bien mieux en magie que n'importe quel dragon. Le sortilège qui garantissait la solidité des menottes ne pouvait pas être réparé si facilement. Ils n'étaient plus reliés que par une chaîne de métal parfaitement ordinaire qu'elle n'aurait aucun mal à briser lorsqu'elle aurait retrouvé ses pouvoirs.

Pour autant, cela ne signifiait pas qu'elle pouvait échapper au dragon. Elle ne recouvrerait vraiment sa liberté que s'il mourait, et elle n'était sans doute pas capable de le tuer en étant aussi affaiblie et sans l'aide de personne.

Joarr lui jeta un regard suspicieux.

— Ma cuisse me grattait, déclara-t-elle en lui décochant un sourire.

— Deux bouteilles d'eau, commanda-t-il en se retournant vers le garm.

Le barman impassible repartit vers son comptoir.

— Pourquoi ce calice a-t-il autant d'importance ? demanda Amma.

Elle avait entendu une bonne partie de la conversation que Joarr avait eue avec l'autre dragon, mais celle-ci avait soulevé plus de questions qu'elle n'avait apporté de réponses. Pour commencer, avait-elle commis une grave erreur en vendant ce calice ? Les informations qu'elle avait obtenues en échange ne lui avaient apporté que des problèmes, et les dragons semblaient accorder une bien grande valeur à cet objet…

Une serveuse vint discrètement poser les deux bouteilles d'eau sur la table.

Joarr déboucha la sienne, en versa le contenu dans son verre et but une gorgée.

— Il n'a aucune importance, répondit-il en balayant la salle du regard.

Amma se servit et se mit à faire tourner l'eau dans son verre.

— Ton ami s'est montré bien menaçant s'il s'agit d'un objet sans importance…

— Ce n'est pas parce que quelqu'un croit quelque chose que ce quelque chose est vrai.

— Veux-tu dire que ce calice est doté de pouvoirs imaginaires ?

— Exactement, répondit-il avant de boire une nouvelle gorgée.

Amma dessina une coupe ailée dans la buée qui s'était formée à l'endroit où elle avait posé son verre.

— Rien ne t'empêche de me parler de ces pouvoirs, s'ils sont imaginaires…, lui fit-elle remarquer.

Joarr lui jeta un regard si pénétrant qu'il la fit frémir, puis esquissa un sourire.

— Effectivement… Autant que tu saches ce que tu as volé et bradé — parce que cela ne semble pas t'avoir rapporté grand-chose…

Il s'agissait moins d'une remarque que d'une question qu'Amma préféra ignorer. Elle n'avait aucune intention de lui parler d'elle et des événements qui l'avaient conduite au point où elle en était.

Comme elle se taisait, Joarr poursuivit sur un ton « officiel » :

— Le calice est le cœur du pouvoir des dragons, la clé de notre vitalité. Tant qu'il reste sous notre contrôle, nous sommes assurés de rester les créatures les plus puissantes des neuf mondes. Si nous le perdons, nous allons nous affaiblir, devenir des proies pour d'autres espèces et finir par disparaître.

Il s'interrompit, la fixa pendant quelques secondes, puis but une nouvelle gorgée.

— Ou peut-être pas, conclut-il.

— Tu n'y crois pas.

Ce n'était pas une question. L'ironie de son ton en était la preuve.

— Le calice n'a pas protégé mon père alors qu'il était son Gardien…

— Il s'est fait tuer ?

— Par un héros, précisa Joarr en plaçant ses deux mains autour de son verre.

— Alors pourquoi les autres dragons y croient-ils ?

Amma pinça les lèvres et se perdit dans ses pensées. Que se passerait-il s'il venait à se savoir que les dragons n'étaient plus aussi puissants qu'autrefois ? Combien d'opportunistes s'en prendraient à eux pour voler leurs trésors ? Son cœur se serra. Allait-on les pourchasser et les réduire en esclavage comme les chiens de l'enfer ? Sa sœur possédait des chiens de l'enfer. Elle les avait volés à leur mère quand ils étaient tout petits… Si tous ceux qui tiraient orgueil de leur ménagerie pouvaient posséder des dragons, pourquoi s'en priveraient-ils ? Puisqu'ils étaient plus rares que les chiens de l'enfer, ils seraient encore plus menacés…

Elle se gratta nerveusement la cuisse.

— Les héros sont des êtres exceptionnels, reprit Joarr. Ils sont distingués par les dieux dès leur naissance. La magie du calice est sans effet sur eux, mais ils sont aussi très rares…

Il vida son verre, le reposa sur la table, puis jeta

des coups d'œil alentour comme s'il s'attendait à voir apparaître quelqu'un.

Il estimait apparemment en avoir assez dit, mais Amma avait d'autres questions.

— Tu as dit que le calice devait rester sous votre contrôle. Qu'est-ce que ça signifie ?

Joarr soupira.

— Tant qu'il se trouve dans le trésor du Gardien, sa magie protège tous les dragons.

— Même ceux qui se trouvent dans d'autres mondes ? demanda-t-elle en posant sa main sur son ventre malgré elle.

— Les dragons ne font que de courts séjours dans d'autres mondes, répondit Joarr en haussant les épaules. Les mâles, du moins… Je ne sais pas si le calice protège aussi les femelles. A mon avis, elles ont leur propre talisman.

— Mais crois-tu que le calice protégerait aussi un dragon qui vivrait ailleurs ? insista-t-elle.

— Pourquoi tiens-tu tant à le savoir ? demanda-t-il en lui jetant un regard suspicieux.

— J'essaie de comprendre, c'est tout…, se défendit-elle en baissant les yeux vers son dessin.

— Il n'y a rien à comprendre, grommela-t-il en soulevant son verre vide pour le reposer aussitôt. Ormar se sert de cette légende pour empêcher les jeunes de s'absenter trop longtemps. Je suppose que c'est pour ça qu'ils tiennent tant à ce que je le retrouve… Sans lui, les dragons risquent de se disperser et l'armée de perdre de sa puissance.

Il secoua la tête.

— Ils seraient prêts à tout pour éviter ça, conclut-il.

Amma garda le silence. Le moment n'était pas venu de révéler son secret à Joarr : l'existence de cet enfant qu'elle portait en elle et qui était à moitié dragon… Elle n'avait pas envisagé ce que cela impliquait avant cet instant et n'avait songé qu'à cacher son existence à Joarr. Si Ormar avait raison, le calice était bien plus important qu'elle ne le croyait. Elle devait absolument le retrouver pour empêcher des gens comme sa sœur de s'en prendre à son fils…

Pour garantir sa sécurité, elle allait devoir soit l'élever dans le monde des dragons, soit… Une nouvelle idée se forma dans son esprit.

— Tu as dit que ton père était le Gardien du calice. Qu'est-ce que ça signifie ?

Joarr fronça les sourcils.

— C'est au Gardien qu'il revient de protéger le calice. Il est le seul dragon à avoir le droit de le manipuler.

— Pourquoi ?

— Qu'est-ce que j'en sais ? répondit-il en haussant les épaules. Il y a peut-être une raison à cela, mais je parie que c'est seulement par tradition.

— Mais la mort de ton père n'a rien changé aux pouvoirs du calice… Aux pouvoirs qu'on *prête* au calice, se reprit-elle en voyant Joarr faire une grimace sceptique.

Joarr hocha la tête.

— Effectivement, parce que la charge est héréditaire. Il y avait encore un Gardien quand mon père est mort : moi.

— Oh…

Amma s'enfonça dans la banquette. Ainsi, si Joarr mourait, c'était son fils qui allait devenir Gardien… Il suffisait donc qu'il possède le calice pour être en sécurité.

*
* *

Joarr tourna la tête vers le comptoir. Pourquoi Amma s'intéressait-elle tant au calice, tout à coup ? Il avait toujours cru qu'elle savait ce qu'elle avait volé… ou qu'elle s'était au moins renseignée sur la valeur de la coupe avant de la vendre. Peut-être l'attaque des nains lui avait-elle inspiré des regrets… Joarr secoua la tête et se moqua silencieusement de sa propre naïveté. Une seule chose pouvait inspirer des regrets à Amma : le fait de ne pas avoir vendu le calice assez cher.

Un couple d'elfes de l'ombre paya le garm pour se rendre quelque part. Joarr les regarda franchir le portail en s'attendant à voir surgir une bande de nains, mais rien ne se produisit.

Lorsque le portail se referma, il se remit à songer au calice et à Amma. L'objet n'avait de valeur que pour un dragon mâle. La personne qui le lui avait acheté ne devait donc s'intéresser qu'à son apparence, à moins que…

Il se tourna vivement vers la sorcière.

— Le nain à qui tu as vendu le calice t'a-t-il dit ce qu'il comptait en faire ?

Elle sursauta et lui jeta un regard hébété qui l'incita à reposer sa question.

— Je t'ai déjà dit qu'il s'agissait d'un collectionneur, répondit-elle avec mauvaise humeur.

— Il n'a pas parlé de dragons ?

— Non. Il n'a parlé de rien. Il possédait quelque chose qui m'intéressait. C'était du moins ce que je croyais… Je lui ai demandé ce que ça me coûterait. Comme j'avais déjà visité ta caverne, je lui ai décrit les différentes pièces de ton trésor… Il a voulu le calice. C'est aussi simple que ça, conclut-elle en haussant les épaules.

— C'est aussi simple que ça…, répéta Joarr.

Sauf que deux dragons étaient morts et qu'un troisième avait disparu. Sauf que Ryke avait reçu une lettre invitant un dragon à se rendre au portail, où il venait d'être attaqué par trois nains… Il y avait forcément une logique dans tout cela.

— Que faisons-nous ici ? demanda Amma en tapotant son verre avec impatience.

— C'est une bonne question.

Joarr se leva et lui tendit la main. Ils étaient assis là depuis une demi-heure. Si la personne qui avait envoyé la lettre s'était trouvée dans ce bar, elle se serait déjà fait connaître.

Amma se leva à son tour sans lui prendre la main.

— Ne sois pas timide…, commenta-t-il en la lui prenant de force. Les gens vont croire que tu ne m'aimes pas.

Il se dirigea vers le comptoir en riant de sa propre plaisanterie. Le garm les regarda approcher sans en avoir l'air. Il était en train de sortir une bière d'un réfrigérateur, mais sa posture était un peu trop raide et ses gestes un peu trop lents.

Joarr s'accouda au comptoir et attendit.

Le garm se pencha pour farfouiller sous son comptoir pendant quelques secondes avant de lui accorder son attention.

Il se moquait de lui… Il cherchait à établir un rapport de forces qui ne pouvait jouer qu'en sa défaveur.

Un elfe de l'ombre qui était entré après eux vint s'installer au comptoir en frôlant Amma au passage. Celle-ci se retourna subitement en écartant les doigts.

Elle voulait sans doute employer la magie, mais les fils qui apparurent entre ses doigts étaient presque imperceptibles.

Elle poussa un juron, puis jeta à Joarr un regard furieux pour lui signifier qu'elle regrettait d'avoir gaspillé son énergie en l'aidant à combattre les nains. A vrai dire, il ne comprenait toujours pas pourquoi elle l'avait fait. Elle aurait pu se joindre à eux, ou bien s'enfuir pendant qu'ils l'occupaient... Alors pourquoi avait-elle employé le peu d'énergie qu'elle avait réussi à absorber pour le défendre ?

Cela aurait pu l'inciter à avoir confiance en elle, mais il y voyait surtout une raison supplémentaire de s'interroger sur ses motivations. Puisqu'elle l'avait déjà trompé, il ne pouvait pas se fier aux apparences. D'ailleurs, il y avait beaucoup trop de coïncidences dans cette histoire... Elle avait prétendu avoir vendu le calice à un nain, et c'étaient des nains qui les avaient attaqués... Il y avait forcément un rapport.

Amma releva le menton et se tourna vers l'elfe de l'ombre, visiblement éméché. Voyant qu'elle avait serré les poings, Joarr se demanda si elle comptait défendre son honneur par des méthodes moins subtiles que la magie.

Joarr fit comme s'il n'avait rien remarqué et observa la scène du coin de l'œil.

L'elfe de l'ombre poussa un grognement qu'il devait croire flatteur.

— Quel genre de créature es-tu, ma belle ? lui demanda-t-il en tendant la main.

Croyant qu'il allait essayer de toucher Amma, Joarr se raidit. Soudain, il vit quelque chose d'argenté briller dans sa paume.

— Un petit cadeau, chuchota l'elfe en montrant le bracelet d'argent au creux de sa main.

Les créatures des neuf mondes qui fréquentaient les bars à portail n'offraient jamais de cadeaux… sauf si c'était un piège.

Amma détourna la tête avec mépris. Vexé, l'elfe se rapprocha d'elle. Il tenait encore quelque chose d'argenté mais, cette fois, il s'agissait d'une arme.

Malheureusement pour lui, l'elfe ne s'était pas montré assez attentif à son environnement…

Joarr força Amma à se baisser pour souffler un jet de glace au-dessus de sa tête. L'elfe, trop concentré sur ce qu'il s'apprêtait à faire, ne vit pas le coup venir. Le souffle de Joarr le pétrifia, son bracelet d'argent à la main.

— Pour éviter tout malentendu, je t'informe que cette belle est à moi, commenta Joarr en tapotant la joue de l'elfe, ce qui fit tomber des cristaux de glace sur le sol.

Amma, qui était tombée à quatre pattes sur le plancher gluant de bière, leva les yeux vers lui, puis tourna la tête vers l'elfe.

Son expression ne permit pas à Joarr de deviner ce qu'elle pensait de son intervention.

Tous les clients qui se trouvaient autour d'eux reculèrent d'un pas en baissant les yeux vers leur verre. Joarr balaya la salle du regard pour s'assurer que personne d'autre ne voulait le défier.

Si la perte du calice avait affaibli les dragons, aucun des clients de ce bar n'en avait conscience, car il ne rencontra pas un regard.

Satisfait, il tendit la main à Amma, qui préféra se relever sans son aide. C'était compter sans le sol glissant qui la força à s'agripper à lui pour ne pas retomber. Joarr glissa un bras autour de sa taille sans se soucier de ses protestations et y prit tant de plaisir qu'il en oublia un instant tous ses soupçons.

Alors il baissa les yeux vers sa main et s'aperçut qu'elle tenait la dague de l'elfe.

7

L'objet était pesant et froid. Elle l'avait senti près de sa main lorsqu'elle était tombée et l'avait ramassé sans y penser. Elle prit subitement conscience qu'il s'agissait d'une arme dont l'elfe s'apprêtait à se servir contre elle, et comprit du même coup pourquoi Joarr l'avait forcée à se baisser.

Elle se perdit dans ses pensées en caressant le manche poli de la dague. Joarr venait de la sauver… Mais elle en avait fait autant juste avant et n'aurait jamais eu besoin de son aide s'il ne l'avait pas entraînée dans ce bar, ou s'il avait accepté de lui céder un peu de magie. Saisie d'une colère soudaine, elle pointa l'arme vers Joarr… pour se souvenir immédiatement du calice.

Comment pourrait-elle gagner sa confiance si elle l'attaquait ? Or elle avait besoin de lui pour retrouver le calice — et le voler dans l'intérêt de son enfant.

— Merci, dit-elle en retournant l'arme pour la lui tendre par le manche.

Joarr écarquilla les yeux. Le garm ne lui laissa le temps ni de lui répondre ni d'esquisser le moindre geste. Il se pencha par-dessus le comptoir et lui arracha l'arme de la main.

— Les armes sont interdites près du portail, déclara-t-il en la jetant dans une poubelle.

Joarr ne l'avait pas quittée des yeux. Amma referma la main et laissa retomber son bras le long de son corps. Elle n'avait rien à se reprocher : elle venait simplement de renoncer à l'arme pour gagner sa confiance. Alors pourquoi l'insistance de son regard la mettait-elle si mal à l'aise ? Elle détourna les yeux et remarqua un nain au visage dissimulé par un large chapeau au bout du comptoir. Elle se raidit instinctivement, puis se força à se détendre. Des milliers de nains utilisaient les portails... Il n'y avait pas de raison pour que celui-là soit de mèche avec ceux qui les avaient attaqués.

Néanmoins, elle ne put s'empêcher de le surveiller du coin de l'œil. Joarr, qui la fixait toujours, fit un geste brusque. Amma tressaillit, mais il ne fit qu'arracher le bracelet à l'elfe pétrifié avant de prendre sa main pour l'y déposer.

— Il n'en a plus besoin, conclut-il.

Amma baissa les yeux vers le bijou, puis les releva vers Joarr sans savoir si son geste l'agaçait ou lui faisait plaisir. S'il voulait lui faire un cadeau, il aurait été mieux inspiré de lui rendre sa liberté ou de lui céder un peu de magie... Elle baissa encore les yeux vers le bracelet. Jamais on ne lui avait offert un objet aussi inutile et féminin. Elle songea à s'en débarrasser, mais ses doigts se replièrent autour du bijou indépendamment de sa volonté.

Contrariée, mais estimant le moment mal choisi pour analyser sa réaction, elle le glissa dans sa poche.

— Etes-vous là pour une raison précise ? demanda le garm à Joarr.

Le loup-garou n'avait pas eu la moindre réaction quand Joarr avait congelé l'elfe pour arracher l'arme qu'elle tenait. Il semblait maintenant à bout de patience… et la fixait d'un air méfiant.

Voyant là une occasion de faire progresser les choses, Amma s'empressa de lui répondre.

— Oui.

Elle se tourna vers Joarr comme si elle demandait sa permission pour poursuivre. Le dragon se contentant de lever un sourcil, elle se pencha au-dessus du comptoir pour chuchoter à l'oreille du garm les coordonnées du portail qui permettait de se rendre chez l'une de ses sœurs.

Celui-ci inclina la tête et l'observa pendant quelques instants.

— Je peux vous envoyer là-bas, mais il n'y a plus personne, finit-il par répondre. La sorcière qui y vivait a disparu et ses chiens de l'enfer errent dans la campagne. Vous n'êtes pas au courant ?

Amma serra les dents pour dissimuler sa stupeur.

— Vraiment ? intervint Joarr. Cette sorcière avait-elle des amis nains, par hasard ?

Amma agrippa sa jupe pour garder son calme. Sa sœur Lusse n'aurait jamais abandonné sa meute… Quelque chose d'horrible avait dû se produire.

Elle se tourna vers Joarr en s'efforçant de rester impassible malgré sa panique. Son autre sœur menait une existence nomade. Amma, qui ne l'avait pas vue depuis un siècle, n'avait pas la moindre idée de l'endroit où elle pouvait se trouver. De plus, si Lusse n'avait jamais été très chaleureuse, Huld était la froideur et l'égoïsme incarnés. Elle n'aurait pas hésité à vendre tous les secrets d'Amma pour un profit dérisoire.

Si Lusse avait disparu, Amma n'avait plus rien…

hormis son secret. Elle ne put s'empêcher de poser sa main sur son ventre.

Comme Joarr continuait à l'observer, elle s'en prit au garm pour faire diversion.

— Nous avons été attaqués sur le parking, et une deuxième fois sous vos yeux. Tenez-vous toujours aussi mal votre établissement ? le provoqua-t-elle en fronçant les sourcils.

Cela n'ébranla pas le loup-garou.

— Je croyais vous l'avoir déjà dit : je sers des boissons et je fais fonctionner le portail. Vous feriez mieux de rester chez vous si vous vous inquiétez pour votre sécurité…, ricana-t-il avant de se tourner vers Joarr. Y a-t-il une autre destination qui vous intéresse ?

— C'est peut-être à vous de me le dire, répondit-il après avoir jeté un dernier regard méfiant à Amma. Est-ce que quelqu'un, quelque part, est à la recherche d'un dragon ?

— Les dragons n'ont pas beaucoup utilisé les portails, ces derniers temps, lui fit remarquer le garm en inclinant la tête.

Joarr soupira.

— Sans doute pas mes aînés, qui sont bien plus sages que moi… Mais comment pourrais-je résister au charme de ces lieux ? répondit Joarr en embrassant d'un geste la salle crasseuse bondée de clients louches.

Le garm remplit une pinte de bière et la fit glisser vers le nain qu'Amma avait remarqué quelques instants plus tôt sans même lui jeter un coup d'œil. Si Joarr s'était aperçu de sa présence, il n'en avait rien laissé paraître.

— Vous n'avez pas payé vos verres, fit remarquer

le garm à Joarr. Et je suis sûr que vous tenez à laisser un pourboire…

Joarr tira un petit sac de la poche de son pantalon et le posa sur le comptoir.

Le garm l'observa avec méfiance, puis jeta un coup d'œil à Joarr avant de l'ouvrir et d'en renverser le contenu sur le comptoir. Il écarquilla les yeux en voyant de la poudre d'or se répandre sur le bois sale.

— On dirait…

Joarr soupira.

— Un trésor. Oui, ça y ressemble… Et puisque je suis un dragon, croyez bien que je suis très contrarié de m'en séparer. L'avarice est notre grande faiblesse, n'est-ce pas ?

Il posa ses deux mains sur le comptoir et se pencha vers le garm, ce qui força Amma à suivre son mouvement et révéla les menottes.

— Alors, y a-t-il des lieux que j'aimerais visiter ? demanda Joarr en frappant le comptoir du plat de la main avec impatience.

Le garm tourna le dos au nain avant de lui répondre.

— Il se trouve qu'un client a payé d'avance le passage d'un dragon vers une certaine destination… Est-ce que ça vous intéresse ?

Joarr esquissa un sourire et prit la main d'Amma.

— Cette offre n'est valable que pour un dragon voyageant seul, s'empressa de préciser le garm.

Les yeux de Joarr étincelèrent, mais il tira un deuxième sac d'or de sa poche sans cesser de sourire.

Le garm baissa les yeux vers le pot-de-vin que Joarr lui offrait sans le prendre.

— La gestion d'un bar à portail est un emploi convoité, lui fit-il remarquer. Je prends mon travail très au sérieux.

Les yeux de Joarr étincelèrent de plus belle.

— Bien sûr, cette destination n'est pas réservée aux dragons, reprit le garm en croisant les bras. Si quelqu'un voulait s'y rendre et payait son passage, je me ferais un plaisir de l'y envoyer…

Il jeta un bref coup d'œil à Amma.

— Et quelle est cette destination ? grogna Joarr.

Le garm s'éloigna de quelques pas pour ramasser une pinte vide.

— Malheureusement, c'est une information confidentielle.

— Alors comment…

Amma sentit les doigts de Joarr se crisper autour de sa main et sa température s'élever sensiblement. Même s'il s'efforçait de rester impassible, il commençait à perdre patience.

— Et si quelqu'un demandait à se rendre au même endroit que lui ? s'empressa-t-elle d'intervenir. Il suffirait de ne pas changer les coordonnées du portail…

— Ça me paraît envisageable, répondit le garm en souriant avant de ramasser le deuxième sac d'or pour le ranger dans un tiroir.

Joarr serra de nouveau la main d'Amma. Les provocations du garm le mettaient hors de lui… Amma posa une main sur son bras pour le calmer puis, surprise par sa propre réaction, s'empressa de l'écarter.

Malgré sa brièveté, son geste parut avoir l'effet escompté. Joarr tira un autre sac de sa poche.

— Etes-vous sûr que c'est la seule solution ? demanda-t-il au garm en le regardant droit dans les yeux.

— Oui, répondit le barman en posant son torchon sur le comptoir.

Joarr se tourna vers Amma, qui souleva sa main du comptoir pour attirer son attention sur les menottes.

— Tu sais bien que nous ne sommes pas vraiment attachés l'un à l'autre, lui dit-elle. Je suis une sorcière : je m'y connais assez en magie pour savoir que tu n'as pas réparé ces menottes en refermant simplement les maillons.

Elle esquissa un sourire en le voyant froncer les sourcils. Il l'avait sous-estimée…

Joarr se retourna vers le garm.

— Puisque vous devez connaître les pouvoirs des dragons, vous savez sûrement que je n'aurai pas besoin d'un portail pour vous retrouver…

Le garm esquissa un sourire.

— Pourquoi voudriez-vous me retrouver ? Etes-vous en train d'insinuer que je pourrais vous tendre un piège ?

— Je suis quelqu'un de prudent, répondit Joarr en jetant le sac d'or sur le comptoir. Assurez-vous qu'elle me suive.

Craignant que Joarr ne change d'avis si elle se montrait trop impatiente d'être libérée des menottes, Amma attendit en retenant son souffle.

Le garm se dirigea vers le cadran qui commandait le portail.

— Vas-tu t'enfuir ? lui demanda Joarr.

— Peut-être…, murmura-t-elle sans savoir pourquoi elle lui disait la vérité.

Elle ne savait pas encore ce qu'elle comptait faire. Elle voulait s'approprier le calice pour assurer la sécurité de son enfant, mais Joarr l'effrayait. Le fait qu'elle ait laissé passer deux occasions de l'attaquer l'effrayait encore plus…

Il écarta une mèche de cheveux de son visage et se pencha vers son oreille.

— Je suis prêt à revoir les termes de notre marché si tu acceptes de m'aider…, chuchota-t-il avant de la faire frissonner en soufflant de l'air chaud, puis froid, sur son cou. Et rien ne nous empêche de prendre du bon temps au passage…

Sur ces mots, il attrapa la chaîne à deux mains et la brisa d'un coup sec.

Elle était libre… Elle enroula le morceau de chaîne qui pendait au bout de son bras autour de ses doigts et regarda Joarr franchir le portail. Il s'y engagea avec confiance, la tête haute, sans même lui jeter un regard par-dessus son épaule.

Lorsque le portail se referma et reprit l'apparence d'une simple porte, le garm se tourna vers elle.

— Votre passage est payé, lui annonça-t-il. Où voulez-vous aller ?

Elle fixa le portail en serrant la chaîne si fort qu'elle se fit mal aux doigts.

Où voulait-elle aller ?

Joarr franchit seul le portail. Il se retrouva dans une rue sombre bordée d'hôtels de passe et de boîtes de strip-tease. Il faisait frais, mais pas froid, et les trottoirs étaient humides.

Il pouvait s'agir de n'importe quels mondes à forte densité de population.

Il renifla et reconnut sans peine l'odeur des humains.

Intéressant… Il y avait fait un court séjour quelques

mois plus tôt, mais c'était un monde qu'il connaissait mal. Il n'avait pas grand-chose à offrir aux dragons… et Joarr s'y sentait mal à l'aise. C'était le seul des neuf mondes dans lequel il était censé dissimuler ses pouvoirs. Une sorte de règle tacite que tout le monde respectait : il fallait cacher aux humains l'existence des autres mondes et des créatures qui les peuplaient.

Joarr avait du mal à comprendre pourquoi…

Il s'adossa à un mur de brique en soupirant. Si Amma se décidait à le suivre, elle n'allait pas tarder à apparaître.

Dans le cas contraire… Il pinça les lèvres. Où pouvait-elle aller ? Et pourquoi s'en souciait-il ? Il n'avait pas vraiment besoin d'elle… Mais il s'était donné tant de mal pour la retrouver que l'idée de la laisser filer le contrariait.

Sentant une irrégularité du mur s'enfoncer dans son dos, il changea de position tout en résistant à la tentation de compter les secondes.

Pourrait-il se fier à elle si elle le suivait ? Ou devrait-il s'interroger davantage sur ses motivations ?

Un éclat lumineux perça l'obscurité. Il devait s'agir du portail…

Joarr se raidit mais se força à rester immobile. Il ne voulait pas que la sorcière devine à quel point il était impatient de la revoir…

Alors un petit être vêtu de noir apparut et se mit à scruter la pénombre. Un néon, qui semblait cassé, revint brusquement à la vie pour le frapper de plein fouet. Un nain déguisé en ninja…

La sorcière lui avait tendu un piège.

***

Amma franchit le portail en espérant avoir pris la bonne décision. Elle avait attendu jusqu'au dernier moment. Quand deux elfes avaient demandé à aller quelque part, le barman lui avait jeté un regard lourd de sens qui l'avait forcée à mettre un terme à ses hésitations.

Elle avait à peine posé un pied sur le trottoir humide que quelque chose la fit tomber en la heurtant de biais. Elle poussa un juron. Alors qu'elle puisait dans le peu d'énergie qui lui restait, quelqu'un la plaqua au sol et posa une main sur sa bouche. Hésitant à employer la magie tant que ce n'était pas absolument nécessaire, elle mordit de toutes ses forces.

— Je suis sûr que tu peux faire mieux que ça, lui grogna Joarr à l'oreille. Dis à tes associés de se calmer si tu ne veux pas que je te congèle…

— Mais qu'est-ce qui t'arrive ? s'écria-t-elle en écartant la main ensanglantée du dragon. Je croyais que tu voulais que je te suive… Est-ce que c'est ça que tu appelles « passer du bon temps » ?

— Ne te moque pas de moi ! Tu ne me duperas pas deux fois…

Quelque chose siffla au-dessus de sa tête, que Joarr la força à baisser.

— Je ne sais pas pour qui tu travailles ni pourquoi, mais tu devrais peut-être changer d'associés…, commenta-t-il. Ceux-là ne font pas très attention à ta sécurité.

— Peut-être parce que *ce ne sont pas* mes associés, répliqua-t-elle avant de lui donner un coup de coude dans l'estomac. Je ne suis là que pour t'aider… contre une rétribution.

Joarr releva la tête et souffla un jet de glace en

direction d'une benne à ordures qui se trouvait à quelques mètres de là.

Trois petites créatures vêtues de noir, qui étaient dissimulées derrière, jaillirent de leur cachette pour se précipiter vers eux. Elles étaient armées d'épées courtes et de haches.

— Des nains, murmura Amma.

— Oui, des nains. Ça t'étonne ? grommela Joarr avant de la forcer une nouvelle fois à baisser la tête.

La température s'éleva subitement. Elle entendit des hurlements, puis sentit une odeur de chair brûlée. Joarr s'était débarrassé des nains.

Cette fois, il ne chercha pas à l'en empêcher lorsqu'elle voulut se relever pour lui faire face.

— Pourquoi devrais-je te faire confiance ? lui demanda-t-il.

Sa jupe et son chemisier étaient mouillés et des graviers s'étaient collés à sa peau. Amma prit le temps de se frotter les bras et les jambes avant de lui répondre.

— Je pourrais m'en aller…

— Effectivement. Alors pourquoi es-tu là ? Qu'espères-tu gagner ?

Elle serra les dents. Il lui avait demandé de l'accompagner, et voilà comment il l'accueillait… Elle fit volte-face pour s'éloigner.

— Réponds-moi, s'il te plaît…, lui demanda-t-il en la retenant par le bras.

Au moins, ce n'était pas un ordre…

Amma déglutit. A vrai dire, elle ne savait toujours pas pourquoi elle l'avait suivi. Sa meilleure raison de le faire était de s'approprier le calice, ce qu'elle ne pouvait pas lui avouer. Elle lui servit donc le mensonge qu'elle avait imaginé dans le bar à portail.

— Tu t'es dit prêt à reconsidérer les termes de notre marché. J'ai passé un siècle séparée de mon corps… Je n'ai plus rien.

— N'as-tu pas une maison, quelque part ?

Elle ne pouvait pas voir son expression dans l'obscurité, mais son ton exprimait un souci d'elle qui semblait sincère et la fit hésiter. Aurait-elle mieux fait de s'enfuir ?

— Je n'ai jamais eu de maison. J'ai passé ma vie auprès de l'une ou l'autre de mes sœurs, et seule l'une des deux avait un domicile fixe. L'autre pass son temps à voyager — dans des endroits peu fréquentables, en général.

— La sorcière qui a disparu était ta sœur…

Elle acquiesça.

— Puisqu'elle n'est plus chez elle…

Elle n'acheva pas sa phrase. Ce qu'elle venait de lui dire était tristement vrai : elle n'avait nulle part où aller. Cette prise de conscience soudaine lui fit baisser les yeux.

Elle était seule au monde.

Joarr renifla l'air humide.

— On est dans le monde des humains, déclara-t-il en se mettant à jouer avec la chaîne qui pendait toujours de son poignet. Y es-tu déjà venue ?

Amma soupira.

— Tu le sais bien…

C'était dans le monde des humains que Joarr et le chien de l'enfer qui l'accompagnait l'avaient retrouvée.

— Avant ça.

— Est-ce que c'est ici que j'ai vendu le calice, tu veux dire ? Non : c'était à Nidavellir.

Le monde des nains… Amma, qui avait toujours

cru qu'elle s'y sentirait très mal à l'aise, avait trouvé ce monde souterrain fait de tunnels enchevêtrés étrangement rassurant.

— C'était dans une salle très éloignée des principaux tunnels, précisa-t-elle. Je n'arriverai jamais à la retrouver.

— Tu as emprunté un portail pour t'y rendre ?

Elle acquiesça en se frottant les bras.

— Mais le trajet était payé d'avance, comme celui qui t'a conduit ici. Je ne peux te fournir aucune coordonnée. Je sais seulement que c'était à Nidavellir.

Il était impossible de confondre le monde des nains avec un autre.

Joarr s'approcha d'elle, le regard étincelant, et parut sur le point de dire quelque chose lorsqu'un homme visiblement éméché sortit de l'un des bars qui bordaient la rue. Il passa près d'eux en manquant de les bousculer tant il titubait.

Joarr la tira vivement vers lui pour l'écarter du chemin de l'ivrogne.

— Que tu es galant, commenta-t-elle sèchement.

— Si tu préfères sa compagnie à la mienne..., ironisa-t-il en lui serrant le bras.

— Non, mais pas de beaucoup, riposta-t-elle.

Elle avait besoin de lui rappeler — et de *se* rappeler — qu'ils n'étaient pas alliés. Elle n'avait jamais eu d'alliés.

Joarr esquissa un sourire, puis glissa les doigts sous son chemisier pour lui caresser le ventre, ce qui la fit frissonner.

— A vrai dire, je pense que tu préfères ma compagnie à celle de beaucoup d'autres. Nous devrions peut-être trouver une chambre pour en discuter...

*
* *

Amma chassa un mégot de cigarette du couvre-lit taché. La chambre d'hôtel que Joarr avait louée pour la nuit était sordide. Toutes les variétés de microbes qui existaient dans ce monde devaient proliférer dans la moquette.

Le dragon semblait s'en moquer éperdument.

Amma tourna les yeux vers lui. Il était allongé à côté d'elle, une canette de soda posée sur l'estomac et la télécommande à la main.

La manière dont il lui avait parlé dans la rue l'avait incitée à penser qu'il avait autre chose en tête.

Elle ne se serait peut-être pas laissée faire, d'ailleurs... Mais sa fascination pour un documentaire sur un tremblement de terre qui s'était produit en Jamaïque deux siècles plus tôt était incompréhensible, voire insultante.

Lorsque le documentaire montra des objets en or retrouvés par des archéologues, Joarr secoua la tête en marmonnant quelque chose. Amma croisa les bras sur la poitrine en poussant un soupir agacé.

— Qu'attendons-nous ? lui demanda-t-elle en se mettant à jouer avec la chaîne qui pendait toujours au bout de son bras.

Elle commençait à aimer le bracelet des menottes, mais la chaîne était vraiment superflue.

— Que quelque chose se passe, répondit Joarr sans cesser de regarder la télévision.

Amma leva les yeux vers le plafond et posa un bras sur son front. Elle avait horreur d'attendre.

— Evidemment..., grommela-t-elle.

Un léger bruit se fit entendre dans le couloir.

Joarr tourna aussitôt la tête vers elle en mettant un doigt sur ses lèvres, puis se leva en silence.

Quelque chose de blanc fut glissé sous la porte. Joarr se raidit, puis se transforma subitement. A la place d'un homme séduisant vêtu de blanc, Amma se retrouva en train de contempler un dragon argenté aux écailles si brillantes que les murs de la chambre s'y reflétaient. Il écarta ses ailes. Amma crut d'abord qu'il voulait l'empêcher de s'enfuir, mais son regard resta braqué sur la porte. Alors elle comprit qu'il voulait la protéger, comme il l'avait protégée dans sa caverne — même s'il avait lui-même fait exploser la boule d'énergie dont les éclats la menaçaient.

La magie..., songea-t-elle subitement. Malgré les quelques secondes qu'il lui avait fallu pour réagir, il n'était pas trop tard. De l'énergie flottait encore dans la pièce comme de la fumée dans un bar. Amma profita du fait que l'attention de Joarr était toujours tournée vers la porte pour entreprendre de l'absorber. Elle commençait à peine à regagner des forces lorsqu'il reprit forme humaine, ramassa quelque chose par terre et se tourna vers elle. Amma prit un air innocent et continua à absorber la magie qui flottait dans l'air en prenant bien garde de ne pas en soutirer directement au dragon. Celui-ci, qui observait le morceau de papier qu'il tenait à la main, parut ne pas s'en apercevoir.

Lorsqu'elle eut terminé, Amma ferma les yeux un instant et agita les doigts dans le dos pour mesurer ses forces. Elle ne put s'empêcher de sourire. Qu'il était bon de ne plus se sentir démunie... Bien sûr, elle n'avait pas absorbé assez de magie pour défier Joarr, mais c'était un début — et elle était presque sûre qu'il n'avait rien remarqué. Il ne lui restait plus qu'à se montrer patiente.

— Qu'est-ce que c'est ?

— Est-ce que ça te dit quelque chose ? lui demanda-t-il en lui tendant le papier.

Il s'agissait du prospectus d'un bar, Les Tunnels. Elle fronça les sourcils.

— Je n'ai pas beaucoup fréquenté les bars des humains…

Il la fixa pendant quelques instants, puis se dirigea vers la porte.

— Allons-y !

— Attends ! cria-t-elle. Ce n'est qu'un prospectus… Tous les clients de l'hôtel ont dû en recevoir un…

— Ça m'étonnerait…, répondit-il en le lui reprenant. Je crois plutôt que c'est une invitation.

— Une invitation à quoi ? lui demanda-t-elle en repliant ses jambes pour s'asseoir en tailleur sur le lit. Et si nous commencions par en parler ? Je ne sais pas ce que va me rapporter le fait de t'aider, et encore moins ce que tu attends de moi…

Il jeta le prospectus sur le lit.

— Tu as déjà rencontré le Collectionneur. Tu sauras le reconnaître.

— Nous cherchons le Collectionneur ? Alors pourquoi venir ici ? Je t'ai dit que je l'avais rencontré à Nidavellir.

— Nous ne le cherchons pas… mais je ne veux pas le manquer si nous croisons son chemin.

Il se retourna vivement en heurtant la table de nuit avec le bout de sa chaîne.

En le voyant se comporter comme un lion en cage, Amma comprit qu'il n'avait regardé la télévision que pour cacher son impatience.

— As-tu lu la lettre que Ryke m'a remise, dans ma caverne ?

Elle secoua la tête. Elle avait bien vu la lettre en question, mais la position de sa lanterne ne lui avait pas permis de la lire.

— Celui qui l'a envoyée prétend savoir où se trouve le calice et voulait qu'un dragon se présente au bar du portail...

— ... où nous avons été attaqués.

— Et où quelqu'un avait payé mon passage dans ce monde...

— ... où nous avons encore été attaqués.

Joarr, qui faisait les cent pas, s'arrêta net, mais sa chaîne continua à se balancer.

— Par des nains.

Elle soupira.

— Or le Collectionneur en est un... Que se passe-t-il, à ton avis ? Pourquoi le Collectionneur, qui m'a acheté le calice, enverrait-il une lettre aux dragons pour dire qu'il le possède ? Et pourquoi nous attaquerait-il ?

— Je n'en sais rien !

Dans un accès de mauvaise humeur, il brisa la chaîne qui pendait encore à son poignet.

— Si tu veux que je t'aide, tu devrais peut-être me donner quelque chose en échange..., lui fit-elle remarquer en écartant les bras. Pour commencer, j'aimerais bien que tu me débarrasses de ça...

Il s'approcha du lit pour attraper la chaîne qu'elle venait de lui montrer. Au lieu de la briser, comme elle s'y attendait, il s'en servit pour la forcer à se relever.

— Je trouve qu'elle te va bien, dit-il après l'avoir enroulée autour de son poing.

Son ton provocant éveilla le désir d'Amma, qui s'efforça de n'en rien laisser paraître.

— Nous sommes dans le monde des humains… Les gens ne s'y promènent pas menottés. Il y a des lois, des agents de police…

— Où est le problème ? demanda-t-il en inclinant la tête.

— On va penser que je me suis évadée de prison… ou que j'ai échappé à un kidnappeur… Ce n'est pas un bijou ! conclut-elle en secouant son poignet.

— Tu ne fréquentes peut-être pas les bons milieux, répliqua-t-il en lui caressant la joue. Ça ne semblait pas déranger le veilleur de l'hôtel… Il a même proposé de « se joindre à la fête ».

Amma releva le menton. Les regards du veilleur ne lui avaient pas échappé, mais elle avait réprimé son envie de le réduire en bouillie. Ce n'était qu'un humain, après tout, et elle avait si peu de magie…

— Tous les humains ne sont pas aussi ouverts d'esprit, lui fit-elle remarquer.

Joarr esquissa un sourire.

— Il t'intéressait ?

Elle lui jeta un regard furieux qui le fit éclater de rire.

— Ne t'inquiète pas : je ne partage mon trésor avec personne, conclut-il avant de se pencher pour l'embrasser.

La sorcière recula avant que ses lèvres n'effleurent les siennes et lui tendit son poignet.

Il soupira et glissa ses doigts sous le bracelet des menottes.

— Veux-tu que je te débarrasse du tout ou seulement de la chaîne ?

Elle y réfléchit quelques instants.

— Seulement la chaîne. Je garde le bracelet en souvenir des bons moments que nous avons passés ensemble…, ajouta-t-elle, le regard pétillant de malice.

— Je vais en faire autant, alors, répondit-il en lui caressant le poignet.

— Comme c'est romantique, commenta-t-elle avec une candeur feinte.

Il brisa la chaîne et la laissa tomber par terre. Amma la ramassa, la posa sur son épaule et retourna s'asseoir sur le lit.

Il s'assit à côté d'elle.

— Passons aux négociations, lui suggéra-t-elle en se penchant vers lui, ce qui fit glisser la chaîne de son épaule. Puisque je ne me suis pas enfuie alors que j'en avais l'occasion, que vas-tu me donner en échange de mon aide ?

Elle croisa les bras, ce qui pressa délicieusement ses seins l'un contre l'autre.

— Ça dépend. Qu'as-tu à m'offrir ? demanda-t-il en lui caressant la joue.

Sa peau était plus lumineuse que lorsqu'ils étaient arrivés à l'hôtel — grâce à la magie qu'il l'avait sentie absorber pendant ses transformations. Cela la rendait plus désirable et incitait Joarr à la complaisance. Il lui caressa encore la joue et inspira son parfum.

— Je vais t'aider à retrouver le Collectionneur, annonça-t-elle. Mais tu dois me donner quelque chose en échange.

— Pourquoi te paierais-je pour que tu m'aides à retrouver quelque chose que tu m'as volé ?

— Parce que je te laisserai te débrouiller tout seul si tu refuses, répondit-elle avec un air borné.

Joarr se demanda encore dans quelle mesure il avait besoin de son aide. La réponse n'avait pas changé : presque pas. Il lui serait utile de pouvoir identifier le Collectionneur, mais il pouvait très bien s'en dispenser. Il n'avait pas besoin qu'Amma reste auprès de lui… mais il en avait envie.

Il se mit à jouer avec son bracelet des menottes, ce qui ne manqua pas d'agacer la sorcière. Elle était vraiment irrésistible quand elle était en colère…

— Je crois que nous pouvons parvenir à un accord, finit-il par déclarer.

Surprise, elle haussa les sourcils.

Il lui caressa encore la joue, puis laissa ses doigts glisser le long de sa gorge, sur son épaule, pour finir leur course dans ses reins.

— Nous sommes faits pour nous entendre… mais peut-être pas tout de suite, ajouta-t-il sadiquement après une courte pause.

Elle s'écarta de lui avec la brusquerie d'un réveil en sursaut et fronça les sourcils.

Elle n'appréciait pas qu'il se moque d'elle… Heureusement, elle n'avait pas encore compris pourquoi c'était nécessaire. Il ne pouvait pas courir le risque qu'elle devine à quel point il la désirait.

— Que veux-tu ? lui demanda-t-il en laissant retomber ses bras le long de son corps. Et qu'est-ce qui me prouve que tu comptes honorer ta part du marché ?

Elle prit un air songeur qui réveilla immédiatement sa méfiance.

— Je veux une part de ton trésor, évidemment.

Une *grosse* part. Tu as donné trois sacs d'or au gardien du portail. J'en veux…

Elle s'interrompit pour réfléchir. Cherchait-elle une somme qu'il était prêt à payer ou, au contraire, une somme si élevée qu'il ne pourrait que refuser ? Il ne comprenait toujours pas à quoi elle jouait…

— … mille, finit-elle par annoncer.

Etait-ce raisonnable ou hors de prix de son point de vue ? Joarr devait bien posséder un million de ces sacs d'or. Bien sûr, chacun d'eux lui était extrêmement précieux… Après quelques instants d'hésitation, il estima que c'était hors de prix.

— C'est trop, répondit-il en se demandant comment elle allait réagir.

Cette conversation ne manquait pas d'intérêt, finalement — et elle lui épargnait de trop penser aux autres choses intéressantes qu'ils auraient pu faire ensemble.

Elle fronça les sourcils et pinça les lèvres, mais Joarr ne perçut pas le feu de sa colère qu'il aimait tant. Il avait vu juste : sa première proposition n'était qu'un leurre. C'était ce qu'elle s'apprêtait à lui demander qui l'intéressait vraiment.

Joarr attendit en s'efforçant de rester impassible.

— Alors je ne te demanderai qu'une seule chose, annonça-t-elle. Est-ce que ça te paraît trop ? Une seule chose… mais que je pourrai choisir librement.

Joarr secoua la tête.

— Je serais stupide d'accepter… Tu pourrais choisir mon trésor tout entier.

Ses yeux se mirent à briller. Elle était pleinement engagée dans leurs négociations, à présent…

— Ajoutons une limite de taille, alors. Je ne prendrai rien qui soit plus grand que… toi.

— Que moi ?

Il fronça les sourcils. Comme elle avait pu le constater elle-même, il était gigantesque sous sa forme de dragon…

— Disons plutôt que tu ne prendras rien qui soit plus grand que *toi*, proposa-t-il en plissant les yeux.

Elle était assez petite et ne devait pas peser plus de quarante-cinq kilos. Rien de ce qui comptait vraiment pour lui n'était de dimensions aussi modestes. Même son fauteuil préféré était plus imposant qu'elle… Estimant le marché équitable, il hocha la tête.

— Si tu m'aides à identifier le Collectionneur et à retrouver le calice, tu pourras choisir une pièce de mon trésor qui ne dépasse pas ta propre taille, résuma-t-il.

Elle esquissa un sourire.

— Marché conclu !

Il baissa les yeux vers sa main et la contempla pendant quelques instants. La tentation était trop grande… Il tendit lentement sa propre main pour prendre la sienne et l'attirer vers lui.

— Il y a des manières plus agréables de sceller notre marché, murmura-t-il avant de lui souffler de l'air chaud sur les cheveux.

8

Amma, qui ne songeait qu'à obtenir ce qu'elle voulait, en avait oublié qu'ils se tenaient si près l'un de l'autre. Elle n'en reprit conscience qu'en sentant la chaleur de son souffle et de sa main. Elle ferma les yeux et tâcha de se concentrer sur le marché qu'ils venaient de conclure et ce qu'il signifiait pour elle.

Joarr n'avait pas compris qu'il venait de lui accorder son vœu le plus cher : il avait renoncé à ses droits sur l'enfant qu'elle attendait.

Désormais, il lui suffisait de l'aider à retrouver le calice pour être pleinement libre.

Si ce qu'elle découvrait l'incitait à croire à la légende de l'objet, elle pourrait toujours décider de le voler pour garantir la sécurité de son enfant. Après tout, elle n'avait promis que d'aider Joarr à le retrouver… Ce qu'elle ferait ensuite ne regardait qu'elle.

Deux possibilités s'offraient à elle, et aucune n'allait à l'encontre de ses intérêts.

Comme tous les héros qui s'apprêtaient à terrasser un dragon — ou espéraient le faire —, Amma avait l'air de lui cacher quelque chose. Mais il arrivait que le dragon triomphe et que le héros disparaisse en ne laissant derrière lui qu'une épée bénie par les dieux et un village désemparé. Amma ferait bien de s'en souvenir…

Joarr s'écarta de la sorcière pour mieux l'observer. Elle aussi l'observait… Ils devaient ressembler à deux chats qui attendaient le moment opportun pour se sauter dessus.

— Je crois que les humains se serreraient la main dans un moment comme celui-là, commenta-t-il.

— Est-ce bien nécessaire ? lui demanda-t-elle avec un regard méfiant.

Sa mauvaise volonté ne l'empêcha pas de prendre sa main pour la caresser délicatement.

— Tu as la peau si douce, murmura-t-il. Tu n'as pas changé depuis notre première rencontre…

— Toi non plus.

Pour l'un comme pour l'autre, c'était à la fois un compliment et une insulte. Joarr esquissa un sourire, puis se pencha pour presser ses lèvres contre les siennes.

Il s'attendit à ce qu'elle lui résiste — ou plutôt à ce qu'elle fasse semblant de lui résister —, mais elle le surprit en plaçant une main derrière sa tête pour l'attirer plus près d'elle.

Il la laissa faire.

Tandis que leurs langues s'enroulaient l'une sur l'autre, il laissa ses mains courir sur son corps. Son chemisier était assez décolleté pour qu'il lui suffise de tirer dessus pour découvrir ses seins. Ses lèvres glissèrent de sa bouche vers sa gorge, dont la peau était aussi lumineuse que celle de son visage. Il inspira profondément son parfum. Comment pouvait-elle sentir si bon après avoir passé des jours dans sa caverne et plusieurs heures dans cette chambre crasseuse ?

Le sommier se mit à grincer comme pour lui rappeler la médiocrité de l'endroit. Navré par le peu de confort qu'il avait à lui offrir, il s'allongea sur le dos en l'attirant au-dessus de lui pour lui éviter au moins le contact du couvre-lit taché. Amma releva sa jupe jusqu'à ses cuisses pour s'installer plus confortablement et se pencha vers lui en lui cachant une moitié de la chambre par un rideau de cheveux blonds.

Elle laissa courir ses mains sur son torse, puis entreprit de déboutonner sa chemise.

— Peux-tu faire disparaître tes vêtements sans te transformer ? lui demanda-t-elle.

Il secoua la tête avant de la débarrasser de son chemisier. Sa peau était douce et pâle, et la magie qui l'illuminait donnait l'impression que quelqu'un l'avait saupoudrée de poussière d'or. Ses seins étaient… parfaits. Ils étaient bien ronds, avec des pointes couleur de pêche et une petite tache de naissance sous le gauche, tout près de son cœur. Il releva la tête pour y déposer un baiser.

— Mon seul défaut ! commenta-t-elle en éclatant de rire. Tu l'as trouvé.

— La perle est un défaut de l'huître, s'écria-t-il avant de l'embrasser une nouvelle fois.

Il se redressa, attira ses hanches contre lui et plongea son regard dans le sien.

— Tu ne dis ça que pour me consoler, déclara-t-elle en enroulant les bras autour de son cou. Je suis sûre que tu n'y crois pas.

— Bien sûr que j'y crois ! dit-il, surpris. J'accorde de la valeur à toutes choses.

— Alors pourquoi n'y a-t-il que de l'or et des pierres précieuses dans ton trésor ?

Il lui fallut quelques instants pour comprendre.

— Tout ce que je possède constitue mon trésor, lui expliqua-t-il. Tu n'as vu que l'or et les pierres précieuses, mais il y a d'autres choses : une pierre sortie d'une mine des elfes, une brique du monde des humains, le pied cassé d'une chaise de nain… Les dragons sont peut-être avides, mais ils accordent de la valeur à tout.

— Alors tu crois que la valeur d'une chose dépend de celui qui la regarde ?

— Bien sûr. Et tout est beau et précieux à mes yeux. Sinon pourquoi aurais-je tant de mal à me séparer de quelque chose ?

Ce que Joarr venait de dire la perturbait. Elle ne plaisantait qu'à moitié à propos de sa tache de naissance. Ses deux sœurs étaient absolument parfaites : elles n'avaient pas une ride, pas une tache et pas même un grain de beauté.

La tache qu'il venait d'embrasser était l'une des raisons pour lesquelles elle s'était lancée dans sa grande quête — l'une des raisons de voler le calice pour le vendre au Collectionneur. C'était parce qu'elle n'était pas parfaite, contrairement à ses sœurs, qu'elle voulait connaître ses origines.

Elle espérait découvrir quelque chose de grandiose qui aurait compensé la détermination froide et l'assurance de ses sœurs qui lui manquaient.

Mais sa quête ne lui avait apporté que douleur et humiliation.

Joarr, qui parut sentir sa tristesse, écarta ses cheveux pour déposer une série de baisers dans son cou.

— J'aime ta tache, murmura-t-il. Je n'ai jamais rien vu d'aussi parfait… à part ta peau… ou peut-être tes lèvres… Bien sûr, il y a aussi tes yeux…

Il déposa de légers baisers sur ses paupières lorsqu'elle les ferma.

— Et tes cheveux…, poursuivit-il en enroulant une mèche autour de ses doigts. Je céderais volontiers une mine d'or pour posséder un tel trésor.

Amma, qui craignait qu'il se moque d'elle, rouvrit les yeux pour scruter son visage. Non… Les yeux bleus qui la contemplaient ne trahissaient que de l'admiration.

Elle poussa un soupir de soulagement, posa les mains sur ses épaules et le força à se rallonger.

— Assez parlé ! déclara-t-elle.

Elle acheva de déboutonner sa chemise, en écarta les pans et laissa courir ses mains sur son torse musclé. Elle avait eu beaucoup d'amants, de toutes les espèces, mais aucun mâle ne l'avait autant excitée que ce dragon. Il était attirant, comme tous les êtres capables de changer de forme, mais il n'y avait pas que cela. La puissance qui émanait de lui ne provenait pas que de sa magie : c'était l'assurance d'une créature qui se savait l'une des plus anciennes et plus respectées des neuf mondes.

Quelle femme ne rêvait pas de prendre un dragon pour amant ?

Mais Amma commençait à comprendre qu'il y avait encore autre chose qui l'attirait en lui. Il lui donnait l'impression qu'elle faisait partie du trésor qu'il chérissait tant. Lorsqu'il la regardait, elle se sentait spéciale, plus précieuse que toutes les autres femmes… Alors qu'elle avait passé sa vie à se le répéter, elle n'arrivait vraiment à y croire que lorsqu'elle se voyait à travers ses yeux.

Elle se pencha pour faire le tour de son mamelon du bout de la langue tandis qu'il caressait la courbe de ses seins.

Lorsqu'elle s'amusa à souffler sur la peau qu'elle venait d'humidifier, il plaça une main derrière sa tête pour l'attirer à lui et l'embrasser. Son baiser ardent lui communiqua tant de chaleur qu'elle ne put s'empêcher de le griffer.

Le pantalon de Joarr était déjà ouvert mais sa jupe, entortillée autour de ses jambes, limitait ses mouvements. Elle en dénoua la ceinture et s'en dégagea maladroitement.

Il la laissa faire sans cesser de l'embrasser. Tout en jouant avec sa langue, il plaça les mains sur ses seins et en caressa doucement les pointes en leur insufflant sa chaleur. Amma acheva de se déshabiller en gémissant. Joarr laissa glisser ses mains vers ses hanches et la souleva en l'embrassant toujours. Elle en profita pour le débarrasser de son pantalon et découvrit qu'il ne portait pas de sous-vêtement, ce qui ne la surprit pas. La peau de son ventre était brûlante comme si sa flamme s'y concentrait. C'était peut-être le cas… Amma ne savait pas si les dragons avaient une réserve de feu ou s'ils le créaient quand ils en avaient besoin.

A cet instant, elle n'y accordait pas la moindre importance. Elle ne songeait qu'à le sentir en elle et à se nourrir de sa passion jusqu'à en perdre la tête.

De sa magie, aussi… Il fallait qu'elle en profite pour en absorber. Submergé par son désir, Joarr ne s'apercevrait sans doute de rien.

Mais lorsqu'il interrompit leur baiser pour laisser

ses lèvres glisser vers ses seins, Amma comprit qu'elle était perdue. Absorber la magie de Joarr était le cadet de ses soucis. Cela pouvait attendre… Elle n'aspirait qu'à jouir de la magie de l'instant.

Comme il laissait courir ses mains sur son corps en lui offrant sa chaleur, elle en fit autant sans réfléchir. Elle caressa son torse et ses bras en lui communiquant la magie qu'elle avait réussi à absorber quelques minutes plus tôt. Cela lui semblait si naturel de tout partager avec lui… Elle la lui offrit en en faisant quelque chose de doux et de chaud. Joarr écarquilla les yeux de surprise, puis se mit à sourire.

Leurs deux corps étaient si brûlants que de petites gouttes de sueur se formèrent entre ses seins. Il la souleva pour les lécher et suivit leur course sur son ventre, pour finir par enfouir son visage dans les boucles de son pubis.

Il y souffla son haleine chaude, qui éveilla en elle un désir si intense qu'il en était presque douloureux. Il donna un petit coup de langue sur le repli sensible qui y était caché, puis souffla encore. Perdant la maîtrise de son propre corps, Amma se cambra en s'en remettant à lui pour ne pas basculer. Il la maintint fermement tout en continuant à jouer avec elle jusqu'à ce qu'elle en perde le souffle.

Finalement, folle de désir, elle retomba au-dessus de lui et glissa les doigts dans ses cheveux.

— Joarr…, gémit-elle.

Il n'arrêta pas de la tourmenter pour autant.

— Joarr ! répéta-t-elle.

Il continua impitoyablement jusqu'à lui faire atteindre la jouissance. Alors seulement il s'écarta d'elle pour la placer au-dessus de son membre et la pénétrer lentement.

Tout son corps frémissait… de magie. Un tourbillon de pouvoir les enveloppait et elle en absorbait à chaque inspiration. Pour la première fois de sa vie et grâce à leur union, Amma avait l'impression d'être capable de créer de l'énergie au lieu d'être forcée à la voler.

Elle ne s'était jamais sentie aussi puissante, même lorsque ses réserves étaient pleines. Elle aurait été incapable d'imaginer le plaisir intense que cela lui procurait… Elle ne pensait même pas la chose possible.

Comment l'était-ce, d'ailleurs ? Ce n'était peut-être qu'une illusion générée par le plaisir qu'elle éprouvait. Peut-être n'était-elle plus capable de discerner sa propre énergie de celle de Joarr…

Cela n'eut plus la moindre importance dès que Joarr l'eut entièrement pénétrée. Elle posa les mains sur son torse et se concentra sur la délicieuse sensation de plénitude qu'il lui procurait.

Ses doigts étaient gorgés d'énergie qu'elle offrit à Joarr sous forme de chaleur… de feu. Elle vit ses mains rougir sans ressentir la moindre douleur ni faire souffrir Joarr. Bien au contraire, son ardeur s'accrut et ses mouvements s'accélérèrent. Son regard étincelant l'hypnotisait.

— Abandonne-toi…, murmura-t-il.

Elle comprit immédiatement ce qu'il lui demandait. Il voulait qu'elle lui communique la magie qui l'habitait sans rien garder en réserve.

Elle aurait été stupide de le lui accorder… Elle avait besoin d'énergie pour lui échapper. Déchirée entre le bon sens et la passion, elle se mordit la lèvre.

Il lui souleva les hanches, puis donna un nouveau

coup de reins. Sentant son orgasme imminent, Amma comprit qu'elle devait faire un choix.

Elle se décida subitement et laissa s'échapper toute la magie qu'elle possédait en poussant un cri. Elle vit des rayons rouges, puis bleus, jaillir de ses doigts pour pénétrer le torse de Joarr. Puis elle se cambra, submergée par le plaisir.

Ils atteignirent la jouissance au même instant. Joarr l'inonda de sa chaleur en échange de la magie qu'elle venait de lui offrir et elle goûta un plaisir si intense qu'il en fut presque douloureux. Alors, physiquement épuisée et vidée de tout pouvoir, elle s'effondra sur lui, ferma les yeux et replia les doigts.

Ce qu'elle venait de faire était stupide.

Joarr lui caressa doucement les cheveux, puis les écarta de son visage, mais elle n'eut pas le courage de lever les yeux vers lui. Elle ne comprenait pas ce qui venait de lui arriver. Comment avait-elle pu oublier le but qu'elle poursuivait ?

— Tu m'as offert ton feu, murmura-t-il en caressant son bras. Je ne savais pas…

Elle enfouit son visage au creux de son cou en résistant au désir de rabattre ses cheveux pour se cacher.

— Merci, ajouta-t-il en tournant la tête pour déposer un baiser sur son front.

Amma se raidit. Jamais on ne l'avait remerciée — sans doute parce qu'elle n'avait jamais rien fait pour personne. Ses sœurs et elle ne vivaient que de larcins. Elles ne donnaient jamais rien… Subitement, elle comprit que quelque chose en elle avait changé.

Elle porta la main à sa tache de naissance. Ses

sœurs ne pourraient jamais comprendre ce qui était en train de lui arriver.

Amma inspira le parfum épicé de Joarr en se moquant d'elle-même. Elle venait de gaspiller toute sa magie et n'avait même pas l'impression d'avoir perdu quelque chose... A cause de Joarr, elle ne comprenait plus rien à ce qu'elle ressentait... et cela la terrifiait.

Quand il la serra contre lui, elle cessa de se demander ce que ses sœurs allaient penser d'elle pour s'abandonner à la chaleur qui l'enveloppait comme un cocon.

Joarr, allongé sur le couvre-lit taché, serrait Amma dans ses bras. Elle lui avait offert sa magie... Il n'en revenait pas. Il la lui avait demandée sans s'attendre à l'obtenir. Il ne croyait pas cette sorcière, qui n'avait jamais fait que le voler et lui mentir, capable de tant de générosité. La magie avait plus de valeur pour les créatures de son espèce que le feu pour un dragon.

Les dragons produisaient le feu ou la glace à volonté... Et l'état de dénuement dans lequel se trouvait Amma rendait son geste encore plus incompréhensible.

Elle lui avait fait don de ce qu'elle avait de plus précieux et cette idée l'émerveillait.

Grâce à elle, il se sentait plus puissant qu'il ne l'avait jamais été. Il aurait pu réduire le monde en cendres ou congeler un volcan.

Fortifié par sa magie, il n'avait plus de limites.

En avait-elle conscience ?

Il en doutait... Néanmoins, le partage de leurs pouvoirs avait fait de leurs ébats une véritable union, un acte dont — à sa connaissance — seuls les dragons étaient capables.

Il lui caressa le dos. La sentant frissonner, il fit monter la température de son corps pour la réchauffer et prit plaisir à la sentir se détendre.

Joarr s'aperçut tout à coup qu'elle s'était endormie. Depuis combien de temps ? Et comment allait-elle réagir lorsqu'elle se réveillerait ? Allaient-ils parler de ce qu'ils venaient de vivre ou faire comme si rien ne s'était passé ?

Le partage de leurs pouvoirs était-il aussi lourd de sens pour elle que pour lui ?

Joarr était certain qu'elle n'allait pas le lui dire spontanément, et il ne comptait pas l'interroger… parce qu'il ne voulait pas savoir s'il violait les lois d'Ormar.

Les accouplements des dragons tombaient sous sa juridiction. Partager leurs pouvoirs rendait deux dragons si puissants qu'ils n'étaient autorisés à le faire qu'une seule fois et ne devaient plus jamais se revoir. Les enfants qui naissaient de ces unions étaient confiés aux parents de même sexe : les fils à leur père, les filles à leur mère.

Joarr comprit subitement qu'il aurait pu conserver Amma s'ils s'étaient abstenus de partager leur magie. Il aurait pu l'enfermer dans sa caverne et la chérir comme le trésor qu'elle était… C'était désormais impossible. Ormar allait sentir l'intensité de leur union et la rejeter. Peut-être l'armée le bannirait-elle aussi pour tentative de tromperie…

Il souleva une mèche de cheveux d'Amma et contempla ses reflets dorés avec émerveillement.

Ce trésor ne lui appartenait pas. Il ne devait surtout pas l'oublier.

9

Fafnir était confortablement installé dans le fauteuil en velours de son bureau. Il était minuit passé, il venait de prendre sa collation et, pour une fois, son frère avait accepté de surveiller la porte. Il pouvait jouir d'une rare soirée de répit.

Il passa sa langue sur ses lèvres pour récolter la moindre molécule de sang de dragon qui pouvait encore s'y trouver.

C'était un liquide épais à la puissante saveur métallique. Le sang du premier dragon avait un goût de cuivre, celui des deux autres sentait davantage le fer. Malheureusement, il perdait sa saveur avec le temps. Frustré, Fafnir se mit à pianoter sur ses accoudoirs.

Combien d'autres variétés lui restait-il à découvrir ? Cette idée lui fit venir l'eau à la bouche.

L'unique gorgée qu'il avait le droit de boire quotidiennement dans le calice ne lui suffisait pas…

Il comprit subitement que rien ne l'obligeait à s'en contenter. Après tout, il pouvait très bien se servir de n'importe quel contenant… Il ne courait pas grand risque à étancher sa soif, puisque le sang qu'il possédait n'était plus frais depuis longtemps.

Fafnir posa les coudes sur son bureau et pressa ses mains l'une contre l'autre. Pour ne pas éveiller les soupçons de son père et de son frère, il ne s'était pas rendu dans son propre entrepôt depuis qu'il y avait enfermé le cadavre du dernier dragon. Mais sa réserve de sang était presque épuisée… Puisque aucun nouveau dragon n'était apparu, il allait devoir récolter le sang de celui qu'il possédait.

Il fronça les sourcils. Le miroir, en face de lui, lui renvoya l'image du nain qu'il avait toujours été. Il fronça davantage les sourcils en essayant d'avoir l'air féroce. Comme il aurait aimé qu'on le craigne et qu'on le respecte… Mais il n'impressionnait pas grand monde — surtout pas les humains.

Il en avait assez de vivre parmi les imbéciles qui peuplaient ce monde. Tous l'estimaient inoffensif à cause de sa taille. Il lui était souvent arrivé de prouver à l'un d'eux qu'il se trompait, mais ce jeu ne l'amusait plus depuis longtemps. Il voulait lire de la peur et du respect dans les regards de ceux qui croisaient son chemin.

De la peur et du respect… Voilà ce qu'il méritait, mais les humains étaient trop stupides pour s'en apercevoir.

Il porta sa main à sa hache. Le bois du manche était usé, mais la lame était toujours aussi tranchante, même après avoir fendu la peau de trois dragons.

Il tira l'arme de son étui et la contempla à la lumière de la bougie qu'il avait allumée, puis tourna les yeux vers la flamme. Sa beauté vacillante lui donna une idée. Il avait relâché les deux premiers dragons après avoir recueilli leur sang. Il lui avait suffi de les droguer grâce à des herbes que lui avait vendues l'elfe de l'ombre qui lui avait parlé du calice.

Par deux fois, il avait profité de l'inconscience de ses victimes pour accomplir sa besogne. Les dragons guérissaient si vite qu'ils n'avaient rien remarqué à leur réveil. Ils étaient repartis sans se douter de rien — sauf le dernier, qu'il n'avait eu aucun mal à terrasser.

Il y était même parvenu avec tant de facilité que cela lui avait gâché le plaisir.

Mais pourquoi continuerait-il à faire preuve d'autant de prudence, alors qu'il était sur le point de conquérir tous les pouvoirs d'un dragon ? Il pouvait très bien en garder un prisonnier pour disposer d'une réserve permanente de sang frais…

Il n'aurait même pas besoin de droguer sa victime, puisqu'il serait assez fort pour l'empêcher de s'échapper…

Ce plan était parfait… un véritable rêve.

Il s'enfonça dans son fauteuil en imaginant les regards que lui lancerait ce dragon — la plus redoutable de toutes les créatures — contraint de s'avouer vaincu.

Après quelques instants de pur bonheur, il ouvrit brusquement un tiroir de son bureau pour en sortir son téléphone. Son homme de main ne répondit qu'à la cinquième sonnerie.

— As-tu du nouveau ? lui demanda-t-il.

Le nain qu'il avait posté dans le bar à portail du monde des dragons lui répondit que l'un d'eux avait répondu à l'invitation et qu'il avait scrupuleusement suivi ses instructions.

— Quand ? Si tu avais fait ce que je t'ai ordonné, il serait déjà là ! Pourquoi n'ai-je pas mon sang ?

Son homme de main lui répondit que le dragon était en compagnie d'une femme, qui l'avait peut-être aidé à se tirer du guet-apens. Cela éveilla aussitôt sa curiosité.

— Un dragon femelle ?

Il n'en avait jamais vu. Elles vivaient entre elles, dans un endroit inconnu de tous, et n'élevaient pas leurs enfants mâles. S'il était rare de rencontrer un dragon mâle hors de son monde, personne ne s'était jamais vanté d'avoir rencontré une femelle.

L'idée de mettre la main sur deux dragons, un mâle et une femelle, lui donna le vertige.

— Ce n'est pas un dragon…, balbutia son homme de main.

— Quoi ? C'étaient des dragons que tu étais censé attirer !

Fou de rage, Fafnir abattit sa hache sur la bûche qu'il avait placée au pied de son bureau. Elle s'y enfonça comme un couteau chauffé dans du beurre. Un peu soulagé de sa colère, Fafnir l'arracha de la bûche et en inspecta la lame, qui n'avait pas une égratignure.

— Le mâle est un dragon, mais pas la femelle, précisa son homme de main.

— Qu'est-elle, alors ? lui demanda Fafnir en posant sa hache près de son fauteuil pour s'appuyer dessus.

L'homme de main balbutia des propos incohérents qui l'agacèrent.

— Peu importe ! le coupa-t-il. Le plan a changé. Il me faut le dragon vivant. Arrange-toi pour qu'il vienne au bar. Parle-lui de trésor… Dis-lui que je suis prêt à lui donner beaucoup en échange…

Fafnir s'interrompit le temps de se demander ce que ce dragon pouvait être disposé à lui céder.

— … de la femelle.

Il esquissa un sourire. Son plan était parfait. S'ils avaient déjà atteint le point culminant de leur relation, comme il le suspectait, le dragon n'avait plus besoin de la femelle. Puisqu'il allait être contraint de s'en débarrasser, pourquoi refuserait-il de l'échanger contre un trésor ?

— Dis-lui que je lui ouvrirai l'entrepôt de mon père en échange de la femelle.

Enthousiasmé par son nouveau plan, Fafnir raccrocha sans attendre de réponse et jeta le téléphone dans le tiroir.

Puisqu'il avait du temps devant lui, le mieux à faire était de rendre visite au dragon qu'il possédait déjà. Il se leva pour aller chercher des flacons.

Amma se réveilla dans les bras de Joarr, qui ne dormait pas et l'observait. Mal à l'aise, elle s'écarta de lui immédiatement.

Qu'avait-elle fait ?

Ils avaient pris beaucoup de plaisir ensemble… mais ce n'était pas tout. Elle avait senti qu'il s'était passé autre chose. Mais en quoi était-ce grave, après tout ? Qu'est-ce qui l'empêchait d'éprouver de l'affection pour ce dragon ? Amma fixa le plafond en tâchant de mettre de l'ordre dans ses pensées.

— A quoi penses-tu ?

La question de Joarr, bien anodine, l'inquiéta sans qu'elle comprenne pourquoi.

— A rien. Et toi ?

Il la fit frissonner en lui effleurant le bras.

La fréquentation de Joarr l'affaiblissait dangereusement s'il commençait à lui inspirer autre chose que du désir…

Elle s'éclaircit la voix.

— Le dragon qui est venu chez toi a dit que tu étais orphelin…

— Mon père est mort alors que j'étais encore très jeune, répondit-il avant de déposer un baiser sur son épaule.

— Et ta mère ?

Joarr se raidit, puis tourna la tête pour fixer le mur.

— Je ne la connais pas.

— Est-elle morte ?

Amma sentit son cœur s'affoler. Elle avait entendu dire que les dragons mâles et femelles vivaient séparément et n'élevaient que les enfants de même sexe qu'eux. Puisqu'elle n'avait pas l'intention d'annoncer sa grossesse à Joarr, elle n'y avait pas accordé la moindre importance. Mais peut-être avait-elle eu tort…

Il secoua la tête.

— Non. Elle est en vie, à ma connaissance.

— Mais tu es quand même un orphelin, insista Amma en sentant son cœur se serrer.

Il lui jeta un regard surpris.

— Bien sûr, puisque mon père est mort ! Ma mère n'avait aucun droit sur moi d'après les lois des dragons, lui expliqua-t-il en laissant son regard se perdre dans le vague. Elle n'aurait sans doute pas voulu de moi, de toute manière.

Subitement, Amma sentit qu'elle ne pouvait pas entendre un mot de plus. Elle devait s'éloigner de Joarr au plus vite. Elle avait failli… Elle avait eu envie… Elle bondit hors du lit et se précipita dans la salle de bains en prenant bien soin d'éviter le regard du dragon.

Il ne fit aucun commentaire, mais son regard, qui pesa sur sa nuque, lui donna l'impression qu'il savait tout et se demandait déjà comment il allait lui prendre son enfant.

Amma referma la porte derrière elle, fit couler la douche, puis s'adossa au mur et ferma les yeux en se demandant ce qui lui arrivait.

Pendant quelques instants, elle avait sérieusement envisagé de tout avouer à Joarr et de lui demander d'occuper une place dans sa vie. Elle avait bien failli tout perdre alors qu'elle était sur le point d'obtenir ce qu'elle désirait le plus.

Elle devait absolument se ressaisir. C'était un dragon. Elle était censée en triompher par la ruse, et non en tomber amoureuse comme une princesse écervelée qui n'aurait pas compris qu'elle allait servir de dîner.

Elle ouvrit les yeux et fixa le carrelage pendant que la salle de bains se remplissait de vapeur. Dans l'air chaud et humide, l'odeur de Joarr, qui lui collait à la peau, devint entêtante. Ne la supportant plus, elle entra brusquement dans la cabine de douche, aussi contrariée contre lui que contre elle-même.

Elle plaça son visage sous le jet, une main sur son ventre, et s'efforça de retrouver un peu de bon sens. Elle avait bien failli commettre une faute irréparable. Elle avait fait l'amour à Joarr mais n'avait rien avoué. Puisque c'était un mâle, il n'avait sans doute songé qu'à son plaisir — et n'avait aucun moyen de deviner qu'elle était enceinte.

Ce qu'elle éprouvait pour lui était une faiblesse, mais elle ne la gênait en rien tant qu'elle était la seule à la connaître.

Amma se passa les mains sur le visage, puis fixa le carrelage rose de la douche. Il lui suffisait de prétendre que le fait de lui offrir sa magie n'avait aucune signification pour elle… que c'était banal même. Cette idée lui fit lever les yeux au ciel.

Elle attrapa le savon et en arracha le papier d'emballage avec mauvaise humeur. Comme elle l'espérait, elle retrouva son calme à mesure qu'elle se débarrassait de l'odeur de Joarr. Elle n'avait qu'à suivre son plan. Elle allait faire croire à Joarr qu'elle était tombée sous son charme, gagner sa confiance, puis lui voler le calice pour assurer la sécurité de son enfant. Cela ne serait pas plus difficile que la première fois.

Amma sortit de la douche en ayant retrouvé toute sa détermination.

Puisqu'il n'y avait pas de prince pour la sauver, la princesse allait se débrouiller toute seule... et emporter le trésor.

Alors qu'elle s'essuyait, elle entendit de légers coups frappés à la porte de la chambre. Elle s'arrêta net et alla coller son oreille à la porte de la salle de bains sur la pointe des pieds.

— Etes-vous seul ? demanda une voix dure.

Amma comprit immédiatement qu'elle appartenait à un nain. Elle en avait vu beaucoup à Gunngar, où elle avait passé le dernier siècle. Elle n'avait rien de particulier contre eux, mais ils lui inspiraient de la méfiance. Les deux attaques que Joarr et elle avaient subies n'avaient rien arrangé.

Joarr ne répondit rien, mais il dut s'écarter pour laisser entrer le nain, qu'elle entendit plus distinctement lorsqu'il reprit la parole.

— La femelle n'est pas là ?

Amma fronça les sourcils. Quelqu'un les épiait. Ce nain était-il le complice de ceux qui les avaient attaqués ? Etait-ce celui qu'elle avait remarqué dans le bar à portail ? Dans tous les cas, Joarr était assez malin pour se méfier de lui.

— Pourquoi veux-tu le savoir ? demanda-t-il d'une voix neutre.

Il semblait n'accorder aucune importance à la visite de ce nain, mais elle commençait à le connaître assez bien pour savoir qu'il jouait la comédie.

— J'aimerais que vous soyez le seul à entendre la proposition que je suis venu vous faire.

Joarr dut lui faire signe de poursuivre.

— Mon employeur aimerait acquérir… votre compagne.

Amma se raidit.

— Rendez-vous à cet endroit dans la soirée, poursuivit le nain après un froissement de papier. Demandez Fafnir. Il vous expliquera tout.

— Et pourquoi ferais-je une chose pareille ? demanda Joarr. Pourquoi ton employeur me croit-il disposé à faire affaire avec lui ?

Amma n'avait aucun mal à l'imaginer en train de toiser son interlocuteur avec mépris.

— Il est prêt à vous offrir un trésor en échange, chuchota le nain. Un trésor tel que vous n'en avez jamais vu… Des objets provenant des neuf mondes, patiemment rassemblés depuis un siècle… Vous avez entendu parler de quelque chose qui a disparu ? C'est sans doute le Collectionneur qui l'a…

Amma ne put s'empêcher de sursauter en entendant ce nom et se cogna contre la poignée de la porte. Le silence se fit immédiatement dans la pièce voisine.

Elle retint son souffle en espérant que la conversation allait reprendre, puis changea de stratégie.

— Zut ! s'écria-t-elle. J'ai fait tomber ma serviette… Je veux dire… J'ai glissé sur le savon et ma serviette est mouillée, se reprit-elle en essayant d'avoir l'air plus convaincante.

Après avoir entendu la porte de la chambre s'ouvrir, puis se refermer, elle s'appuya au lavabo et fixa le robinet. Pourquoi le Collectionneur la voulait-il ? Croyait-il qu'elle s'était jouée de lui ? C'était faux ! Elle lui avait donné exactement ce qu'il voulait en échange de l'information qui l'avait menée à Alfheim, où elle avait été séparée de son corps. C'est elle qui avait de bonnes raisons de s'estimer lésée... Et comment pouvait-il savoir qu'elle était avec Joarr ? Il devait être impliqué dans tout ce qui leur était arrivé depuis le bar à portail... Mais que voulait-il ?

— Veux-tu que je te sèche ? lui demanda Joarr en entrouvrant la porte de la salle de bains, les yeux brillants.

10

Joarr ne chercha pas à dissimuler le désir que lui inspirait la sorcière nue et mouillée.

Celle-ci s'empressa de s'envelopper dans une serviette minuscule qui cachait à peine ses seins et laissait sa hanche découverte.

Il entra résolument dans la salle de bains, ce qui la fit reculer jusqu'au mur.

— Je ne demande qu'à t'aider, insista-t-il en plaçant ses mains sur les carreaux de part et d'autre de sa tête.

Le regard qu'elle jeta par-dessus son épaule renforça ses soupçons : elle devait avoir espionné sa conversation avec le nain.

Cela l'incita à changer de stratégie. Il s'écarta d'elle et lui tendit le prospectus que lui avait laissé leur visiteur.

— Nous avons reçu une invitation, déclara-t-il.

La proposition que le nain venait de lui faire ayant réveillé sa méfiance à l'égard de la sorcière, il préféra ne rien en dire.

A en juger par la surprise qu'il lut dans ses yeux, elle ne s'attendait même pas à ce qu'il lui parle de la visite du nain. Tant mieux… Cela allait l'inciter à lui faire confiance.

— Cette adresse te dit-elle quelque chose ?

Il était grand temps qu'elle lui donne un gage de sa sincérité. Dans le cas contraire, il risquait d'accepter la proposition du nain malgré l'ambivalence des sentiments qu'elle lui inspirait. A condition que cette proposition soit sincère… ce dont il doutait fort.

Le papier faisait d'eux des clients VIP du bar Les Tunnels. Il était épais et un peu jaune pour avoir l'air ancien, et scellé d'un cachet en cire rouge que Joarr avait brisé pour le déplier.

Amma lui prit le papier en tenant sa serviette de l'autre main. Joarr s'écarta pour la laisser lire et s'appuya au lavabo. La salle de bains sentait le savon et le shampooing bas de gamme, mais le parfum d'Amma reprit le dessus à mesure que la vapeur se dissipait. Joarr l'inspira en prenant bien garde de cacher à la sorcière le plaisir que cela lui procurait.

Elle examina l'invitation en fronçant les sourcils. Joarr attendit sa réaction avec curiosité, mais ce n'était pas la seule chose qui l'intéressait… Finalement, il ne put résister à la tentation de souffler de l'air froid au-dessus de sa tête, ce qui lui donna la chair de poule.

Lorsqu'elle lui jeta un regard chargé de reproches, il s'empressa de fermer la bouche et prit un air innocent.

— Il s'agit du même bar que celui du prospectus qu'on a glissé sous la porte, déclara-t-elle en frissonnant.

— Ah bon ?

Elle hocha la tête. Son mouvement fit glisser la serviette, mais elle parvint à la rattraper — ce qui le chagrina. Il recommença à souffler au-dessus de sa tête. Saisie d'un nouveau frisson, elle jeta des regards alentour comme si elle cherchait la source du courant d'air.

— Tu es observatrice..., commenta-t-il en tendant la main.

Elle lui rendit l'invitation, qu'il laissa tomber par terre.

— Que je suis maladroit...

En se baissant pour la ramasser, il parvint à tirer discrètement sur sa serviette, qui rejoignit l'invitation sur le carrelage. Satisfait, il ramassa les deux dans le même mouvement.

Amma eut le mérite de ne pas se couvrir les seins, mais parut franchement vexée.

— Tu l'as fait exprès ! s'écria-t-elle en lui arrachant la serviette.

Elle l'écarta de son chemin, ramassa ses vêtements qu'elle avait laissés dans un coin et se dirigea résolument vers la porte.

Il la retint par le bras, ce qui lui valut un regard furieux.

— Aurais-tu préféré que je ne m'intéresse pas à ce que cachait cette serviette ?

Elle cligna des yeux.

Joarr éclata de rire et la relâcha, puis il la regarda retourner dans l'autre pièce complètement nue et pleine d'assurance.

— Quel trésor..., murmura-t-il pour lui-même.

Les rues étaient très fréquentées par des humains qui évitaient de se regarder les uns les autres. N'y avait-il que des endroits de ce genre dans ce monde ? se demanda Amma en enjambant un ivrogne évanoui sur un morceau de carton. Elle le connaissait mal.

Avant son emprisonnement, elle avait passé le plus clair de son temps avec ses sœurs, et surtout avec Lusse. Celles-ci préféraient les entre-deux mondes, des endroits qui ne dépendaient d'aucun gouvernement et où chacun faisait sa loi. Lusse s'était établie dans une région montagneuse qui ressemblait assez au monde des dragons. Leur aînée, pour sa part, avait un faible pour les souterrains et les cavernes, comme les nains… et les dragons. Avant de rencontrer Joarr, Amma n'avait jamais songé aux points communs que ses deux sœurs avaient avec son espèce.

Etait-ce pour cela que Joarr l'attirait tant ?

Celui-ci enjamba l'ivrogne à son tour. Il portait encore un ensemble blanc qu'il s'était fait livrer avec des vêtements qu'il lui destinait. Il avait payé le tout avec un autre sac d'or. Amma comprenait mal pourquoi il ne s'était pas contenté de s'habiller par magie en se transformant. S'était-il rendu compte qu'elle avait besoin de vêtements propres ou voulait-il l'empêcher d'absorber la magie résiduelle de ses transformations ?

Il ne portait pas de veste, juste un pull qui moulait sa musculature et un pantalon en lin. Même ses chaussures étaient blanches.

Ces vêtements, qui auraient été trop voyants sur presque tout le monde, ne faisait que souligner sa virilité. A vrai dire, elle n'arrivait pas à l'imaginer vêtu autrement — à part complètement nu.

Cette idée la fit sourire. Non… Les goûts vestimentaires de Joarr n'étaient pour rien dans le désir qu'il lui inspirait. Maudit dragon !

Elle lissa la jupe — blanche, elle aussi — qu'il lui avait fait livrer. Pour sa part, elle aurait plutôt choisi des vêtements sombres pour se rendre dans un lieu potentiellement dangereux. Il leur aurait été plus simple de se fondre dans la foule… Mais elle ne pouvait s'empêcher d'admirer l'assurance de Joarr.

Amma se mit à jouer avec le bracelet de l'elfe, qu'elle avait décidé de porter en plus du bracelet des menottes. Les deux lui semblaient appropriés : l'un lui rappelait pourquoi elle était là, et l'autre… A vrai dire, elle ne tenait pas à analyser ses sentiments. Elle avait eu envie de le porter, un point c'est tout.

En sentant ses doigts se crisper sur le petit sac à main argenté que Joarr lui avait également fourni, elle prit conscience de sa nervosité. Elle n'aimait vraiment pas être la cible d'un adversaire inconnu…

Ils n'étaient plus qu'à quelques centaines de mètres du bar. Le quartier était constitué de vieux entrepôts de deux étages que rien ne permettait de distinguer les uns des autres, mais la longue file d'attente qui s'étirait sur le trottoir un peu plus loin lui permit de repérer leur destination.

Cela n'empêcha pas Joarr de tirer l'invitation de sa poche pour vérifier l'adresse.

— On dirait que c'est par ici, déclara-t-il avant de relever les yeux pour chercher vainement une enseigne.

Une bande d'humaines en minijupes et en cuissardes passa près d'eux. L'une d'elles se retourna pour dévisager Joarr. Amma s'empressa de glisser son bras sous le sien en fronçant les sourcils.

La femme rejeta sa tête en arrière en riant. Se croyait-elle de taille à rivaliser avec elle ?

Amma écarta instinctivement les doigts pour puiser dans sa magie et s'apercevoir, une fois de plus, qu'elle n'en avait pas.

— Curieuse clientèle, commenta Joarr en suivant le groupe de femmes des yeux.

Elles descendirent l'escalier menant à la porte du bar, où attendait une foule dans laquelle se mêlaient des nains, des elfes et des humains.

Amma était certaine que les nains et les elfes étaient armés, ce que Joarr devait savoir aussi bien qu'elle. Le manche d'une hache dépassait de la veste de l'un des nains et les poches des elfes étaient pleines à craquer. Les elfes de l'ombre étaient d'ailleurs connus pour leur armement aussi étrange que fatal.

— Crois-tu vraiment qu'entrer dans ce bar soit la meilleure chose à faire ? demanda-t-elle à Joarr en posant une main sur son bras.

Il lui jeta un regard surpris.

— C'est là que se trouve le calice. Du moins, c'est là qu'on nous a invités à nous rendre…

— C'est là qu'on nous attend…, reformula-t-elle, certaine qu'il s'agissait d'un piège.

Joarr esquissa un sourire.

— Tu as raison.

Ils observèrent la foule qui se pressait à la porte du bar pendant quelques instants.

L'un des elfes frôla la femme qui avait dévisagé Joarr. Celle-ci lui jeta un regard méprisant et Amma ne put s'empêcher d'espérer qu'il allait employer contre elle l'une des armes qu'il cachait dans sa poche. Malheureusement, il se contenta de lui murmurer quelque chose à l'oreille.

Visiblement outrée, la femme prit le bras de l'une de ses amies et s'éloigna de quelques pas. Amma, déçue, cessa de l'observer.

S'ils voulaient entrer discrètement dans ce bar,

il leur fallait un déguisement, une diversion ou les deux.

— Nous devons nous changer… Si le Collectionneur est là, il me reconnaîtra. Quant à toi…, ajouta-t-elle en l'observant de la tête aux pieds, tu ne passes pas inaperçu.

Il inclina la tête en haussant les sourcils.

— Les dragons n'aiment pas passer inaperçus. C'est dans notre nature…

— Dans ce cas, ta nature va te coûter le calice, sinon la vie, et je vais y perdre ma part de ton trésor.

— Te voilà bien autoritaire, tout à coup…

Il se pencha pour lui souffler de l'air chaud sur les lèvres. Comme la nuit était glaciale et qu'il ne lui avait pas fourni de manteau, elle frissonna de plaisir et se pressa contre lui malgré elle.

— Ça me plaît, ajouta-t-il en approchant encore ses lèvres des siennes.

Amma resta paralysée pendant quelques instants, puis se força à se ressaisir et tourna la tête vers le bar.

— Tu n'as qu'à te transformer pour te changer, mais ce n'est pas mon cas, lui fit-elle remarquer d'une voix aussi neutre que possible en tirant sur sa jupe.

— Je suis un dragon, répondit-il en reprenant son bras. Nous avons du mal à nous fondre dans la foule. A vrai dire, ça ne nous arrive jamais. C'est parce que les autres créatures connaissent notre nature et nous craignent que nous sommes puissants…

Sa réponse était arrogante, agaçante, et risquait fort de lui faire connaître le même sort que les deux — peut-être trois — dragons qui l'avaient précédé. Elle ouvrit la bouche pour le lui dire, puis se ravisa. Dans certains cas, mieux valait agir.

— Ton inquiétude me touche, commenta-t-il en

lui tapotant la main. Continue comme ça, et je vais peut-être finir par croire que tu te soucies de moi.

Elle ne répondit rien.

— Contente-toi de tenir ta promesse et de m'aider à retrouver le calice, poursuivit-il. Dans l'immédiat, ça consiste à me suivre sans douter de moi.

Sur ces mots, il l'entraîna dans l'escalier. Amma, qui ne s'y attendait pas, trébucha et dut se rattraper à la rambarde métallique fixée au mur. Joarr s'arrêta pour la retenir, mais elle s'écarta vivement pour éviter un contact qui n'était pas strictement nécessaire. Plus il la touchait, plus ses idées devenaient confuses, au point qu'elle risquait de perdre son but de vue.

— Eh ! Vous bloquez le passage ! lança quelqu'un derrière elle en la poussant dans le dos.

Cette fois, ce ne fut pas la rambarde qui l'empêcha de tomber… mais Joarr, qui la reçut dans ses bras. Avec la grâce d'un danseur, il se retourna vers le couple qui se trouvait derrière eux dans le même mouvement.

Amma comprit immédiatement que c'était la femme qui l'avait poussée. Ses bras étaient croisés sur son T-shirt savamment déchiré et son visage trop maquillé était crispé par la contrariété. S'apercevant qu'elle était de la même taille qu'elle, Amma eut une idée.

Elle observa son compagnon, qui était aussi grand que Joarr, mais un peu plus mince. Comme il portait une chemise et un pantalon moulants, c'était un problème…

Néanmoins, ce couple pouvait leur être utile.

Elle attira Joarr vers elle pour pouvoir lui chuchoter à l'oreille.

— Tu voulais que je t'aide, alors laisse-moi faire ou je m'en vais.

Il écarquilla les yeux. Alors qu'Amma s'attendait à un nouveau couplet sur l'invincibilité des dragons, il hocha la tête après quelques instants de réflexion.

Elle remonta deux marches pour se planter devant la femme.

— C'était un accident, sans doute, lui lança-t-elle en haussant les sourcils.

— Nous sommes des habitués, répliqua la femme avec mépris. Vous auriez tort de nous contrarier…

Sauf qu'Amma en mourait d'envie… Elle plia, puis écarta les doigts.

Joarr lui prit la main et lui insuffla de la chaleur… Mais pas la moindre magie. Elle grogna de frustration.

Comprenant ce qu'elle voulait, il posa son autre main dans son dos et lui offrit l'énergie qui lui manquait. Amma l'absorba avec soulagement en s'efforçant de rester impassible.

— Vous êtes des habitués ? De quel genre de bar s'agit-il ? demanda Joarr en parvenant à avoir l'air aussi encourageant qu'intimidant.

La femme cessa de fixer Amma et ne put dissimuler son admiration lorsque ses yeux tombèrent sur Joarr.

Son compagnon, qui ne semblait pas partager son sentiment, la tira par le bras.

— C'est Fafnir qui surveille la porte, déclara-t-il. Sois gentille avec lui, cette fois…

Il fit signe au nain qui venait d'apparaître dans l'embrasure de la porte.

Joarr serra la main d'Amma plus fort en entendant ce nom. La sorcière, qui disposait enfin de toute l'énergie dont elle avait besoin, saisit la femme par le bras.

— Vous n'allez quand même pas entrer par là ? lui dit-elle. Ne savez-vous pas que l'entrée réservée aux VIP se trouve de l'autre côté ?

La femme plissa les yeux sans parvenir à dissimuler son indécision.

— Venez ! On va vous montrer, poursuivit Amma en l'invitant à remonter l'escalier d'un signe de tête.

Elle tourna le dos à la porte et incita Joarr à en faire autant à l'instant précis où Fafnir jetait un coup d'œil dans leur direction. Le compagnon de la femme s'efforça d'attirer son attention, mais le regard du nain ne fit que glisser sur eux.

— Donne-moi l'invitation, demanda-t-elle à Joarr en tirant sur sa manche.

Il obéit sans hésiter.

— Si vous ne voulez pas nous accompagner jusqu'à l'entrée des VIP, tant pis pour vous, reprit-elle en tenant l'invitation entre deux doigts. Mais je trouve dommage que vous attendiez comme ça alors que d'autres arrivent à entrer…

Les femmes qu'ils avaient croisées sur le trottoir franchissaient la porte à cet instant précis. Amma les leur montra d'un signe de tête, puis agita l'invitation comme s'il s'agissait du ticket gagnant d'une loterie. C'était presque le cas, d'ailleurs : il était évident que cette invitation permettrait d'entrer à n'importe qui. Bien sûr, ceux qui la présenteraient risquaient d'avoir quelques ennuis lorsque Fafnir comprendraient qu'ils n'étaient pas le dragon et la sorcière qu'il attendait… Mais ce n'était pas le problème d'Amma.

L'habituée des lieux, maquillée comme un raton laveur, observa l'invitation avec méfiance.

— Bien sûr, si vous pensez…, commença Amma en reculant son bras.

— Non ! l'interrompit la femme en lui arrachant le papier.

Comme la lumière qui éclairait la porte ne parvenait pas jusqu'à eux, elle se servit de son portable pour examiner l'invitation.

— C'est bizarre, commenta-t-elle en fronçant les sourcils.

— Si ça ne vous intéresse pas, je suis sûre que…

— Allons-y ! l'interrompit encore la femme en prenant son compagnon par le bras. Dolly nous attend depuis une heure…

La femme jeta un dernier regard hostile à Amma avant de descendre l'escalier.

— Allez viens…, chuchota Amma à Joarr en l'entraînant au milieu de la foule, là où elle était certaine que Fafnir ne pourrait pas les voir.

La femme se fraya un chemin jusqu'à la porte en entraînant son compagnon et en brandissant l'invitation comme un étendard.

Fafnir tourna la tête vers elle. Même à la distance où elle se trouvait, Amma vit ses yeux pétiller d'excitation. Il se frotta les mains, puis se lécha les lèvres en fixant l'homme.

Amma fronça les sourcils. Il attendait visiblement que quelqu'un se présente avec l'invitation, mais sa réaction était déconcertante… Elle jeta un coup d'œil à Joarr en se demandant ce qu'il en pensait.

Fafnir abaissa une planche qui permettait de barrer la porte, ce qui provoqua une rumeur de mécontentement dans la foule, puis fit signe au couple d'approcher en poussant les clients qui étaient sur le point d'entrer.

De toute évidence, il ne se souciait guère de ménager sa clientèle.

Quelques instants plus tard, Fafnir fit entrer le couple et le suivit en claquant la porte derrière lui.

Aussitôt, ce fut l'anarchie.

— En quoi sommes-nous plus avancés ? lui demanda Joarr.

— Excusez-moi…, intervint quelqu'un en posant sa main sur son bras.

Amma se retourna vers un groupe d'adolescents, deux filles et un garçon.

— Avez-vous parlé d'une autre entrée ? lui demanda l'une des filles avec espoir.

Amma jeta un regard de triomphe à Joarr.

Il ne leur fallut que deux minutes pour entraîner les trois adolescents derrière le bar et les assommer par magie.

— J'espère que vous retiendrez la leçon, lança Amma aux trois humains inconscients tout en enfilant les cuissardes de la plus petite des deux filles. Il ne faut jamais se fier à des inconnus… Souvenez-vous-en quand vous vous réveillerez !

Elle se pencha pour fouiller dans le sac de l'autre fille.

— Est-ce vraiment nécessaire ? lui demanda Joarr en examinant le pantalon du garçon qu'il tenait à bout de bras.

— A toi de choisir : soit tu le mets, soit tu t'en fabriques un du même genre par magie, répondit-elle sans interrompre sans fouille.

Dix minutes plus tard, ils avaient changé de tenue

et s'étaient appliqué une bonne quantité d'eye-liner sur les paupières.

— Qu'en penses-tu ? demanda-t-elle à Joarr.

Elle garda sa boule d'énergie dans la main pendant quelques instants pour le plaisir de sentir qu'elle n'avait pas besoin d'économiser sa magie.

— Ce n'est pas mon style, répondit Joarr en baissant les yeux vers le vernis noir qu'elle venait de faire apparaître sur ses ongles.

— C'est justement ça l'intérêt… On ne peut pas dissimuler ta taille et ta carrure, mais personne n'imaginera que tu es un dragon en te voyant déguisé comme ça.

Elle contempla avec satisfaction ses bottes en cuir, son pantalon moulant, son vieux T-shirt et sa veste en imitation de peau de serpent.

Il passa les mains sur les pans de la veste, dont les écailles le dérangeaient.

— Je ne vois pas l'utilité de tout ça, dit-il.

Elle leva la boule d'énergie pour éclairer son visage en s'apprêtant à lui faire une réponse spirituelle, mais se figea. Les yeux de Joarr l'avaient toujours fascinée, mais l'eye-liner leur donnait un véritable pouvoir hypnotique. Elle déglutit péniblement.

— Qu'y a-t-il ? s'inquiéta Joarr.

— Tu… Tu es parfaitement crédible, déclara-t-elle en repliant les doigts pour faire disparaître la boule.

Ils réintégrèrent la file d'attente et découvrirent qu'un autre nain surveillait la porte.

— Qui est-ce ? demanda Amma à une fille qui portait des bottes basses et une casquette déchirée.

La fille l'observa de la tête aux pieds et parut l'estimer digne d'obtenir une réponse.

— C'est Regin. Ce n'est pas lui qui s'occupe de la

porte d'habitude, mais Fafnir a disparu. C'est resté fermé pendant des heures !

Cela faisait plutôt une demi-heure, d'après sa propre estimation. Néanmoins, il s'était écoulé assez de temps pour que Fafnir ait découvert la supercherie. Joarr et elle devaient entrer au plus vite... Amma prit le bras du dragon et plongea plus profondément dans la foule.

11

Fafnir porta sa main à sa hache dont la lame était dissimulée dans un étui en cuir. Son père l'avait obligé à prendre cette « précaution » de crainte que les humains, voyant son arme, ne se posent des questions ou ne cèdent à la panique.

Il en caressa le manche en s'imaginant en train de la dégainer pour frapper la gorge du dragon. Il croyait déjà sentir son sang… Le sang des dragons lui rappelait l'odeur des tunnels les plus profonds, ceux dans lesquels étaient enfouis les métaux les plus rares. Il en eut l'eau à la bouche et sentit ses mains trembler.

Le dragon, qui tenait la femelle par la main, posa le pied sur la marche suivante, puis lui jeta un regard méfiant par-dessus son épaule. Pour se donner une contenance, Fafnir se retourna et lança un ordre au barman le plus proche.

Lorsqu'il se retourna vers le dragon, celui-ci avait gravi deux marches de plus. Il avait presque atteint la grande salle du premier étage. Fafnir s'efforça de dissimuler son excitation. Ce n'était pas fini… Quand le dragon aurait atteint le premier étage, il lui faudrait encore l'entraîner dans un salon privé sans que personne ne le voie.

Regin commençait à se méfier. Il ne tarderait pas à

mettre le nez dans ses affaires s'il découvrait qu'un quatrième dragon était entré au club. Peut-être même essayerait-il de lui reprendre le calice… Il n'en était pas question.

Où allait-il cacher ce dragon ? se demanda-t-il en continuant à caresser le manche de sa hache. Cela n'allait sûrement pas être très difficile… Il fronça les sourcils.

Ce dragon n'était pas comme les autres. Il était plus faible, plus pâle… Fafnir soupira. Comme c'était le cas dans toutes les autres espèces, les dragons ne devaient pas tous se valoir. La malchance avait voulu qu'il tombe sur un spécimen dégénéré… Il ne lui restait plus qu'à espérer que cela n'empêchait pas son sang d'être aussi épais et puissant que celui des autres.

Il poussa un nouveau soupir. Au moins, son plan avait fonctionné : il avait attiré une nouvelle source de sang dans son antre. Puisque son homme de main le surveillait depuis le portail, il s'agissait forcément d'un dragon même s'il n'en avait pas l'apparence.

En s'accrochant à cette idée rassurante, Fafnir regarda le dragon et sa compagne entrer dans la grande salle. Après s'être assuré que ni Regin ni son père n'étaient dans les parages, il les entraîna vers le bar le plus proche, derrière lequel se trouvait un petit salon. Celui-ci n'était pas aussi discret que les pièces des étages supérieurs, mais il ne comptait y laisser le dragon que le temps de localiser les membres de sa famille et d'aller chercher les herbes soporifiques dans son bureau. Après cela, il ne lui resterait plus qu'à entraîner le dragon dans l'un des salons privés et à mélanger les herbes à sa boisson. Alors le tour serait joué…

Un nain le bouscula par inadvertance et tomba en travers de son chemin. Fafnir lui donna un coup de pied dans le ventre avec mauvaise humeur avant de poursuivre sa route.

Rien ni personne ne devait faire obstacle au bon déroulement de son plan…

Deux pas plus loin, il donna un coup de coude à un humain pour le forcer à se pousser.

Il n'avait plus une minute à perdre.

Joarr suivit la sorcière à travers la foule, dans laquelle elle se fondait avec détermination. La jupe et le T-shirt qu'elle avait volés à l'une des filles moulaient délicieusement ses courbes.

Il esquissa un sourire. Ces vêtements, bien différents de ceux qu'elle portait ordinairement, étaient incontestablement sexy, mais il préférait l'allure faussement angélique que lui donnaient ses jupes et ses chemisiers… Les humains qui la suivaient des yeux n'auraient sans doute pas été du même avis.

L'un d'eux effleura l'épaule d'Amma lorsqu'elle passa devant lui. Joarr ne put s'empêcher de s'arrêter pour lui jeter un regard furieux qui le fit reculer.

Amma tira sur son bras pour le forcer à recommencer à avancer.

La foule qui se pressait devant la porte était passablement agitée, ce dont le nain de service semblait se moquer éperdument.

Il observait les altercations d'un œil impassible en se frappant la cuisse avec une baguette de bois.

— Il va bientôt fermer la porte…, lui lança Amma. Suis-moi !

Subitement, la foule se mit à s'écarter devant eux.

Joarr écarquilla les yeux, puis comprit qu'Amma effleurait toutes les personnes qui leur barraient la route pour les forcer à reculer par magie.

— Est-ce bien prudent ? lui demanda-t-il en se penchant vers son oreille.

Elle haussa les épaules.

— Ils ont de la chance que je ne sois pas de mauvaise humeur, répondit-elle avant de forcer un nouvel humain à se pousser.

Il ne leur fallut que quelques secondes pour atteindre la porte et la franchir.

— Et maintenant ? demanda Joarr.

L'entrée du bar était plongée dans l'obscurité, ce qui n'était pas un problème pour lui. Son espèce y voyait parfaitement dans le noir, et beaucoup de dragons choisissaient d'ailleurs de ne jamais quitter leur caverne.

— Maintenant, nous retrouvons Fafnir, répondit Amma en avançant avec assurance, comme si elle y voyait aussi bien que lui.

Il était ravi de la voir prendre les choses en main — même s'il ne faisait que lui laisser croire qu'elle maîtrisait la situation.

Réflexion faite, il estima nécessaire de lui rappeler qui dirigeait l'opération et la retint par le bras.

— N'allons-nous pas un peu trop vite ?

Il la força à adopter l'allure qu'ils auraient eue dans un musée, où il y aurait eu autre chose que des trous et des taches à contempler sur les murs.

— C'est un endroit charmant, commenta-t-il.

— Ce couloir doit bien mener quelque part…, répliqua-t-elle, agacée.

Elle avait raison. Quelques instants plus tard, ils débouchèrent dans une salle faiblement éclairée.

Il s'y trouvait un bar et un escalier menant vers l'étage supérieur. Ils y retrouvèrent aussi la foule, ou plutôt une partie de la foule. Le brouhaha des conversations s'amplifia lorsqu'ils s'approchèrent de l'escalier.

— La salle principale doit être à l'étage, déclara Amma en posant le pied sur la première marche.

Elle lui tendit la main pour l'inviter à le suivre.

Joarr s'arrêta net en découvrant la salle de l'étage supérieur.

Les nains qui avaient aménagé ce bar en avaient complètement transformé l'intérieur. Le plafond qui surplombait le centre de cette pièce immense était celui du troisième étage. Les planches qui y étaient suspendues permettaient de se rendre dans de petites pièces qui dépassaient des murs, à la hauteur du deuxième et du troisième étage, et semblaient prêtes à s'effondrer sur les clients. Ces planches étaient si étroites et si instables qu'il fallait être un nain, un elfe ou une chèvre pour les emprunter sans risque.

La pièce était équipée de trois bars qui imitaient des rangées de stalagmites. De l'eau s'égouttait du plafond à certains endroits et un ruisseau serpentait au milieu de la salle, qui était presque aussi sombre qu'une caverne.

— Voilà qui est intéressant…, murmura Amma. Ça ressemble…

— … à une caverne, acheva Joarr.

— Ils ont reconstitué un Nidavellir miniature dans le monde des humains.

— C'est charmant, commenta Joarr en portant la main d'Amma à ses lèvres.

Alors il repéra Fafnir, qui se trouvait toujours avec les deux humains. Il les avait entraînés dans un recoin meublé de banquettes qui s'ouvrait derrière l'un des bars. Joarr le montra à Amma d'un signe de tête, puis entraîna la sorcière à travers la foule.

— Ai-je pensé à te dire que le nain qui m'a donné l'invitation s'intéressait à toi ? lui murmura-t-il à l'oreille. Il m'a proposé de t'échanger contre un trésor… Vois-tu une raison à cela ?

Amma se raidit mais continua à se faufiler entre les clients en tâchant de ne pas se faire remarquer.

— Lui as-tu expliqué que je ne t'appartenais pas ? lui demanda-t-elle quelques instants plus tard en enfonçant ses doigts dans son bras.

— Ça ne m'est pas venu à l'esprit, répondit-il en lui tapotant la main.

Amma détourna les yeux en feignant l'indifférence. Joarr savait parfaitement qu'il venait de la blesser — et que c'était un peu cruel, mais il était un dragon. Non seulement les dragons avaient un faible pour la provocation, mais il avait un faible pour Amma lorsqu'elle se mettait en colère.

— Il ne sait peut-être pas que tu appartiens à une espèce plus rare que la mienne, riposta-t-elle en souriant aux humains qu'elle venait d'écarter de son chemin. Sans doute changerait-il d'avis s'il comprenait que tu es un dragon…

Il fit semblant d'y réfléchir pendant quelques instants.

— Tu as raison. Les sorcières sont si banales… J'ai beaucoup plus de valeur que toi.

Leur joute verbale ne les avait pas empêchés de progresser et ils avaient presque atteint le salon qu'ils visaient. Les deux humains étaient assis sur un canapé gris et Fafnir, debout devant eux, tournait le dos à la salle.

Une serveuse s'approcha avec des boissons, mais Fafnir renversa son plateau dans un accès de colère.

— Comment vous êtes-vous procuré cette invitation ? s'écria-t-il.

La femme pâlit et se rapprocha de son compagnon, qui passa un bras autour de ses épaules sans paraître plus rassuré qu'elle.

— Une femme nous l'a donnée... Elle a dit que ça nous permettrait d'entrer.

— Une femme ? Y avait-il un homme avec elle ? A quoi ressemblaient-ils ?

Le nain bondit sur le canapé, puis sur son accoudoir, pour les fixer comme un oiseau de proie prêt à frapper.

— Je ne sais pas... Ils étaient vieux... Elle, en tout cas... Et ils n'avaient rien de remarquable.

Alors qu'Amma écarquillait les yeux, outrée par la réponse de cette idiote, Fafnir dégaina une dague et la planta dans le dossier de la banquette, à quelques centimètres de la tête de la fille. Celle-ci regarda avec un air stupide la mèche de cheveux qu'il venait de lui couper tomber sur ses genoux. Son compagnon parut revenir subitement à la vie.

— Eh ! s'écria-t-il en prenant la main de la fille pour l'inciter à se lever avec lui. Vous ne pouvez pas...

Sur un signe de Fafnir, trois nains armés de dagues surgirent de nulle part. Le couple se rassit immédiatement.

La fille planta ses ongles dans la main de son compagnon. Leur terreur était palpable.

Fafnir recommença à les interroger en s'efforçant d'avoir l'air calme.

— Je vous ai demandé à quoi ils ressemblaient.

Sont-ils ici en ce moment ? Vous ont-ils suivis ou sont-ils repartis ?

— Je ne sais pas…, balbutia la fille en observant la foule avec angoisse. Je ne les ai pas vus derrière nous…

Joarr attira Amma contre lui derrière une stalagmite.

— Du blanc ! s'écria la fille en tournant brusquement la tête vers Fafnir. Ils étaient tous les deux habillés en blanc !

Elle recommença à scruter la foule.

— Là ! cria-t-elle en tendant le bras.

Joarr prit une profonde inspiration et se tint prêt à se transformer, mais Fafnir et les deux humains fixaient quelque chose qui se trouvait derrière eux, en haut de l'escalier qu'ils venaient d'emprunter.

— Ils ont eu une bien mauvaise idée…, marmonna Amma.

Les trois adolescents qu'ils avaient dépouillés venaient d'entrer dans le bar. L'une des filles portait les vêtements d'Amma et le garçon ceux de Joarr.

Fafnir arracha sa dague du dossier de la banquette et fit signe à ses trois complices. Ceux-ci se faufilèrent à travers la foule en cachant leurs armes aux clients.

Après avoir glissé sa dague dans sa manche, Fafnir bondit de l'accoudoir du canapé et fonça vers sa nouvelle cible sans accorder un regard au couple qu'il venait de terroriser.

Parvenu au centre de la salle, il sauta sur l'une des planches qui permettaient d'accéder aux étages supérieurs. Celle-ci s'éleva pour s'arrêter trois mètres au-dessus de la foule. Depuis ce poste d'observation, il fixa les trois adolescents qui ne se doutaient de rien. Les éclairages insuffisants et savamment orientés du bar le faisaient paraître plus grand et encore plus menaçant.

— Je n'aime pas ça, murmura Amma en lui serrant le bras.

Surpris de la voir s'inquiéter pour des humains qu'elle n'avait pas hésité à instrumentaliser, Joarr écarquilla les yeux.

— Il est évident qu'il va leur faire du mal en les prenant pour nous, répondit-il d'une voix neutre.

Il jeta un coup d'œil en direction du canapé. Les deux humains s'y trouvaient toujours, retenus prisonniers par trois autres nains qui venaient d'apparaître.

— La question est : allons-nous intervenir ? Et si oui, pour sauver qui ?

Amma se raidit. Seule l'intensité de son regard trahissait le combat qui se livrait en elle. Après quelques instants, elle tourna les yeux vers le canapé. Les nains étaient en train de forcer les deux humains à se lever… pour les entraîner dans un endroit d'où ils ne reviendraient sans doute jamais.

Amma détestait le fil de ses pensées et regrettait par avance ce qu'elle s'apprêtait à faire. Cette femme l'avait poussée, lui avait témoigné du mépris et l'avait traitée de vieille…

Elle voyait là trois bonnes raisons de laisser les nains faire ce qu'ils voulaient de son compagnon et d'elle. Ses sœurs, d'ailleurs, ne s'en seraient sûrement pas mêlées.

C'était une preuve de plus qu'elle n'était pas comme ses sœurs.

— Je m'occupe d'eux pendant que tu surveilles

Fafnir, proposa-t-elle à Joarr en indiquant le couple d'un signe de tête.

Elle glissa sous son bras le sac à main argenté auquel elle n'avait pas renoncé et se dirigea résolument vers le canapé.

Amma se sentit de mieux en mieux à mesure qu'elle en approchait. Ses doigts grésillaient de pouvoir. Le peu d'usage qu'elle en avait fait avant d'entrer dans le bar l'avait laissée insatisfaite et avait éveillé en elle un désir de livrer bataille. Cela faisait si longtemps...

Malheureusement, elle allait devoir rester prudente tant qu'elle serait à l'intérieur du bar. Si Joarr et elle avaient décidé de sauver les humains qui s'étaient malencontreusement trouvés mêlés à cette histoire, ils ne voulaient pas révéler leur identité aux nains pour autant.

Elle n'allait donc pas s'amuser autant qu'elle en avait envie.

Elle poussa un soupir mais s'efforça de rester motivée. C'était quand même une bataille...

Amma s'arrêta net devant le groupe pour fouiller dans son sac comme si elle y cherchait du rouge à lèvres.

— Bouge de là ! grogna l'un des nains en lui donnant un coup de coude dans la hanche.

Elle baissa les yeux vers lui.

— Vous êtes vraiment grossier..., commenta-t-elle en posant une main sur son front pour lui infliger la décharge de magie la plus grande possible sans attirer l'attention.

Il en resta pétrifié, la bouche ouverte, sans avoir eu le temps de lui répondre par une insulte, puis tomba à la renverse, les yeux convulsés.

Les deux humains sursautèrent et baissèrent les yeux vers le nain qui gisait à leurs pieds tandis que les deux autres nains échangeaient un regard surpris.

Amma replaça son sac à main sous son bras en souriant.

— J'espère que ce n'est pas ce que je viens de dire qui l'a fait s'évanouir…, dit-elle aux deux nains avant de les assommer à leur tour.

Il ne restait plus que les deux crétins d'humains. Amma se tourna vers la femme qui l'avait poussée et insultée.

— Tu te souviens de moi ? lui demanda-t-elle en rejetant ses cheveux derrière son épaule.

La femme recula d'un pas, ce qui l'incita à avancer sur elle. Par chance, elle se rappela la raison de sa présence en marchant sur le bras de l'un des nains. Même si cette femme était terriblement antipathique, ce n'était pas après elle qu'elle en avait.

Elle soupira.

— Vous feriez bien de partir, dit-elle en leur montrant l'escalier.

La femme attrapa le bras de son compagnon et se précipita vers la sortie. Tandis qu'ils se frayaient un chemin à travers la foule, Amma chercha Joarr des yeux et le repéra à quelques pas des trois adolescents. Même déguisé, il ne passait pas inaperçu. Il était plus grand et plus robuste que la plupart des clients, mais il n'y avait pas que cela… Son pouvoir était presque tangible maintenant qu'il avait abattu la barrière derrière laquelle il le dissimulait. Amma pouvait le sentir, presque le goûter… Il l'attirait aussi sûrement qu'un aimant attire un morceau de métal.

Elle déglutit péniblement et avança vers lui.

Elle ne comprenait pas comment les nains et tous

les clients de l'endroit pouvaient le regarder sans deviner sa nature. Personne dans ce bar — ni dans aucun des neuf mondes — ne lui arrivait à la cheville.

Ses doigts se crispèrent sur son sac à main. Perturbée par la direction que prenaient ses pensées, elle leva les yeux vers Fafnir. Le nain n'avait pas quitté sa planche, mais celle-ci était plus bas que précédemment, presque au-dessus des têtes des adolescents et de Joarr. Le trio avait les yeux levés vers Fafnir, qui était en train de leur parler. A en juger par leurs expressions, la discussion était encore cordiale.

Cela n'allait pas durer... Amma, qui tenait à prendre part à l'action, recommença à se frayer un chemin à travers la foule.

12

Joarr surveillait le nain du coin de l'œil en s'arrangeant pour lui tourner le dos. Fafnir, qui n'avait pas quitté sa planche, fixait le garçon et la fille qui avait enfilé les vêtements d'Amma. L'autre fille venait de se faire inviter à danser par un elfe de l'ombre. A en juger par leurs sourires, les deux autres n'avaient pas la moindre idée des risques qu'ils couraient.

Fafnir se mit à tripoter celle de ses manches dans laquelle il avait dissimulé sa dague.

— Qu'est-ce qui vous amène aux Tunnels ? demanda-t-il aux deux adolescents.

Plus méfiant qu'avec le premier couple, il optait pour une approche plus subtile. Fafnir renifla bruyamment, fronça les sourcils, puis quitta le couple des yeux pour se mettre à scruter la foule.

Joarr se raidit. Les nains n'ayant pas l'odorat aussi sensible que les créatures capables de changer de forme, il était peu probable que Fafnir remarque qu'il se trouvait juste sous son nez. Néanmoins, la manière dont il s'agita et se désintéressa du couple le mit mal à l'aise. A vrai dire, *tout* en ce nain le mettait mal à l'aise. Son odorat, très sensible comme celui de tous les dragons, percevait quelque chose d'anormal chez lui.

Comme il surveillait le nain, il ne vit pas Amma

se diriger vers lui — mais il la sentit approcher. Tout en continuant à tourner le dos à Fafnir, il se déplaça légèrement pour lui masquer la sorcière.

— Tout s'est bien passé ? lui demanda-t-il lorsqu'elle l'eut rejoint.

— Ça aurait pu être plus amusant…, répondit-elle en inclinant la tête. Mais oui, tout s'est bien passé.

Elle leva les yeux vers le nain et fronça les sourcils.

Joarr jeta un coup d'œil par-dessus son épaule en direction du canapé sur lequel le premier couple s'était fait interroger. Des gens s'étaient rassemblés là et certains se baissaient comme s'il y avait quelque chose par terre.

— Tu les as laissés là-bas ?

Elle haussa les épaules.

— J'aurais préféré les brûler, mais avec tous ces humains…, répondit-elle en embrassant la foule d'un geste las.

— Il ne nous reste plus qu'à espérer que notre ami ne va pas s'en apercevoir tout de suite…, conclut-il en passant un bras autour de sa taille.

Il leva les yeux vers Fafnir qu'Amma avait recommencé à fixer en fronçant les sourcils.

— Tu n'es pas un dragon ! lança le nain au garçon. Qu'es-tu ?

— Bien sûr que si, je suis un dragon ! répondit l'adolescent en soulevant la chemise de Joarr pour montrer le tatouage en forme de dragon qui s'étalait sur son torse. Je suis entré dans la bande il y a trois semaines !

Fafnir tira sur une corde pour s'approcher davantage, sortit sa dague de sa manche et agrippa le garçon par les cheveux pour poser la lame sur sa gorge.

— Qui vous a donné mon invitation ?

— Une invitation ? répéta le garçon en laissant retomber sa chemise. Quelle invitation ?

Amma tendit la main vers Fafnir.

— Il y a quelque chose en lui…

Joarr la sentit employer la magie pour sonder le nain d'une manière qui lui échappait.

Ce qu'elle avait remarqué avait-il un lien avec l'étrangeté de son odeur ? Joarr la laissa poursuivre, mais elle finit par baisser la main en secouant la tête.

De la pointe de sa lame, le nain entailla la gorge du garçon, qui poussa un cri et sursauta sans rien pouvoir faire pour lui échapper. Fafnir rapprocha la dague de son visage et observa la manière dont le sang s'écoulait le long de sa lame.

Finalement, il le goûta avec prudence et cracha d'un air dégoûté.

— Humain ! Tu n'es pas un dragon ! s'écria-t-il en replaçant la dague sous la gorge de l'adolescent.

Cette fois, ce dernier ne répondit rien. Le sang qui s'écoulait de son entaille souillait sa chemise blanche. Il garda ses bras le long de son corps et se hissa sur la pointe des pieds pour éviter que la dague du nain ne presse davantage sur sa gorge.

— Penses-tu que nous devrions… faire quelque chose ? demanda Amma.

Joarr était en train de se poser la même question. Il lui semblait injuste que ces deux humains se fassent tailler en pièces alors qu'ils leur avaient déjà volé leurs vêtements.

— Fafnir ! cria un nain qui était perché sur une autre planche, près d'un bar, et l'observait avec des jumelles d'opéra.

Fafnir lâcha le garçon en poussant un juron, essuya sa dague sur son pantalon et la glissa habilement dans sa manche. Puis, sans accorder un regard à l'humain qu'il avait failli égorger, il sauta de sa planche sur une autre et répéta le mouvement trois fois avant d'atterrir sur un bar à l'autre bout de la salle.

L'autre nain cria encore, mais Fafnir poursuivit sa route sans s'en soucier en renversant les pintes de bière qui se trouvaient sur son passage.

Lorsqu'il sauta du comptoir derrière une masse de stalagmites, Joarr prit la main d'Amma et l'entraîna à travers la foule.

— Et maintenant ? lui demanda-t-il quand ils se retrouvèrent près du bar.

L'un des elfes de l'ombre dont la bière avait été renversée s'était penché par-dessus le comptoir pour se remplir une nouvelle pinte. Lorsque le barman humain s'approcha, Joarr vit quelque chose briller dans la main de l'elfe. Le barman baissa les yeux vers l'arme dont l'elfe le menaçait, puis laissa son regard se perdre dans la foule en prenant une expression parfaitement impassible.

— Je me demande combien de choses cet humain a appris à ne pas voir…, murmura Amma.

— J'espère que le fait que des clients empruntent une sortie de secours en fait partie, répondit Joarr en lui montrant une porte métallique qui avait été peinte pour se fondre dans le décor. Fafnir a dû sortir par là.

Ils ouvrirent et refermèrent la porte sans un bruit. Celle-ci donnait sur une ruelle sombre et étroite qui empestait les ordures.

*
* *

La porte par laquelle Joarr l'avait entraînée ouvrait sur une ruelle plongée dans l'obscurité. Amma observa les environs, surprise par la rapidité avec laquelle sa vue s'adaptait au changement de luminosité. Bien sûr, le faible éclairage du bar lui facilitait les choses… Elle fut quand même soulagée de distinguer ce qui se trouvait autour d'elle. Elle voyait parfaitement Joarr malgré ses vêtements sombres, ainsi qu'une benne à roulettes qui se trouvait à quelques mètres d'eux.

Sa grossesse lui conférait-elle de nouveaux pouvoirs ? se demanda-t-elle en posant une main sur son ventre ? Si tel était le cas, elle espérait qu'elle allait les conserver après l'accouchement.

— Est-ce que ça va ? lui demanda Joarr.

Elle sursauta.

— Oui, pourquoi ?

— Pour rien, répondit-il en secouant la tête. C'est juste que je te vois souvent te toucher le ventre.

Amma sentit sa gorge se serrer et se força à rire.

— Une mauvaise habitude.

Un bruit métallique, puis un juron résonnèrent au loin. Amma et Joarr se figèrent. Après quelques instants, ils partirent dans la direction d'où provenaient ces sons sans prononcer un mot.

Une dizaine de mètres plus loin, ils découvrirent une autre porte restée ouverte. Quelqu'un manipulait bruyamment des objets à l'intérieur du bâtiment.

— Il y en a forcément un…, grommela Fafnir.

— Et maintenant ? chuchota Amma en se tournant vers Joarr.

Celui-ci lui indiqua une portion saillante du bâtiment derrière laquelle se trouvait un recoin où elle pouvait se cacher. Elle hocha la tête et s'y dissimula.

Joarr, pour sa part, disparut tout à fait. Amma ne parvint pas à masquer sa stupeur. Lorsqu'elle sentit une main chaude et chargée d'énergie prendre la sienne, elle comprit qu'il était toujours là et n'avait fait que se rendre invisible.

Elle ne savait pas que les dragons avaient ce pouvoir. Tout en pressant sa main, elle se demanda combien d'autres talents inconnus d'elle il pouvait posséder. Amma plissa les yeux en fixant l'endroit où il devait se trouver et finit par le distinguer. Il n'était pas tout à fait invisible, seulement enveloppé dans une sorte de brouillard qui se confondait avec la nuit. Avec un peu de chance, le nain allait s'y laisser prendre.

Joarr leva un doigt vers le ciel en souriant.

Amma comprit aussitôt ce qu'il voulait lui dire : ce pouvoir servait aux dragons à voler sans se faire remarquer de ceux qui se trouvaient au sol.

De nouveaux bruits leur parvinrent.

— Maudit Regin ! grogna le nain.

Un pot qui semblait rempli de clous roula dans la ruelle, suivi d'un autre qui s'ouvrit en tombant du trottoir et dégagea une forte odeur de peinture. Quelques secondes plus tard, Fafnir réapparut avec un sac sur l'épaule. Il referma la porte derrière lui, donna des coups de pieds hargneux dans les deux pots, puis s'éloigna dans la ruelle. Il ne courait pas, mais il marchait aussi vite que ses petites jambes le lui permettaient.

Joarr et Amma attendirent en silence pour le laisser prendre quelques mètres d'avance, puis ils sortirent de leur cachette.

— On continue à le suivre ? demanda Amma.

C'était ce que son instinct lui suggérait, mais il

lui semblait que Joarr devait décider de leur stratégie — d'autant plus que le nain se comportait vraiment de manière étrange. Que faisait-il dans cette ruelle et pourquoi marmonnait-il continuellement ?

Surtout, elle avait bien vu étinceler son regard quand il avait entaillé la gorge du garçon, et le dégoût avec lequel il avait déclaré qu'il était humain ne lui avait pas échappé. Amma essuya ses mains moites sur sa jupe et jeta des regards inquiets autour d'elle. Fafnir était sorti seul, elle en était certaine… mais cela ne l'empêchait pas d'éprouver un malaise croissant.

Le comportement de ce nain était aussi anormal qu'incompréhensible. Elle ne savait pas s'il avait un rapport avec le calice, mais il en avait un avec les dragons.

— Nous devrions peut-être rentrer dans le bar…, suggéra-t-elle à Joarr en chuchotant. Nous n'en avons pas fait le tour pour que j'essaie de repérer le Collectionneur. S'il s'y trouve… nous perdons notre temps en suivant Fafnir.

— Ça m'étonnerait, répondit Joarr en lui soulevant le menton. Ce nain cache quelque chose.

Ses doigts lui insufflèrent de la chaleur sans qu'elle comprenne s'il le faisait exprès. Quoi qu'il en soit, son geste la détendit autant que l'aurait fait un bain brûlant.

— Et je trouve qu'il s'intéresse un peu trop aux dragons…

Amma inspira profondément sa chaleur et sa magie lorsqu'il se pencha pour souffler sur ses lèvres.

— Mais tu as partiellement raison, ajouta-t-il. Ça m'étonnerait beaucoup qu'il aille rejoindre ce

Collectionneur… Tu n'as aucune raison de m'accompagner. Va donc m'attendre à l'hôtel.

Saisie d'une faiblesse soudaine, Amma acquiesça. Elle ne demandait pas mieux que d'aller se blottir dans le lit.

— Vas-y, murmura-t-il, ses lèvres tout près des siennes.

Elle ferma les yeux et se perdit dans ses sensations pendant quelques instants.

Attendre… C'était une bonne idée. Elle commença à céder à la tentation de s'en aller… ou plutôt à la suggestion qui l'y incitait. Le dragon se servait de ses pouvoirs pour la manipuler. Comprenant subitement ce qui se passait, elle s'écarta de lui d'un mouvement brusque, fit volte-face et s'éloigna sur les traces du nain.

Joarr poussa un juron derrière elle.

— Il n'est pas nécessaire que tu m'accompagnes, grommela-t-il quelques instants plus tard, lorsqu'il l'eut rattrapée. Ce problème n'est pas le tien.

Elle ne se donna pas la peine de répondre. Ils continuèrent à avancer en silence et débouchèrent bientôt dans une rue.

Celle-ci était éclairée par des lampadaires, mais le brouillard qui s'était levé en tamisait la lumière. Avec ses vêtements imprégnés d'humidité qui lui collaient à la peau, Amma ne tarda pas à frissonner.

Joarr lui prit la main pour lui insuffler une nouvelle dose de chaleur. Cette fois, il lui communiqua toute sa détermination au lieu d'essayer de l'affaiblir.

Ce n'était peut-être pas son problème, Fafnir ne les menait peut-être ni au Collectionneur ni au calice, mais il n'était pas question qu'elle laisse Joarr se débrouiller seul.

13

Un lampadaire grésilla, puis s'éteignit. Mis en confiance par l'obscurité, un rat traversa la rue juste devant eux.

Joarr serra la main d'Amma. La sorcière n'avait aucune raison de se trouver là. Malheureusement, elle avait insisté pour l'accompagner malgré tous ses efforts pour la renvoyer à l'hôtel où elle aurait été en sécurité.

Il avait provisoirement cessé de s'interroger sur ses motivations. Il avait d'autres chats à fouetter pour le moment : assurer sa sécurité et découvrir ce que cachait le nain.

Joarr n'avait pas la moindre idée de ce qui les attendait. Le nain ne semblait pas avoir remarqué qu'ils le suivaient. Comme il l'avait dit à Amma, il était presque certain que ses activités ne la concernaient pas. En revanche, elles concernaient les dragons.

Il commençait à croire que ses deux indices — l'invitation qu'il avait reçue à l'hôtel et la lettre que Ryke lui avait remise — n'étaient que des ruses visant à attirer un dragon dans les parages.

Pourquoi ?

Avec un peu de chance, il ne tarderait pas à le découvrir.

Amma et Joarr suivaient Fafnir depuis une dizaine

de minutes, en maintenant une bonne distance entre eux et lui pour ne pas risquer de se faire repérer. A vrai dire, cette précaution semblait superflue. Le nain n'avait pas cessé de regarder droit devant lui, si concentré sur sa destination qu'il n'avait même pas sursauté quand un chat avait jailli d'une poubelle en la renversant.

Le décor n'avait guère changé. Les rues qu'ils empruntaient étaient toujours bordées d'entrepôts, mais un peu plus récents que celui dont les nains avaient fait un bar.

Fafnir s'arrêta devant l'un d'eux, jeta des regards alentour, tira une clé de sa poche et pénétra dans le bâtiment dont la porte s'ouvrit en grinçant.

— On le suit ou on l'attend dehors ? demanda Amma en enfonçant ses doigts dans son bras.

Elle était nerveuse…

Lui aussi, d'ailleurs. Il était évident que le nain cachait quelque chose dans ce bâtiment — quelque chose que même les autres nains n'étaient pas censés voir.

— On le suit, répondit-il. Mais le plus discrètement possible.

Il savait cette précision superflue, mais il ne tenait pas à se faire repérer. Non qu'il eut peur du nain — cette idée était grotesque —, mais parce que rien ne lui garantissait que sa quête s'arrêtait là. Il était presque certain que le calice ne se trouvait pas dans cet entrepôt et qu'ils allaient devoir continuer à espionner Fafnir.

Ils pénétrèrent d'abord dans un hall d'entrée bordé sur un côté par des bureaux vitrés. Une autre porte, qui devait se trouver à l'arrière du dernier bureau, s'ouvrit en grinçant. Joarr entraîna Amma et parvint à glisser son pied dans l'embrasure de la porte avant qu'elle ne se referme.

Lorsqu'ils se furent glissés de l'autre côté, il la retint pour s'assurer qu'elle se referme discrètement, puis observa les lieux.

Ils venaient de pénétrer dans une salle aussi grande qu'un hangar d'aviation. Ils étaient au cœur de cet entrepôt, mais celui-ci ne contenait ni étagères ni caisses — rien que le nain et le corps immense d'un dragon.

— Merde ! murmura Amma.

Joarr ne parvint même pas à pousser un juron. Ce dragon était mort — et il comprit aussitôt qu'il s'agissait du neveu de Ryke.

Voyant Fafnir se retourner, Joarr força Amma à plonger derrière un vieux chariot élévateur.

Le nain tira une lampe électrique de son sac. Il l'alluma, la posa sur le sol et recommença à farfouiller dans le sac. Lorsqu'il se redressa, il tenait une dague dans une main et un flacon dans l'autre. Celui-ci ressemblait à s'y méprendre à celui dont était équipé le nain qui les avait attaqués devant le bar à portail.

Fafnir s'approcha du dragon et en caressa les écailles.

— Est-il… ? murmura Amma.

— Il est mort, lui assura Joarr. Nos corps ne se décomposent pas, contrairement à ceux des autres créatures.

— Alors comment…

— Par le feu. Nous brûlons nos morts, lui expliqua-t-il d'une voix solennelle.

Il savait que deux dragons étaient morts et qu'un troisième avait disparu, mais la découverte de son cadavre lui faisait prendre la mesure de la gravité de la situation. Depuis combien de temps gisait-il là, oublié de tous ? Il sentit un goût de bile dans sa bouche.

— Que fait le nain ? demanda Amma en changeant de position pour tâcher de mieux y voir.

Fafnir avait arrêté de caresser le dragon pour lever sa dague, qu'il plongea dans le cadavre. L'odeur métallique de son sang envahit aussitôt l'entrepôt.

— Il…, balbutia Amma avant de détourner les yeux.

Joarr écarquilla les siens lorsque le nain se mit à lécher le sang qui s'écoulait de l'entaille qu'il venait de faire au cadavre.

— Il est en train de boire son sang.

Joarr en resta pétrifié. Il avait bien vu Fafnir goûter le sang de l'humain au bar et se mettre en colère en comprenant qu'il n'était pas un dragon, mais il ne lui était pas venu à l'esprit qu'il…

— Pourquoi ? lui demanda Amma, horrifiée. As-tu déjà entendu parler de quelque chose de ce genre ?

Joarr secoua la tête.

— Non, mais le calice…

— … vous protégeait, acheva Amma.

— C'est impossible, murmura Joarr en secouant la tête une nouvelle fois.

Il n'arrivait pas à y croire. Il avait toujours pensé que les pouvoirs qu'on attribuait au calice n'étaient qu'une légende. Le fait que ce nain avait un penchant pour le sang de dragon n'était qu'une coïncidence malheureuse…

— Que fait-il, à présent ? voulut savoir Amma.

— Il remplit son flacon, répondit Joarr en agrippant un montant du chariot élévateur.

Il mourait d'envie d'intervenir, mais il savait que

ce malheureux dragon ne sentait plus rien et qu'il ne pouvait pas mieux honorer sa mémoire qu'en remplissant la mission qu'on lui avait confiée. Il devait retrouver le calice… Cette tâche venait de prendre un sens nouveau.

Le sang de dragon était si épais qu'il fallut une demi-heure au nain pour remplir son flacon. Lorsqu'il eut terminé, il le reboucha et le rangea délicatement, presque amoureusement, dans son sac, avant de donner un dernier coup de langue à la blessure.

Joarr et Amma restèrent cachés derrière le chariot élévateur jusqu'à ce qu'ils l'entendent claquer la porte et la fermer à clé.

Amma se releva la première. Elle fixa le cadavre du dragon, mais semblait éprouver des réticences à s'en approcher.

— Est-ce que… Crois-tu que Fafnir a envoyé ces nains… pour te prendre du sang ?

Joarr, qui se demandait comment annoncer à Ryke la mort de son neveu, mit quelques secondes à lui répondre.

— Ça paraît plausible.

— Et le calice ? C'est juste une coïncidence ?

Amma se frotta les bras comme si elle avait froid, ce qui était sans doute le cas, vu la légèreté de sa tenue.

Joarr la prit dans ses bras et lui insuffla sa chaleur sans dire un mot. Elle enfouit son visage au creux de son cou, et il se concentra sur les battements de son cœur en se réjouissant de l'avoir auprès de lui. Seul, il n'aurait peut-être pas trouvé le courage d'accomplir la tâche qui l'attendait.

Il poussa un soupir, puis souleva le menton d'Amma pour la forcer à le regarder.

— Je ne peux pas le laisser comme ça…, lui dit-il. Veux-tu m'aider ?

Elle écarta les lèvres, tentée de refuser. Ce qu'elle venait de voir l'avait ébranlée. C'était si monstrueux que cela aurait choqué n'importe qui… Mais elle finit par hocher la tête.

— Dis-moi ce que je dois faire.

Ils commencèrent par examiner le cadavre, tâche difficile mais néanmoins nécessaire. Joarr voulait comprendre de quoi ce jeune dragon était mort. Malheureusement, ils ne découvrirent sur son corps immense que de vieilles cicatrices de batailles et la blessure que Fafnir venait de lui infliger.

— Alors de quoi est-il mort ? demanda Amma.

Joarr, qui n'avait rien à lui répondre, garda le silence. Comme dans les deux cas dont Ryke lui avait parlé, il n'y avait ni blessure infligée par l'épée d'un héros, ni indice qui aurait permis de supposer qu'il avait été tué par une force inconnue. Il était mort, un point c'est tout. Sauf que les dragons ne mouraient pas de cette manière — du moins pas jusqu'à présent.

Joarr secoua la tête et se demanda ce qu'il pouvait faire pour amoindrir la douleur du père de ce garçon.

Il ne pouvait pas le ramener dans leur monde, mais il pouvait au moins empêcher le nain — ou n'importe qui d'autre — de profaner davantage son cadavre. Il pouvait l'incinérer lui-même. Il pouvait essayer, en tout cas…

N'étant pas certain d'y arriver seul, il expliqua à Amma qu'elle allait devoir convertir sa magie en feu pour l'aider. Ensemble, ils allaient essayer de réduire le corps du dragon en cendres sans incendier tout le voisinage.

Amma acquiesça sans hésiter et attendit qu'il lui donne des instructions plus précises. Il l'entraîna vers le ventre du dragon, qui contenait sa réserve de feu, et plaça ses mains à l'endroit où il voulait qu'elle concentre son pouvoir. Il garda ses mains sur les siennes pendant quelques instants, puis recula.

Il comptait incinérer d'autres parties du dragon pendant qu'Amma réveillerait le feu qu'il contenait encore.

Joarr se transforma et l'entrepôt devint presque trop étroit pour lui. Il baissa les yeux vers la sorcière, qui lui semblait tout à coup fragile et minuscule, et ne put s'empêcher de frémir. Si quelque chose avait réussi à tuer ce jeune mâle en bonne santé, Amma était encore plus menacée. Une part de lui regrettait qu'elle ne soit pas retournée l'attendre à l'hôtel, comme il le lui avait demandé… Mais l'autre se réjouissait du soutien moral et de l'aide qu'elle lui apportait.

Joarr écarta les ailes et résista à l'envie de hurler de colère et de chagrin.

Il savait maintenant d'où venait l'odeur étrange du nain… Quelle quantité de sang de dragon avait-il bu ?

Le neveu de Ryke était-il sa seule victime, ou les deux autres dragons étaient-ils aussi passés entre ses mains ?

Joarr se jura de le découvrir. Désormais, il ne s'agissait plus seulement pour lui de retrouver le calice parce qu'on le lui avait demandé : il avait soif de vengeance.

Il battit des ailes pour s'élever légèrement du sol, inspira profondément et attendit qu'Amma soit prête.

Ils libérèrent leurs pouvoirs au même instant. Joarr sentit le feu le plus brûlant qu'il ait jamais produit rouler dans sa gorge. A l'instant précis où il franchit sa gueule, il comprit qu'il venait peut-être de commettre une erreur fatale. Amma n'était pas un dragon… Quelle température son corps était-il capable de supporter ? Paniqué, il baissa les yeux vers la sorcière… mais elle se tenait bien droite et n'avait même pas une goutte de sueur sur le front.

Des rayons blanc et bleu jaillissaient de ses doigts pour s'enfoncer sous les écailles du dragon et tenter d'embraser les flammes qui y dormaient.

Ce fut la queue du jeune dragon, dont la peau était plus sèche, qui prit feu en premier. Des flammèches se mirent à courir sur son épine dorsale en direction de son ventre, près duquel Amma se trouvait.

Joarr se raidit, mais Amma était trop concentrée sur sa tâche pour s'apercevoir que l'incendie pouvait devenir incontrôlable d'une seconde à l'autre. Elle continuait à projeter sa magie dans le corps du dragon sans paraître faiblir, le visage crispé par la détermination.

Joarr sentit qu'elle n'allait pas s'arrêter avant d'avoir accompli ce qu'il lui avait demandé et décida de ne pas lui faire courir davantage de risques. Il s'éleva aussi haut que le bâtiment le lui permettait, puis tendit les pattes vers elle pour l'attraper par la taille.

Il la vit lever les yeux avec surprise puis il replia ses pattes pour la protéger sous son corps. Alors il s'enveloppa de brouillard et s'élança vers le plafond pour jaillir dans le ciel nocturne en faisant exploser le toit du bâtiment. Sous eux, le corps du dragon brillait comme un morceau de braise. La magie d'Amma avait réussi à embraser ses réserves de feu, mais ce n'était pas encore suffisant…

En gardant Amma bien à l'abri dans sa patte,

Joarr plongea vers l'entrepôt en visant le ventre du dragon d'un jet de flammes.

Alors le cadavre s'embrasa d'un seul coup dans une violente explosion de feu, de fumée et d'étincelles.

Amma s'agrippa à Joarr lorsqu'elle le sentit plonger en crachant du feu. Elle aurait dû avoir peur, elle qui avait toujours eu le vertige, mais ce n'était pas le cas. Elle était certaine que le dragon n'allait ni la lâcher ni la laisser brûler. Tant qu'elle était auprès de Joarr, elle ne courait aucun risque.

Un grondement assourdissant résonna dans la nuit et elle comprit que le corps du dragon mort venait de s'embraser. Le souffle de l'explosion les frappa de plein fouet et Amma ne vit plus que les flammes qui les enveloppaient.

Alors qu'elles auraient dû la brûler et l'empêcher de respirer, Amma eut l'impression de plonger dans son élément, comme un surfeur au milieu des vagues.

Joarr fut déséquilibré par le souffle de l'explosion, mais reprit vite la maîtrise de sa trajectoire. Alors ils survolèrent l'incendie en faisant des cercles autour de l'entrepôt, dissimulés par le brouillard dont Joarr avait dû les envelopper.

C'est magnifique, songea Amma.

Mais très dangereux, lui répondit Joarr par télépathie.

Elle sursauta, alors que cela n'aurait pas dû l'étonner. Toutes les créatures capables de se transformer avaient ce pouvoir lorsqu'elles n'étaient pas sous forme humaine. Mais il ne lui avait pas simplement parlé… Il lui avait répondu, ce qui signifiait qu'il pouvait lire dans son esprit.

Elle sentit Joarr esquisser un sourire aussi clairement qu'elle l'avait entendu.

— C'était le dernier de mes secrets, sorcière… Et toi ? Me caches-tu encore quelque chose ?

Amma écarquilla les yeux. Son secret… Elle fixa l'incendie en s'efforçant de concentrer ses pensées sur lui.

— Que me caches-tu ? chuchota le dragon dans sa tête.

Par chance, des sirènes se mirent à résonner dans la nuit. Joarr plongea vers le bâtiment en flammes.

— Que vois-tu, Amma ? lui demanda-t-il. Le corps a-t-il brûlé ? Crois-tu que nous pouvons éteindre notre incendie ?

Leur incendie…, songea Amma avec fierté. Ils l'avaient provoqué ensemble, et elle n'avait jamais rien accompli d'aussi impressionnant.

— Les humains sont presque arrivés…, reprit-il. Espérons que ça suffira.

Joarr ouvrit sa gueule pour cracher un jet d'air froid sur l'entrepôt, puis il reprit de la hauteur et se positionna de manière à ce qu'Amma puisse voir ce qui se passait.

En rencontrant les flammes de l'incendie, l'air glacé projeté par Joarr se transforma en une averse qui frappa tout le pâté de maisons. Amma vit les camions de pompiers s'arrêter devant l'entrepôt toutes sirènes hurlantes, et des hommes qui ressemblaient à de petites fourmis jaunes en descendre. Ils déroulèrent les tuyaux de leurs camions et hissèrent leurs nacelles en se criant des ordres, mais l'incendie était déjà maîtrisé — et le dragon qui en avait été le foyer n'était plus qu'un tas de cendres.

Alors Joarr s'éloigna. La nuit touchait à sa fin

et les premières lueurs de l'aube apparaissaient à l'horizon.

— Où allons-nous, sorcière ?

Elle n'en savait rien. A vrai dire, elle n'aspirait qu'à s'abandonner au plaisir de cette promenade au-dessus de la ville…

— Préfères-tu que nous retournions à l'hôtel ou que je te ramène chez toi ? Tu en as assez fait… Je trouverai le Collectionneur et le calice tout seul.

— Je t'ai déjà dit que je n'avais pas de chez-moi, lui répondit-elle.

— C'est vrai… Alors, où allons-nous ?

Amma le sentit tendu, comme si la réponse qu'elle allait donner était lourde de signification.

C'était peut-être le cas…

— Si nous trouvions un nouvel hôtel où les nains nous laisseraient tranquilles ? suggéra-t-elle.

Joarr éclata de rire.

— Bonne idée ! J'en ai vraiment assez de ces créatures pour le moment…

Elle aussi. A vrai dire, elle en avait assez de tout sauf de Joarr. Le lendemain, les choses lui apparaitraient peut-être différemment… Sans doute allaient-ils retrouver leur rapport de forces inchangé. Mais peu importait… Jusqu'au lendemain, plus rien d'autre que son dragon ne compterait à ses yeux.

14

Après avoir repris forme humaine, Joarr loua une chambre dans un hôtel qu'il avait repéré en survolant la ville. Contrairement au précédent, il n'était pas possible d'y louer des chambres à l'heure et le réceptionniste n'était pas protégé par une vitre. Amma portait toujours les vêtements volés à l'adolescente, et le veilleur ne chercha pas à dissimuler son mépris lorsqu'il l'observa par-dessus le comptoir.

Joarr avait profité de sa transformation pour retrouver sa chemise et son pantalon blancs habituels, mais le regard que l'homme jeta à Amma lui fit regretter de ne pas avoir conservé les autres.

Il posa ses deux mains sur le comptoir et se pencha vers l'employé.

— Y a-t-il un problème ? lui demanda-t-il en le défiant du regard.

Il vit de la peur dans les yeux de l'humain, qui s'empressa de secouer la tête et de lui fournir deux clés magnétiques.

Joarr les glissa dans sa poche, passa son bras autour de la taille d'Amma et l'entraîna vers l'ascenseur.

Comme le T-shirt de la fille ne rejoignait pas la jupe, le bras de Joarr réchauffait sa peau nue. Deux femmes qui revenaient d'un jogging les suivirent dans l'ascenseur juste avant que les portes ne se referment.

Amma se mordit la lèvre en tâchant à la fois de ne pas les regarder et de ne pas songer à ses sensations.

Leur promenade au-dessus de la ville l'avait grisée. Elle n'aspirait qu'à profiter du peu de temps qu'ils pouvaient passer ensemble sans se soucier de ce qu'elle avait à perdre.

Mais il avait suffi qu'elle reste seule quelques secondes dans le hall de l'hôtel, et qu'elle perçoive le regard réprobateur du veilleur, pour que la réalité la rattrape.

Elle était folle. Ce qu'elle ressentait était stupide. Bien sûr, elle désirait Joarr... Il était puissant et excitant. Mais cela ne valait pas qu'elle coure le risque de le laisser percer son secret.

Il pouvait lire dans ses pensées, songea-t-elle en sentant son sang se glacer dans ses veines. En était-il capable à cet instant ? Il lui avait dit que cela ne lui était possible que lorsqu'il était sous forme de dragon, mais lui avait-il menti ? Même si c'était vrai, il pouvait se transformer sans prévenir et découvrir pourquoi elle avait accepté de l'aider, ce qu'elle comptait lui demander en échange...

Et alors ? Il ne lui laisserait pas leur... Elle s'interrompit net avant de penser le mot. Il allait vouloir se l'approprier — et toute l'armée des dragons le soutiendrait. Elle ne pourrait disposer librement de son trésor qu'en retrouvant le calice et en le forçant à tenir sa promesse.

L'ascenseur s'arrêta et les deux femmes en sortirent.

Joarr l'attira aussitôt dans ses bras.

— Tu n'es pas partie quand je te l'ai demandé, lui dit-il.

— Je ne pouvais pas.

Elle ne comprenait pas pourquoi, mais c'était la vérité.

— Et le feu ne t'a pas brûlée, ajouta-t-il en lui caressant la joue. Peut-être es-tu vraiment indestructible…

Il faisait référence à tout ce que les elfes avaient pu faire subir à son corps… mais il se trompait. Elle n'était pas indestructible — du moins pas entièrement. Amma prit subitement conscience de la vulnérabilité de l'être qui grandissait en elle.

Saisie de panique, elle essaya de s'écarter de Joarr, mais il l'en empêcha en posant ses mains de part et d'autre de sa tête contre la paroi de l'ascenseur.

— Tu ne t'es pas enfuie jusqu'ici. Pourquoi le ferais-tu maintenant ?

Il avait raison. Même si elle en mourait d'envie, elle n'était pas capable de le fuir. Amma posa ses mains sur son torse et plongea son regard dans le sien. Sans la quitter des yeux, il tendit le bras pour arrêter l'ascenseur, ce qui déclencha une alarme.

Alors il se pencha pour souffler de l'air chaud dans son cou et lui caressa les épaules avant de faire glisser le T-shirt déchiré sur ses bras pour dégager le haut de son buste et y laisser courir sa langue.

L'alarme retentit de nouveau.

— Nous devrions peut-être…, murmura-t-il.

Il se tourna vers les commandes de l'ascenseur comme s'il voulait le remettre en route, mais Amma retint son bras.

— Non. J'ai une meilleure idée.

Elle tendit la paume vers l'interrupteur. Comme

l'alarme hurlait toujours, elle projeta plusieurs rayons et détruisit le panneau de commande tout entier.

Le silence revint.

— Où en étions-nous ? demanda-t-elle en reportant son attention sur Joarr.

Joarr laissa courir ses mains sur les reins et les hanches d'Amma en lui communiquant sa flamme. Ses yeux étincelaient de magie.

— Nous en étions là…, lui répondit-il avant de se pencher pour presser ses lèvres contre les siennes.

Elle se frotta contre lui et tira sa chemise de son pantalon. Ses mouvements étaient brusques, mais il ressentait la même impatience qu'elle. Si elle l'avait laissé redémarrer l'ascenseur, il n'aurait pas pu attendre d'être arrivé dans la chambre pour la toucher et aurait probablement scandalisé plusieurs clients de l'hôtel.

— J'ai fait taire l'alarme, mais quelqu'un va finir par se rendre compte que l'ascenseur est en panne, murmura-t-elle contre ses lèvres.

— Peu importe…

Il glissa ses mains sous sa jupe, qui lui couvrait à peine les fesses, puis la souleva. Il y avait des miroirs sur les murs et le plafond de l'ascenseur. Même ses portes métalliques reflétaient leur image… Il put donc contempler à loisir la peau lumineuse qu'il venait de mettre à nu et une culotte en dentelle blanche qui ne couvrait presque rien. Il se mit à caresser les fesses d'Amma en essayant de les regarder sous tous les angles à la fois.

Sa peau était douce et sa chair ferme, ce que son érection apprécia autant que lui.

— Tu es beaucoup moins vulnérable que tu n'en as l'air, lui chuchota-t-il à l'oreille.

Il espéra qu'elle allait lui avouer que son innocence n'était qu'un masque qu'elle avait perfectionné au fil du temps, mais elle n'en fit rien. Elle se contenta de secouer la tête comme si elle voulait chasser une pensée de son esprit, puis posa ses mains sur son torse, le repoussa contre la paroi de l'ascenseur et entreprit de le déshabiller. Les boutons de sa chemise, qu'elle arracha pour aller plus vite, sautèrent dans toutes les directions.

Une fois sa chemise ouverte, elle la fit glisser le long de ses bras, ce qui le força à la lâcher quelques instants. Il s'empressa de replacer ses mains sur ses hanches et l'embrassa avec ardeur.

Elle voulut enrouler ses bras autour de son cou, mais il interrompit son geste le temps de lui retirer son T-shirt. Elle détacha elle-même les agrafes de son soutien-gorge. Alors il posa ses mains sur les barres fixées aux parois de l'ascenseur comme un boxeur qui attend le prochain round.

Elle fit glisser les bretelles de son soutien-gorge le long de ses bras et découvrit ses seins d'une blancheur d'ivoire. Le sous-vêtement en dentelle alla rejoindre son T-shirt sur le sol.

Elle laissa courir ses mains sur son ventre et ses seins avec un air innocent en complète contradiction avec le spectacle qu'elle lui offrait.

Joarr ne put s'empêcher de grogner.

Amma se lécha deux doigts et se caressa les pointes de seins pour les faire durcir.

Tendu à l'extrême, Joarr ne se sentit plus capable de faire le moindre geste et attendit qu'elle se rapproche de lui.

Elle le fit en souriant. Le balancement de ses hanches lui rappela ce qu'elle portait sous sa jupe microscopique. Il mourait d'envie de la voir sans rien d'autre que sa culotte en dentelle et ses cuissardes. Comme si elle avait lu dans ses pensées, elle s'arrêta pour faire tomber sa jupe à ses pieds.

Il déglutit péniblement et s'efforça de contenir le feu qui s'éveillait en lui pour ne pas provoquer un deuxième incendie.

Après lui avoir laissé quelques secondes pour la contempler, Amma se pencha pour ramasser sa jupe et lui montrer ses fesses.

Joarr s'agrippa aux barres et les sentit se déformer sous la chaleur de ses doigts. Amma releva la tête sans changer de position, fixa son reflet dans le miroir et se redressa lentement en caressant ses courbes.

Finalement, elle se retourna et avança vers lui les mains sur les hanches.

— De quoi ai-je l'air ? lui demanda-t-elle.

A court de mots, il ne répondit rien. Il se contenta de poser ses mains sur ses fesses et de la soulever en tournant sur lui-même pour l'asseoir sur les barres dans le coin de la cabine. Amma enroula ses bras autour de son cou et plongea son regard dans le sien.

Alors il l'embrassa en renonçant à contrôler sa flamme. Tandis qu'elle glissait ses doigts dans ses cheveux pour s'abandonner à leur baiser, il lui prit les seins et les caressa comme elle l'avait fait quelques instants plus tôt.

Ses doigts chargés de magie lâchèrent ses cheveux pour lui griffer le dos.

Joarr interrompit leur baiser pour prendre l'une de ses pointes de seins entre ses lèvres, ce qui la fit frissonner et l'incita à le griffer davantage. Il lui arracha un gémissement en passant à son autre sein, puis sentit sa main glisser vers son érection, qu'elle caressa à travers le tissu de son pantalon. Il laissa échapper un grognement et se pressa contre elle, ce qui lui permit de se mettre à mordiller le lobe de son oreille en soufflant son haleine brûlante dans son cou.

Ce n'était pas de la magie, mais bien du feu, qu'il y avait en elle… Cette idée eut à peine le temps de se former dans son esprit. Les doigts d'Amma trouvèrent sa braguette, puis s'enroulèrent autour de son membre.

Le souffle court, il arracha le petit morceau de dentelle qui la couvrait encore pour la dénuder complètement, puis changea de position pour la caresser plus facilement. Elle était aussi brûlante qu'une femelle dragon.

Elle se tortilla en gémissant. Joarr leva la tête pour la contempler dans le miroir du plafond.

Lorsqu'il glissa trois doigts en elle tout en caressant son clitoris avec le pouce, elle ouvrit brusquement les yeux. Il y lut du plaisir, de la peur et d'autres émotions qu'il ne parvint pas à déchiffrer. Elle détourna la tête pour échapper à son regard et glissa sa main entre ses cuisses pour la poser sur la sienne.

Son érection presque douloureuse, il retira son pantalon pour lui permettre de le regarder aussi. Elle ne s'en priva pas. Tout en le couvrant d'un regard lubrique, elle se caressa d'une main et lui fit signe d'approcher de l'autre.

Elle n'eut pas besoin de le lui demander deux fois. Il revint se coller à elle, caressa son corps brûlant et sentit sa propre température s'élever encore. Elle enroula ses jambes autour de sa taille. N'y tenant plus, il se prépara à la pénétrer.

Alors qu'il plaçait ses mains sous ses cuisses, elle s'agrippa à ses épaules et s'empala elle-même sur son membre tout en laissant courir sa langue dans son cou. Voulant la goûter aussi, il plongea son visage entre ses seins pour lécher les gouttes de sueur qui s'y formaient et inspirer son parfum printanier.

Sans cesser de la lécher, il caressa ses cuisses pour l'encourager à accélérer ses mouvements, ce qui éleva encore leur température. Il n'était plus question d'échanger leur chaleur et leur magie — c'était déjà fait. Désormais, le feu qu'ils généraient en faisant l'amour leur appartenait à tous deux.

Lorsqu'elle accéléra encore, le souffle court, il se mit à cracher de petits nuages de fumée et sentit des flammes rouler dans sa gorge.

Amma se cambra en atteignant l'orgasme. Il ne put s'empêcher de l'accompagner. Leurs deux corps tremblèrent ensemble un long moment.

Finalement, aussi comblé qu'épuisé, il la prit dans ses bras et l'enveloppa de sa chaleur.

15

Amma ne voulait plus bouger. Elle ne s'était jamais sentie aussi bien que dans cet ascenseur, entre les bras de Joarr, vêtue seulement de cuissardes qui ne lui appartenaient pas.

Il le fallait, pourtant. Ce moment de bonheur ne pouvait pas durer toujours... La réalité devait reprendre ses droits.

Joarr déposa un baiser sur son épaule. La délicatesse de son geste, en complète contradiction avec la brutalité dont elle avait fait preuve en se jetant sur lui, la fit sourire.

Il lui avait dit qu'elle semblait vulnérable en sachant parfaitement que ce n'était pas le cas. Même s'il devait s'agir d'un compliment, cela avait déclenché en elle un besoin de se montrer forte et vicieuse. Elle le désirait et le lui avait prouvé sans aucune réticence. Elle désirait aussi leur enfant... Malheureusement, elle ne pouvait l'avoir qu'en cachant son existence à Joarr.

Puisqu'elle allait devoir renoncer à Joarr, elle avait voulu en profiter le plus possible.

Il la souleva des barres sur lesquelles elle était perchée et la reposa délicatement sur le sol.

Au même instant, quelqu'un se mit à frapper

contre les portes de l'ascenseur depuis le plus haut des deux étages entre lesquels ils s'étaient arrêtés.

— On nous a retrouvés, murmura Joarr.

— Oui…

Amma soupira, ramassa ses vêtements et se rhabilla sans regarder Joarr. Elle dut renoncer à sa culotte déchirée qu'elle glissa dans son soutien-gorge. Lorsqu'elle se retourna, Joarr était aussi habillé qu'il pouvait l'être sans créer de nouveaux vêtements en se transformant. Sa chemise, dont les boutons gisaient par terre, allait devoir rester ouverte.

Il avait une beauté sauvage qui contrastait vivement avec la maîtrise de soi dont il faisait preuve d'ordinaire. Ses cheveux étaient ébouriffés et les muscles de son torse bien visibles. Amma serra les poings pour s'interdire de recommencer à les caresser.

Elle s'aperçut alors que son pantalon n'était pas complètement fermé non plus. Le bouton de sa braguette avait disparu. Les poils qui lui couvraient le torse pour s'amincir en une ligne sur son ventre semblaient dessiner une flèche — comme pour lui rappeler ce qu'ils venaient de faire et avec quel abandon elle s'y était livrée.

On frappa encore plus fort contre les portes de l'ascenseur.

— Est-ce que ça va, là-dedans ? leur demanda quelqu'un. On va vous faire sortir dans deux minutes !

Amma se retourna vers Joarr. Il semblait avoir perdu son assurance et lui tendait la main.

Elle la fixa pendant quelques instants. Lui prendre la main aurait dû être peu de chose après ce qu'ils venaient de faire… mais ce n'était pas le cas. Sans qu'elle comprenne pourquoi, ce geste lui semblait bien plus intime que leurs ébats.

L'ascenseur tressauta en grinçant, ce qui lui fit perdre l'équilibre et la força à se rattraper aux barres. Joarr n'avait pas bougé.

Lorsque l'ascenseur tressauta de nouveau, elle se résolut à lui prendre la main.

Il l'attira lentement vers lui et l'enveloppa encore de sa chaleur.

Elle poussa un soupir et se détendit.

Ce n'était que pour quelques instants… Elle n'était pas amoureuse de lui, et cela ne voulait pas dire qu'elle souffrirait le jour où il lui faudrait se détourner de lui.

Lorsque les employés de l'hôtel eurent ramené l'ascenseur à la hauteur d'un étage et ouvert les portes de force, Joarr fendit la foule des curieux en entraînant Amma. Le gérant de l'hôtel fit preuve d'une extrême hypocrisie en leur présentant ses excuses pour le désagrément subi et en insistant pour qu'ils dînent dans leur chambre aux frais de l'établissement.

Dès qu'ils s'étaient éloignés des humains éberlués, Joarr avait soulevé Amma dans ses bras et gagné leur étage par l'escalier. Elle n'avait pas protesté, bien au contraire… Depuis qu'elle s'était décidée à lui prendre la main dans l'ascenseur, elle était restée blottie contre lui. Il en avait tiré autant de fierté que de plaisir.

Joarr avait bien conscience qu'il s'était passé quelque chose d'important dans cet ascenseur. Alors qu'elle s'était abandonnée à lui sans aucune réticence, elle avait regardé sa main avec une sorte d'effroi. De quoi avait-elle peur ? De lui, des gens qui les attendaient dans le couloir ou de ce qui venait de se passer entre eux ?

Il était presque certain que la dernière hypothèse était la bonne, parce que cela l'avait ébranlé, lui aussi. Les sentiments qu'Amma lui inspirait lui étaient inconnus et le déconcertaient.

Contrairement à d'autres créatures, les dragons n'avaient jamais de compagnes. Pourquoi avait-il donc l'impression qu'il ne pouvait plus se passer d'elle ?

Ce n'était pas la première fois qu'il se rebellait contre les lois de son espèce… Il était même connu pour son indiscipline. Malheureusement, l'armée des dragons ne le laisserait jamais violer cette règle-là.

S'il essayait de prendre Amma pour compagne, Ormar le bannirait et le condamnerait à se transformer en wyrm. Comment Amma pourrait-elle encore vouloir de lui dans cet état ?

Une fois dans la chambre, il reposa Amma, qui se dirigea vers la fenêtre sans lui accorder un regard.

— Ce quartier est plus agréable que le précédent, commenta-t-elle.

— Oui.

— Je vais avoir besoin de nouveaux vêtements…

— Oui.

Ils ne trouvèrent plus rien à dire ni l'un ni l'autre.

Amma lâcha le rideau pour se passer la main dans les cheveux.

Joarr contempla sa chevelure, dorée comme la pointe des flammes… et comme le feu des dragons qui l'habitait. Il en était certain, à présent. Mais en avait-elle conscience ?

— Que t'a donné le Collectionneur en échange du calice ? lui demanda-t-il alors qu'il connaissait la réponse.

Il savait qu'elle s'était immédiatement rendue à Alfheim, où elle avait prétendu être la fille d'un elfe. Ceux-ci l'avaient rejetée. Elle avait alors déclaré la guerre aux elfes, et c'était ainsi qu'elle s'était retrouvée séparée de son corps et emprisonnée à Gunngar.

— Une information, répondit-elle en revenant vers le lit, dont elle caressa la couverture d'un air absent.

— Une information sur ta famille, précisa-t-il.

Elle lui jeta un regard surpris.

— Oui. Il m'a donné le nom de mon père.

— N'as-tu jamais songé qu'il avait pu te mentir ?

Elle se raidit.

— Pourquoi l'aurait-il fait ?

— Peut-être parce qu'il ne disposait pas de l'information que tu cherchais, répondit Joarr en haussant les épaules.

Ou peut-être craignait-il qu'elle ne refuse de lui vendre le calice si elle découvrait qu'elle était la fille d'un dragon…

De retour dans son bureau, Fafnir versa le sang de dragon qu'il avait récolté dans un verre ordinaire. C'était tout ce qu'il lui restait… Son flacon s'était cassé et avait perdu la moitié de son contenu quand l'entrepôt avait explosé — sans parler de tout le sang qui se trouvait encore dans le cadavre du dragon. Il pressa la base de son nez pour essayer de soulager sa migraine.

Il savait qu'il aurait dû se rationner, mais il avait

besoin de se réconforter après ce désastre. L'unique gorgée qu'il s'autorisait à boire dans le calice ne pouvait pas lui suffire.

Il porta le verre à ses lèvres.

Le goût du sang était exactement le même malgré le changement de contenant… Il esquissa un sourire et attendit de sentir son pouvoir se répandre en lui.

Rien ne se produisit. Frustré, il leva les yeux vers le miroir. Le calice l'attendait dans son coffre-fort et il contenait du sang…

Il avait déjà bu sa gorgée quotidienne, mais que risquait-il à s'en accorder une deuxième ? Après tout, l'avertissement de l'elfe ne concernait que le sang frais.

Fafnir serra les dents. Sa tentation était si grande qu'il en éprouvait presque une douleur physique.

Ses doigts se crispèrent autour du verre jusqu'à le faire éclater. Le sang qu'il contenait se répandit sur son bureau.

Fafnir baissa les yeux avec horreur. Son sang… Il ne restait plus rien…

Fou de rage, il jeta son flacon au goulot cassé contre le mur, poussa un juron, puis balaya son bureau avec son bras pour faire tomber les éclats de verre et les papiers ensanglantés qui s'y trouvaient.

Il ne pouvait pas continuer ainsi… Il devait trouver du sang frais pour remplir son calice…

Il se dirigea machinalement vers le miroir, tendit le bras pour actionner le mécanisme, puis suspendit son geste et laissa son bras retomber le long de son corps. Le dragon… Il devait d'abord trouver le dragon.

Il se mit à faire les cent pas dans son bureauil .

Un dragon avait mordu à son hameçon et franchi le portail pour venir dans le monde des humains, puis quelque chose avait mal tourné. Les clients qu'il avait interrogés la veille n'étaient que des humains sans valeur… Fafnir tira sa dague de sa manche et la planta dans le bois de son bureau.

Tremblant de frustration, il recommença à arpenter la pièce. Il devait se calmer, réfléchir… Le dragon ne pouvait pas être bien loin.

Et il n'avait pas mis la main sur ce qu'il était venu chercher : Fafnir possédait toujours le calice. Il leva les yeux vers le miroir et fut tenté de s'assurer que l'objet se trouvait toujours dans son coffre-fort, puis se ressaisit en secouant la tête.

Il ne pouvait pas se permettre ce genre de faiblesse. Il devait retrouver son dragon.

Un dragon accompagné d'une femelle… Où pouvaient-ils être ?

Amma se réveilla de très bonne humeur et s'étira. Elle entendit un grognement, puis sentit un bras musclé l'attirer contre un torse d'homme.

Elle ronronna de satisfaction et se blottit contre Joarr…

Joarr.

Elle se raidit, écarta son bras et s'assit au bord du lit.

Les événements de la veille lui revinrent à l'esprit tandis qu'elle se frottait les yeux.

Elle s'était sentie épuisée et désorientée lorsqu'ils avaient regagné la chambre, et s'était allongée le temps de remettre ses idées en place. Elle avait dû s'endormir…

Jamais, au cours de sa longue existence, elle n'avait dormi aussi profondément. Et elle avait rêvé… ce qui ne lui était jamais arrivé. C'était un rêve merveilleux. Elle était allongée sur des peaux de bêtes, devant un feu de cheminée, et se sentait parfaitement bien. Le reste de la pièce était plongé dans l'obscurité, et il y flottait une odeur épicée et exotique…

L'odeur de Joarr…, comprit-elle subitement.

Amma se frotta les bras en résistant à la tentation de retourner se blottir contre lui.

Elle était sur le point de perdre cette bataille lorsqu'on frappa à la porte.

Le dragon ne bougea pas.

Elle se leva discrètement et vit deux employés de l'hôtel à travers l'œil-de-bœuf. L'un d'eux poussait un chariot et l'autre avait un sac de vêtements posé sur le bras.

Amma laissa ses doigts se charger de magie pour le cas où il se serait agi d'un piège, puis elle leur ouvrit et s'écarta pour les laisser entrer. Ils ressortirent presque aussitôt sans avoir réveillé le dragon, qui ne l'entendit même pas fouiller dans ses vêtements à la recherche d'un pourboire.

Elle trouva deux sacs d'or et referma la porte au nez des employés aussi ravis que déconcertés. Cela fait, elle s'empressa de déballer ses nouveaux vêtements.

Joarr se réveilla et se hissa sur un coude pour la regarder faire. Amma se figea avec le sac de vêtements dans la main.

— As-tu faim ? lui demanda-t-il.

— Commence donc, lui suggéra-t-elle en poussant le chariot près du lit. Je vais prendre une douche et m'habiller.

Et le fuir. La fréquentation de Joarr l'affaiblissait… Il était temps qu'elle réagisse.

Il s'assit au bord du lit. Le drap, qui le couvrait du bas du ventre au haut des cuisses, l'empêcha de savoir s'il était entièrement nu. Amma baissa les yeux vers le sac, l'ouvrit et en tira les nouveaux vêtements.

Ceux que Joarr avait commandés pour lui-même étaient blancs, évidemment… Elle les posa au pied du lit avant de sortir les siens. Comme elle s'attendait à une jolie robe blanche qui aurait plu à Joarr, elle fut surprise de découvrir un jean et un chemisier brodé. Le chemisier était de meilleure qualité que celui qu'elle portait précédemment et ses broderies faites à la main, mais c'était exactement le genre de vêtement qu'elle aurait pu s'acheter.

Elle le contempla un long moment sans savoir comment réagir.

— Tu n'avais pas l'air très à l'aise dans les vêtements d'hier, commenta Joarr. Est-ce que c'est mieux ?

Mieux ? C'était parfait !

Amma acquiesça et le découvrit planté devant elle lorsqu'elle releva les yeux. Elle ne l'avait pas entendu bouger.

— Va te doucher, lui dit-il en caressant son bras. Je garderai ton repas au chaud.

Elle se précipita dans la salle de bains en tâchant de ne pas avoir l'air de le fuir.

Une fois seule, elle fit couler la douche et s'efforça de se calmer. Tout allait bien… Elle maîtrisait la situation et ne devait pas s'enfuir. Si elle partait maintenant, Joarr et l'armée des dragons conserveraient le droit de réclamer son enfant.

Fafnir n'était peut-être pas en possession du calice. Peut-être n'avait-il envoyé la lettre aux dragons que pour en attirer un dans son bar. Si elle voulait garder son enfant, elle devait rester auprès de Joarr jusqu'au bout de leur enquête.

Elle ne put s'empêcher de frémir lorsque l'image de Fafnir en train de lécher le sang du dragon lui revint à l'esprit.

Ce nain menaçait Joarr…

Amma eut envie de le convaincre d'oublier le calice et de rentrer chez lui, mais elle savait qu'elle n'y parviendrait pas. Elle avait bien vu son expression, dans l'entrepôt… Il en avait fait une affaire personnelle.

D'ailleurs, elle avait toujours besoin du calice pour obtenir ce qu'elle voulait.

Que pouvait-elle faire ? Fafnir était leur seule piste… Elle devait lui parler. Après cela, elle pourrait s'en aller et laisser Joarr mettre sa vie en danger par soif de vengeance si cela lui chantait. Ce n'était pas son problème… Elle ne pouvait pas se permettre de s'en soucier.

Joarr posa sa tête sur l'oreiller. Amma avait tenu à se rendre au bar toute seule et il avait fait semblant de se laisser convaincre. Bien entendu, il n'était pas question qu'il la laisse rencontrer Fafnir sans qu'il soit dans les parages pour la protéger.

Elle lui avait soutenu qu'il lui serait plus facile d'approcher le nain si elle était seule. Cela devait lui permettre de découvrir s'il était en possession du calice et ce qu'il manigançait.

C'était un bon plan… à ceci près qu'il ne satisfaisait pas du tout ses propres exigences.

Le nain et ses vices étaient son problème, non

celui d'Amma. Il n'était pas question qu'elle l'affronte seule.

Mais elle avait tant insisté qu'il avait fini par se demander si elle ne lui cachait pas quelque chose. Elle était avec lui quand il avait découvert le cadavre du pauvre petit… Si ce nain avait réussi à terrasser un dragon, pourquoi ne s'inquiétait-elle pas pour sa propre vie ?

Peut-être n'avait-elle rien à craindre… parce qu'elle était sa complice.

Malgré son amour naissant pour la sorcière, Joarr ne parvenait toujours pas à se fier à elle. Amma tenait beaucoup trop à retourner au bar toute seule pour parler à Fafnir. Obtenir une infime partie de son trésor ne justifiait pas une telle détermination…

Elle lui cachait forcément quelque chose.

S'il découvrait qu'elle était impliquée d'une manière ou d'une autre dans la mort de ces dragons, ce qu'elle lui inspirait n'aurait plus la moindre importance : il lui faudrait la tuer.

16

Amma ne pouvait pas se fondre dans la foule vêtue de son jean et de son chemisier brodé, mais elle s'en moquait éperdument. Elle tenait au contraire à se faire remarquer.

Malheureusement, ce n'était pas Fafnir, mais le nain prénommé Regin qui surveillait la porte. Contrairement à la veille, Amma ne se donna pas la peine d'être discrète et se fraya un chemin jusqu'à la porte par magie.

Ce nain était plus mince et plus vif que Fafnir, mais il y avait une ressemblance entre eux. Ils devaient être frères…

Elle tendit les mains vers lui pour lui montrer la magie qui dansait entre ses doigts.

— Je suis venue voir…

Elle hésita. Que dire ? Que venait-elle faire là, au juste ?

— … le Collectionneur, acheva-t-elle en s'efforçant d'épier la réaction du nain.

Celui qui leur avait rendu visite dans le premier hôtel avait mentionné le trésor du Collectionneur, mais cela ne garantissait pas que ce dernier se trouvait dans les environs. Si ce n'était pas le cas, elle pourrait en conclure que tous les indices qui les avaient conduits là ne visaient qu'à les attirer dans un piège.

Regin lui jeta un regard méfiant et se balança d'un pied sur l'autre.

Elle lui offrit un sourire et baissa les mains pour le rassurer.

— Nous avons déjà fait affaire. J'espérais que nous pourrions recommencer…

Le nain jeta un coup d'œil à l'intérieur du bar par-dessus son épaule.

— J'ai une offre à lui faire, insista Amma. Je peux obtenir des objets d'une grande rareté. Mais si vous pensez que ça ne l'intéresse pas…

Elle se retourna et fit mine de partir.

— Non ! s'écria le nain en la retenant par le bras.

Il recommença à se balancer d'un pied sur l'autre, se demandant visiblement quelle tactique adopter.

— Je veux dire… je ne connais pas ce Collectionneur, mais je peux toujours me renseigner, si vous croyez qu'il est ici…

— Ce serait très aimable à vous, répondit Amma en le contournant pour entrer.

Il lui emboîta le pas.

Elle traversa la première salle avec assurance, puis s'arrêta au pied de l'escalier.

— Dois-je monter ? demanda-t-elle au nain lorsqu'il la rejoignit.

Il hésita, puis acquiesça.

— Je vais vous conduire dans un salon privé où vous pourrez attendre pendant que je me renseigne.

— Volontiers.

Le cœur affolé, elle le suivit dans l'escalier. Cela pouvait-il vraiment être aussi simple ? Suffisait-il qu'elle rencontre le Collectionneur et lui propose de racheter le calice ?

Lorsqu'ils atteignirent la salle du premier étage, le nain lui indiqua une planche, puis ordonna d'un geste à quelqu'un qu'elle ne vit pas de l'abaisser.

Il bondit dessus dès qu'elle fut suffisamment près du sol, puis l'invita à le rejoindre. Amma regarda la corde qu'il tenait et la suivit des yeux jusqu'au plafond, trois étages plus haut.

Le nain fronça les sourcils.

— Vous avez besoin d'un endroit tranquille si vous voulez parler affaires…, dit-il en lui montrant les pièces qui étaient comme suspendues au-dessus d'eux.

Amma secoua la tête pour se ressaisir. Elle ne souffrait plus du vertige. Elle avait même pris plaisir à survoler la ville avec Joarr… Mais justement : elle était avec Joarr.

Le nain tapa du pied avec impatience.

— Si vous ne voulez pas…

Il s'interrompit net, fixa quelque chose qui se trouvait derrière elle et poussa un juron.

Amma suivit son regard et découvrit Fafnir en train de parler à un autre nain près de l'un des bars. Il agitait nerveusement les mains, et elle parvint à saisir des bribes de ce qu'il disait malgré la distance.

— Ça ne suffit pas… Donne-moi plus de détails…

Amma lui tourna le dos, inspira profondément et monta sur la planche.

Joarr fixa la porte du bar dans lequel Amma était entrée facilement.

Trop facilement ?

Pourquoi avait-elle opté pour une approche directe, alors qu'elle avait tant insisté, la veille, sur la nécessité d'être discrets ?

Les dragons n'avaient pas pour habitude d'être discrets. Bien sûr, il leur arrivait de s'envelopper de brouillard pour éviter d'attirer l'attention… mais lorsqu'ils livraient bataille, n'ayant presque rien à craindre, ils choisissaient toujours l'attaque frontale.

Sauf que c'était peut-être ce qui avait tué les trois dragons…

Joarr poussa un soupir contrarié. Il n'aimait vraiment pas la direction que prenaient ses pensées.

Il devait absolument savoir si Amma était la complice de Fafnir, et ne pouvait le découvrir qu'en restant discret. De plus, le plaisir qu'il prendrait à s'engouffrer dans ce bar pour réduire le nain en cendres n'allait pas lui rendre le calice…

Joarr baissa les yeux vers son pantalon immaculé. Puisque Amma était peut-être la complice du nain, il devait se déguiser pour échapper à son attention. Elle n'allait voir que lui, s'il restait habillé ainsi…

Après un nouveau soupir, il disparut dans la ruelle adjacente pour se transformer et revêtir autre chose.

En grimpant sur la planche étroite, Amma se réjouit que Joarr lui ait fourni de véritables chaussures avec ses nouveaux vêtements. Elle n'aurait pas aimé tenter de pareilles acrobaties avec des cuissardes à talons aiguilles.

Le nain ordonna qu'on élève la planche dès qu'elle l'y eut rejoint sans quitter Fafnir des yeux un seul instant.

— C'est votre frère ? lui demanda-t-elle.

Il lui jeta un regard surpris.

— Il y a une ressemblance, dit-elle en espérant que la question qu'elle venait de poser n'avait pas éveillé sa méfiance.

— Il est censé surveiller la porte, répondit le nain avec mauvaise humeur. Sauf qu'il n'en fait qu'à sa tête dès que papa a le dos tourné.

« Papa »… S'agissait-il du Collectionneur ?

— J'ai des sœurs, dit-elle en lui offrant un sourire. Je sais que ce n'est pas toujours facile…

Il poussa un grognement approbateur, puis tira sur la corde d'un geste brusque pour faire tourner la planche.

— Je ne sais pas à qui il parle, grommela-t-il. S'il continue comme ça, je vais dire à papa à quoi il passe son temps quand il n'est pas là…

Amma, qui ne songeait plus qu'à s'agripper à sa corde, ne répondit rien. Ils s'étaient beaucoup éloignés du sol. L'air était plus chaud et des gouttes de sueur commençaient à se former entre ses seins. Ses pensées revinrent vers Joarr. Elle se délectait de sa chaleur… mais celle qui régnait dans cette salle était pesante et poisseuse.

La planche changea une nouvelle fois de direction et la vitesse de son ascension s'accrut. Amma sentit son pied glisser et faillit se déboîter l'épaule en se rattrapant à la corde.

Ils n'étaient plus très loin de l'une des pièces suspendues. Encore quelques instants, et elle allait pouvoir s'y agripper en cas de besoin… même si elle préférait éviter ce genre de voltige. A vrai dire, elle n'était pas certaine de pouvoir lâcher cette corde tant que la planche ne serait pas parfaitement immobile.

Sauf que celle-ci se mit à se balancer follement

lorsque le nain tira d'un coup sec sur sa corde. Hormis son balancement, la planche ne se déplaçait plus. Regin l'avait arrêtée à cinq ou six mètres du sol... et à plus de trois mètres de la pièce la plus proche.

Amma déglutit péniblement.

Le nain, qui ne tenait sa corde que d'une main, lui jeta un regard mauvais.

— Qu'est-ce qui me prouve que tu as déjà fait affaire avec le Collectionneur ? lui lança-t-il.

— Il... Je... Pourquoi mentirais-je ?

— Je ne sais pas, mais j'ai une autre question à te poser : connais-tu bien mon frère ? lui demanda-t-il en plaçant la pointe de l'épée courte qu'il venait de dégainer sur sa gorge.

Joarr n'avait pas eu plus de mal qu'Amma à entrer dans le bar puisque personne n'en surveillait la porte. Il s'était contenté de se mêler à la foule des humains qui s'y engouffraient.

Il en profita pour écouter ce qu'ils disaient.

— Dépêchons-nous... Fafnir pourrait venir... Ou pire : Regin...

Joarr voyait parfaitement qui était Fafnir. Quant à Regin, il supposa qu'il s'agissait du nain qui avait suivi Amma à l'intérieur.

Il tapota sur l'épaule de l'homme qu'il venait d'écouter.

— Et où peut se trouver Regin s'il n'est pas à la porte ? lui demanda-t-il.

L'homme haussa les épaules.

— Je n'en ai aucune idée. Mais je vais te donner un bon conseil : reste le plus loin possible de lui. Fafnir est fou, c'est certain, mais Regin...

Il préféra secouer la tête plutôt que d'achever sa phrase.

Joarr sentit son cœur se serrer.

— Une amie à moi était avec lui. C'est une petite blonde… L'avez-vous vue ?

— Regin ? s'écria l'homme en écarquillant les yeux. Ça ne lui ressemble pas… il ne s'intéresse qu'à son travail. Ton amie fait-elle des affaires avec lui ?

Joarr n'en savait rien. C'était justement la raison de sa présence ici…

Il se dirigea vers l'escalier sans prendre la peine de lui répondre.

— Votre frère ? Pourquoi le connaîtrais-je ? Je vous ai dit que je venais voir le Collectionneur…

Amma sentit la pointe de l'épée du nain lui égratigner la gorge et jeta un coup d'œil affolé en contrebas. En temps normal, elle n'aurait pas hésité à riposter, mais dans ces circonstances… Le moindre faux mouvement pouvait entraîner une chute fatale.

— Personne ne vient voir le Collectionneur ! répondit-il. Il ne fait pas d'affaires ici. Et je t'ai vue regarder mon frère… Est-ce que tu travailles pour lui ? Que manigancez-vous ?

Il appuya plus fort sur sa gorge en l'empêchant de déglutir, de bouger, et presque de respirer.

Amma jeta un nouveau regard en contrebas et reconnut Joarr.

Elle ne comprit pas comment il lui avait été si facile de le repérer. Les vêtements qu'il portait n'étaient pas du tout son genre, ses cheveux étaient bleus et il semblait peser vingt kilos de plus.

Puis elle comprit que c'étaient ses yeux qui l'avaient

trahi. Leur ton de bleu et la flamme qui les animait étaient difficiles à cacher…

Amma esquissa un sourire. Joarr était là… Bien sûr, le fait qu'il apparaisse — déguisé de surcroît — pouvait signifier qu'il se méfiait d'elle. Mais il était là… Elle ne craignait plus rien.

Elle lâcha la corde et tendit ses deux paumes vers le nain.

— Comme je vous l'ai dit, je suis venue voir le Collectionneur. Mais si ça vous pose un problème…

Elle projeta deux rayons de magie qui l'atteignirent en plein torse.

Regin essaya de l'embrocher au même instant, mais elle esquiva son coup… en sautant de la planche.

C'était un mouvement suicidaire. Plutôt : ce mouvement *aurait été* suicidaire si elle n'avait pas été inexplicablement certaine que Joarr allait la sauver.

Elle tomba comme une pierre en s'interdisant d'éprouver la moindre peur. Elle entendit des cris sous elle et vit le nain qui venait de la menacer sauter sur une autre planche, l'épée au poing. La tête qu'il faisait justifiait à elle seule sa décision insensée.

Alors, elle entendit un rugissement et ferma les yeux. La foule cria plus fort, une vague de chaleur la frappa, puis ses pieds heurtèrent quelque chose de solide. Elle rebondit en basculant sur le côté, retrouva son support quelques instants plus tard et s'y agrippa.

C'étaient des écailles…

Joarr. Il l'avait sauvée, comme elle n'en doutait pas. Il s'inclina pour que ses jambes retombent sur son aile, ce qui lui permit de mieux assurer sa prise sur les grandes écailles qui couvraient sa colonne vertébrale. Alors elle se hissa sur son dos, enroula les bras autour de son cou et pressa son visage contre son épaule.

Il l'avait sauvée…

Elle n'en avait pas douté un seul instant, alors qu'elle ne s'était jamais fiée à personne.

Pourquoi donc avait-elle sauté de cette planche sans hésitation ?

Plus rien n'avait de sens…

Joarr tournoya en rugissant de colère. Il avait découvert la peur en voyant le nain presser la pointe de son épée contre la gorge d'Amma.

Les dragons ne connaissaient pas ce sentiment. Ils n'avaient rien à craindre. Mais Amma était une sorcière, non un dragon, et il ne lui avait été que trop facile d'imaginer ce qui allait lui arriver si elle tombait.

Il n'avait pas attendu la suite des événements pour se transformer. Quand elle avait attaqué le nain et sauté de la planche, il volait déjà.

Les dimensions de la salle ne lui avaient pas permis de prendre sa taille normale. Maintenant que la sorcière était en sécurité sur son dos, il n'aspirait plus qu'à l'emporter le plus loin possible de ce bar, des nains, d'Ormar et du calice. Comme il aurait aimé oublier que cela lui était impossible… Il ne supportait pas l'idée de devoir reprendre forme humaine, et encore moins celle de laisser Amma sortir de sa vie lorsque cette aventure se terminerait.

17

Fafnir sentit sa gorge se serrer. Son cœur battait si fort qu'il n'entendit pas les cris terrifiés de la foule et ne prêta aucune attention aux clients qui couraient vers la sortie ou plongeaient derrière les bars.

Le chaos qui l'environnait n'avait aucune place dans son monde. Plus rien d'autre que le dragon n'existait à ses yeux.

Un dragon — sous sa forme véritable — volait dans son bar !

Fafnir n'avait jamais rien vu d'aussi majestueux...

Il en eut l'eau à la bouche.

Ses doigts serrèrent le poignet du nain avec lequel il parlait. Ce nain qu'il avait chargé de surveiller le dragon et qui avait si bien échoué dans sa mission que, quelques secondes plus tôt, il avait l'intention de l'égorger comme un vulgaire poulet.

Mais alors le dragon était apparu...

L'espion sursauta et voulut aller rejoindre les clients derrière le bar, mais Fafnir serra son poignet plus fort.

— Il est là..., murmura-t-il. D'où vient-il ?

Comme l'autre se débattait, Fafnir plaça sa hache sur sa gorge sans quitter le dragon des yeux.

— Tu vois ce que tu as failli me faire manquer ?

Le nain ne répondit rien et Fafnir ne se donna

pas la peine de lui jeter un regard pour observer sa réaction. Son espion avait échoué. Il avait beaucoup de chance d'être en vie…

— La femme… S'agit-il de celle dont tu m'as parlé ? Celle qui a accompagné le dragon à travers le portail ?

Le nain ne répondit rien et ne fit pas un geste.

Fafnir grinça des dents.

— Réponds-moi ! ordonna-t-il en appuyant un peu plus la lame de la hache contre sa gorge.

— Elle lui ressemble…

— Il a l'air de tenir à elle…, murmura Fafnir pour lui-même. Sans quoi il n'aurait jamais révélé sa nature de cette manière… Qui est-elle ? D'où vient-elle ?

— Je ne sais pas…

Le nain que tenait Fafnir se mit à trembler de la tête aux pieds lorsque le dragon passa juste au-dessus d'eux.

Fafnir cessa de le menacer et laissa son bras retomber le long de son corps. Il pouvait lancer sa hache et blesser la bête, mais il lui resterait encore à collecter son sang… Deux équipes avaient déjà échoué dans cette tâche. Il était temps de changer de tactique, d'opter pour une approche plus subtile…

— Elle se trouvait avec Regin. A moi il ne dira rien. Mais à toi ou à l'une de tes femelles…

Il enfonça le manche de sa hache dans le ventre du nain.

— Renseigne-toi ! Je veux tout savoir sur cette femme.

L'autre acquiesça et voulut s'éloigner, mais Fafnir le retint.

— Et fais suivre le dragon quand il partira d'ici ! Choisis quelqu'un de compétent. Si tu le perds…

Fafnir ne prit pas la peine de formuler sa menace. Son espion savait parfaitement ce qu'il risquait. Il en avait assez d'attendre... S'il n'arrivait pas à se procurer du sang de dragon, il allait finir par boire le sien pour patienter.

Il regarda le nain se précipiter vers la sortie. La plupart des clients étaient déjà partis ou se cachaient. Quelques elfes de l'ombre s'étaient tapis dans des coins sombres pour contempler le dragon. Ils appréciaient le spectacle... mais ils étaient assez malins pour savoir qu'il valait mieux ne pas se trouver sur sa route.

Les dragons étaient des créatures rares, presque légendaires.

Fafnir l'envia pour ces regards admiratifs. Il était impatient de devenir l'une de ces bêtes majestueuses... Ses écailles seraient-elles argentées, comme celles de celui-ci, ou d'une autre couleur ? Il aurait aimé qu'elles aient la teinte cuivrée des mines de son père, à Nidavellir...

Le dragon poussa un nouveau rugissement et la femme qui le chevauchait se pencha pour lui parler. Peut-être cherchait-elle à le calmer. Il ralentit progressivement et se mit à planer. Des cordes tranchées s'accrochaient à ses ailes. Lorsqu'il secoua la tête, Fafnir vit des flammes briller au fond de sa gueule.

Il était hypnotisé — et n'aurait sans doute pas pu bouger même si le dragon avait réduit le bâtiment en cendres. Ses doigts se crispèrent sur sa hache, qu'il fut de nouveau tenté de lancer contre la bête... Mais il restait quelques témoins et le dragon était méfiant.

Il devait attendre et se montrer malin.

Il recula prudemment vers un recoin où s'étaient tapis des elfes de l'ombre.

Le dragon tournoya encore pendant quelques instants, puis il se posa sans un bruit.

La porte du bar était trop étroite pour qu'il la franchisse sous cette forme. Fafnir retint son souffle. Puisque le dragon devait se transformer, il allait découvrir son visage…

Le dragon disparut dans un éclat de lumière. L'instant suivant, un homme, vêtu de blanc, tenant la femme dans ses bras, apparut à sa place.

Le cœur affolé, Fafnir se raidit et mémorisa leurs traits. Ils ne lui échapperaient plus.

Joarr ne posa pas Amma immédiatement. Il en était incapable. Elle continuait d'ailleurs à s'accrocher à son cou, comme elle l'avait fait quand il volait.

Il secoua sa jambe pour la dégager d'une corde qui s'y était enroulée.

— Fafnir nous observait, murmura Amma.

Joarr jeta des regards alentour sans repérer le nain. Il ne vit que quelques ombres derrière les bars et les stalagmites.

— S'il est encore là, il se cache, répondit-il.

— Désormais, il sait qui nous sommes.

Joarr haussa les épaules. Pour le moment, il se moquait éperdument du nain et du calice. Seule Amma comptait à ses yeux… Il se dirigea vers la sortie.

Une fois rentrés à l'hôtel, Joarr et Amma n'échangèrent pas un mot. C'était inutile, et cela risquait de soulever des problèmes auxquels Amma ne voulait pas songer dans l'immédiat. Dès qu'ils eurent refermé la porte de la chambre, ils commencèrent à se déshabiller l'un l'autre avec une infinie tendresse. Leur relation ne pouvait être que provisoire, mais Amma avait décidé d'en profiter pleinement le temps qu'elle durerait.

Ils s'assirent face à face sur le lit. Joarr commença par lui retirer son chemisier et le posa près d'eux. Amma fit rouler sa tête de gauche et de droite. Ses muscles étaient encore crispés par la terreur qu'elle avait éprouvée sur cette planche, quand elle craignait de tomber.

Joarr la regarda faire sans un mot et sans la brusquer.

Lorsqu'elle posa ses mains sur ses cuisses et se cambra pour étirer son dos, Joarr reporta son attention sur ses seins avec gourmandise.

Elle recommença à bouger sa tête, prenant plaisir à être ainsi dévorée du regard, puis elle se redressa, déboutonna la chemise de Joarr et laissa courir ses mains sur son torse. Sa peau était douce et chaude… Elle se pencha pour suivre ses pectoraux du bout de la langue. Il avait un goût de fumée, comme s'il avait passé des heures devant une cheminée.

Lorsqu'elle s'écarta, il la retint par la ceinture de son jean, qu'il ouvrit. Sa culotte minuscule était assortie à son soutien-gorge. Il tira sur le tout en se penchant pour embrasser ses seins. Amma poussa un gémissement et glissa ses doigts dans ses cheveux tandis qu'il écartait son soutien-gorge pour prendre l'une de ses pointes de seins entre ses lèvres.

Elle laissa ses mains descendre jusqu'à son pantalon dont elle ouvrit la fermeture Eclair d'un geste habile. Joarr s'écarta d'elle le temps de l'aider à le lui retirer et le jeta par terre. Alors elle le força à s'allonger et grimpa sur lui.

Il était complètement nu alors qu'elle portait encore ses sous-vêtements. Cela lui donna de l'audace... Elle se frotta sur son érection, puis s'allongea sur lui pour mordiller ses pectoraux, puis déposer une série de baisers jusqu'à son ventre, et plus bas encore...

Sa peau était de plus en plus chaude. Elle caressa son membre en sentant naître en elle le désir de partager ses pouvoirs avec Joarr une fois de plus, mais se promit d'attendre. Cela lui plaisait trop d'avoir l'impression de le dominer... Joarr se raidit et agrippa la couverture lorsqu'elle donna un petit coup de langue sur son sexe.

Amma éclata de rire et recommença en se délectant de son goût d'épices et de fumée. Finalement, elle prit son membre entre ses lèvres tout en le caressant avec autant de délicatesse que s'il avait été en cristal.

Joarr se cambra et ne se laissa torturer que quelques secondes de plus avant de l'attirer vers lui. Un instant plus tard, sa culotte et son soutien-gorge avaient rejoint leurs pantalons sur le sol.

Alors seulement elle prit conscience de l'excitation que lui avait procurée le fait de caresser.

Joarr glissa un doigt en elle, puis le retira pour se mettre à jouer avec son clitoris. Elle posa les mains sur son torse et se raidit. Finalement, n'y tenant plus, elle laissa un cri lui échapper et se plaça au-dessus de son membre.

Alors qu'elle était sur le point de s'y empaler, elle s'immobilisa pour plonger le regard dans le sien.

Ses yeux étincelaient du même feu qu'elle sentait brûler en elle, prêt à jaillir.

Joarr bougea les reins pour la torturer du bout de son membre, puis il la pénétra d'un seul coup.

Alors elle eut l'impression de prendre feu sans plus savoir si cela venait d'elle ou de lui.

Sa magie jaillit de ses paumes tandis qu'un tourbillon de chaleur les enveloppait. Elle avait l'impression d'être au cœur d'une tornade de feu et de pouvoir.

Elle se mit à bouger avec une lenteur décadente et vit le regard de Joarr se poser sur ses seins. Elle attrapa ses poignets, prit appui sur lui pour accélérer et sentit les muscles de ses cuisses se mettre à trembler.

Le souffle court, elle rejeta la tête en arrière. Des flammes jaillirent de sa bouche. Joarr, qui venait de prendre l'une de ses pointes de seins entre ses lèvres, ne pouvait pas les avoir vues… mais il avait dû sentir la vague de chaleur qui avait accompagné l'éruption. Amma s'empressa de fermer la bouche en le voyant relever la tête.

Les sorcières n'étaient pas capables de cracher du feu. Il se passait quelque chose en elle — quelque chose d'incompréhensible et de terrifiant.

Il posa les mains sur ses hanches pour accompagner son rythme. Ivre de plaisir, Amma inspira profondément et s'efforça de retenir son souffle pour ne plus se trahir.

Elle tremblait de la tête aux pieds. Ne pouvant plus contrôler ses spasmes, elle attrapa la tête de Joarr pour la presser contre son buste, puis se cambra et cracha un puissant jet de flammes.

Amma sentit Joarr tressaillir et écarquilla les yeux. Il ne pouvait pas ne pas l'avoir senti…

Le plaisir céda la place à la panique. Elle serra

les cuisses et insuffla sa magie à Joarr, qui se raidit, puis accéléra encore.

Lorsque le plaisir revint, encore plus intense, elle consacra toute sa volonté à contenir le feu qui rugissait en elle.

La magie, le feu et le plaisir gagnèrent encore en intensité jusqu'à ce qu'elle soit sur le point d'exploser. Lorsque Joarr poussa un grand cri, elle laissa son orgasme la libérer d'une partie de sa tension.

Joarr soupira et l'attira contre lui, mais Amma était incapable de se détendre. Elle ne pouvait pas courir le risque de cracher des flammes ou de la fumée.

Joarr écarta ses cheveux de son visage, déposa un baiser sur son front et s'endormit tandis qu'elle restait immobile, les yeux grands ouverts, terrifiée.

Que lui arrivait-il ?

18

Le bar était ravagé. Pour une fois, Fafnir ne mit aucune mauvaise volonté à obéir à son frère. Il grimpa sur un échafaudage pour passer l'une des extrémités de la corde qu'il avait enroulée autour de son épaule dans l'une des poulies du plafond. Profitant de sa position surélevée, il chercha Regin du regard.

Bien sûr, il ne faisait pas tout cela pour rien. Son frère avait parlé à la femelle du dragon et il espérait bien découvrir ce qu'ils s'étaient dit.

Il repéra son frère dans un coin de la salle, en train d'invectiver un humain qui balayait des éclats de verre. Son espion se trouvait juste à côté, en compagnie d'une naine qui travaillait pour lui. Regin cessa de crier lorsque celle-ci laissa tomber son balai sous son nez et se pencha pour le ramasser.

Fafnir esquissa un sourire et saisit une corde pour se laisser glisser jusqu'au sol. Lorsqu'il l'atteignit, Regin et la naine avaient déjà disparu.

Il ramassa le balai que la femelle avait laissé derrière elle et le jeta sur une pile d'ustensiles de nettoyage.

Il allait pouvoir tendre un piège à cette femme dès qu'il saurait ce qu'elle était venue faire au bar. Si son espionne faisait bien son travail, il disposerait bientôt de toutes les informations dont il avait besoin.

Joarr fut réveillé par la sonnerie du téléphone. Amma dormait à côté de lui. Elle était nue et ne s'était même pas glissée sous les draps. Il lui caressa doucement le bras avant de décrocher.

— Quelqu'un a déposé une lettre pour vous à la réception, lui annonça une voix aimable et professionnelle.

— Une lettre ? Qui vous l'a remise ?

L'employé de l'hôtel hésita avant de reconnaître qu'il n'en savait rien. Il avait quitté son poste pendant quelques instants, puis trouvé cette lettre cachetée à la cire sur le comptoir.

Joarr lui demanda de la lui faire monter dans la chambre et raccrocha.

Amma se réveilla et se retourna vers lui. Elle avait les yeux cernés.

— Apparemment, on nous a retrouvés, lui annonça Joarr après l'avoir embrassée.

Elle tira le drap sur elle et se redressa sans rien répondre. Elle se montrait étrangement distante et semblait… effrayée.

Lorsqu'il voulut la toucher, elle s'écarta de lui et se leva pour se diriger vers la salle de bains.

Il replia les doigts alors qu'elle fermait la porte derrière elle.

Que lui arrivait-il ? Ils avaient pris beaucoup de plaisir ensemble — et même plus que cela. Elle lui avait encore offert sa magie, qu'il sentait couler dans ses veines. Il avait cru son plaisir aussi intense que le sien, au point qu'il avait même imaginé la voir cracher du feu.

Bien sûr, c'était impossible, puisque seuls les dragons en étaient capables.

On frappa à la porte. Il chassa ces pensées dérangeantes pour enfiler son pantalon et aller ouvrir.

La lettre que le garçon d'étage lui remit était aussi anodine que celle que Ryke avait reçue.

Après avoir donné un pourboire à l'employé, il s'empressa de la décacheter.

C'était encore une invitation, mais dans un autre bar et en pleine journée. Il jeta un coup d'œil au réveil posé sur la table de nuit et s'aperçut qu'il avait moins d'une heure pour se rendre au rendez-vous. S'il ne voulait pas y aller en volant, il devait partir immédiatement.

Il tourna les yeux vers la porte de la salle de bains en tapotant la lettre contre la paume de sa main.

— Amma ?

Seul le bruit de la douche lui répondit.

Il fixa la porte en réfléchissant. S'il parlait de cette lettre à Amma, elle allait certainement vouloir l'accompagner. Après tout, leur marché tenait toujours et elle n'allait pas laisser passer une occasion de retrouver le calice et d'obtenir sa récompense.

Or il était fort probable qu'il s'agisse d'un nouveau piège…

Joarr glissa la lettre dans la poche de sa veste.

Il s'habilla rapidement, trouva du papier dans un tiroir et laissa un mot sur l'oreiller d'Amma.

En passant devant la salle de bains, il hésita quelques instants.

Alors qu'il s'apprêtait à frapper, il se ressaisit et hocha la tête. Elle allait sans doute lui en vouloir de la tenir à l'écart, mais c'était ce qu'il pouvait faire de plus intelligent — et qui garantissait le mieux sa sécurité.

Fafnir s'engouffra dans le hall de l'hôtel et renifla. L'odeur des humains le fit grimacer. L'endroit était coquet : le sol de marbre était partiellement recouvert d'un tapis et il y avait des fleurs naturelles dans des vases. C'était exactement le genre d'hôtel qu'un dragon pouvait choisir — le genre d'hôtel dans lequel il comptait lui-même séjourner dès que sa transformation serait achevée.

Il y avait un long comptoir au fond du hall. Il était haut comme… un comptoir, c'est-à-dire qu'il le dépassait. Il prit appui dessus en grommelant de contrariété et se hissa sur la tablette de marbre noir. Un employé en uniforme bleu orné d'une fleur rouge à la boutonnière écarquilla les yeux en le voyant apparaître.

— Voilà un aménagement qui n'est guère adapté aux gens comme moi, commenta Fafnir en tapant du pied, ce qui fit tomber de la terre sur le comptoir.

Fafnir, à qui son perchoir permettait de dominer l'employé, le toisa avec mépris. Il porta par réflexe sa main à sa ceinture, mais l'étui de sa hache était vide. Son père et son frère exigeaient qu'il évite de se faire remarquer quand il sortait du bar.

Fafnir avait la discrétion en horreur… Il écrasa rageusement le morceau de terre qui était tombé de sa botte pour le réduire en poussière.

— Je suis désolé… Vous… Nous…

Le réceptionniste jetait des regards éperdus

dans toutes les directions comme s'il avait peur de soutenir le sien.

C'était un comportement habituel chez les humains... Ils étaient toujours mal à l'aise en face de quelqu'un qui ne leur ressemblait pas.

— Vous n'aimez pas avoir affaire à des gens comme moi, c'est ça ? insista-t-il en se penchant vers l'employé.

— Bien sûr que non !

L'homme recommença à jeter des regards paniqués dans toutes les directions en cherchant visiblement une aide providentielle.

Fafnir essaya de profiter de son malaise pour obtenir l'information qui l'intéressait.

— Il y a un couple parmi vos clients. Je ne connais pas leurs noms, mais j'ai besoin de parler à la femme.

Il fit une brève description de l'un et de l'autre, puis se pencha davantage, au point que son nez toucha presque celui de l'employé.

— Trouvez-la !

L'employé était assez intelligent pour comprendre que ce n'était pas une invitation. Néanmoins, il eut du mal à accepter l'idée qu'il était contraint d'obéir.

— Je n'ai pas le droit de fournir des informations sur la clientèle...

— Sur votre clientèle de taille normale, vous voulez dire ? grogna Fafnir.

Il ne supportait pas que sa taille mette les humains mal à l'aise. Il mourait d'envie d'abattre son poing sur le visage de celui-ci, mais les ennuis que cela n'allait pas manquer de lui attirer étaient une perte de temps.

Son espionne avait bien fait son travail. Regin lui avait confié que la femelle du dragon avait demandé à voir le Collectionneur en prétendant avoir une affaire à lui proposer. Le moment était venu de passer à l'étape suivante.

— Non…, se défendit le réceptionniste. La taille de nos clients n'a rien à voir avec…

Il s'interrompit pour décrocher son téléphone.

— Qui dois-je annoncer ?

Triomphant, Fafnir se redressa sans prendre la peine de lui répondre.

L'employé répéta sa question.

— Elle comprendra, grogna Fafnir en fronçant les sourcils.

Il planta ses poings sur ses hanches, puis attendit que l'employé ait composé le numéro et se soit confondu en excuses. Quelques secondes plus tard, il raccrocha avec un soulagement évident.

— Elle vous demande de l'attendre au bar, dit-il en lui en indiquant la direction.

Fafnir poussa un grognement satisfait et sauta du comptoir.

Son plan était parfait. Il savait ce que voulait la sorcière. Il ne lui restait plus qu'à la convaincre qu'il était le bon interlocuteur et que la proposition qu'elle comptait faire au Collectionneur l'intéressait.

19

Le bar de l'hôtel était entièrement jaune vif et blanc. Cela créait une atmosphère extrêmement joyeuse qui donna une légère nausée à Amma — tout comme le nain qui trônait dans l'un des grands fauteuils ovoïdes. Il était adossé à une pile de coussins et ne pouvait pas plus replier les jambes qu'un enfant. Sans qu'Amma comprenne pourquoi, cela ajouta au malaise qu'il lui inspirait.

Fafnir…

Elle avait d'abord songé à répondre au réceptionniste qu'elle ne voulait voir personne. Elle ne s'était pas encore remise de ses émotions et pensait que son mystérieux visiteur devait être un humain qui l'avait remarquée dans le hall et espérait avoir ses chances. Mais l'employé lui avait parlé d'une « personne de petite taille » et elle lui avait répondu qu'elle descendait immédiatement. Elle ne savait pas sur quel nain elle allait tomber, mais cela n'avait aucune importance. Puisqu'ils étaient au cœur de cet imbroglio, elle ne pouvait pas laisser passer une telle occasion d'y voir plus clair. De plus, le nain n'était arrivé que quelques minutes après qu'elle eut découvert un mot de Joarr disant qu'il devait rejoindre quelqu'un. Joarr était un dragon dans le monde des humains. Avec qui pouvait-il avoir rendez-vous ? Ce qu'il était parti faire sans elle avait forcément un rapport avec tout le reste, et l'arrivée inopinée de ce nain ne pouvait pas être une coïncidence.

En la voyant arriver, Fafnir se tortilla pour se rapprocher du bord du fauteuil et laisser pendre ses jambes.

Cette image contrastait vivement avec le souvenir vivace qu'elle avait de lui, léchant la blessure du dragon mort. De plus en plus mal à l'aise, Amma ne put s'empêcher de frémir.

Fafnir prit appui sur les bords du fauteuil pour se pencher vers elle.

— Avez-vous froid ? Voulez-vous boire quelque chose de chaud ?

Il lui offrit un sourire qui révéla des dents blanches et régulières.

Amma secoua la tête malgré un nouveau frisson.

— Non merci. Que me voulez-vous ? L'employé de l'hôtel m'a dit que quelqu'un voulait me voir… mais je ne crois pas que nous nous connaissions.

Elle jeta des regards autour d'elle pour faire semblant de chercher quelqu'un qui lui aurait été familier.

— J'ai cru comprendre que vous vouliez rencontrer le Collectionneur, déclara-t-il en l'invitant d'un signe de tête à s'asseoir dans le fauteuil qui faisait face au sien. Pourquoi ? Avez-vous quelque chose à lui vendre ?

— Etes-vous le Collectionneur ?

Elle savait parfaitement que ce n'était pas le cas mais voulait le forcer à abattre ses cartes.

Fafnir haussa les sourcils et l'invita de nouveau

à s'asseoir. Elle lui obéit en esquissant un sourire timide.

— Je croyais que vous aviez déjà fait affaire avec lui…, répondit-il en se renfonçant dans les coussins.

Amma, que ces immenses fauteuils en forme d'œuf mettaient mal à l'aise, resta assise au bord du sien pour conserver le champ de vision le plus large possible.

— Oui, mais c'était il y a longtemps…

— Et vous pensez qu'il aurait pu changer à ce point ? insista le nain avec une expression indéchiffrable.

— Quelqu'un d'autre aurait pu lui succéder et reprendre son titre.

Cette réponse parut satisfaire Fafnir.

— Non. Il n'y a jamais eu qu'un seul Collectionneur, lui dit-il en joignant les mains. Que lui voulez-vous ?

Amma pinça les lèvres. Elle ne savait toujours pas quel était le lien entre Fafnir et le Collectionneur. Pouvait-elle courir le risque de lui révéler ce qu'elle voulait de ce dernier ?

— J'aurais préféré le rencontrer personnellement…

— Il est occupé, pour le moment, répondit Fafnir avec un geste agacé. Mais je peux négocier en son nom… Je suis son fils, après tout !

Amma cligna des yeux et s'abstint de tout commentaire. S'il disait vrai, il pouvait effectivement avoir des responsabilités dans les affaires de son père. Néanmoins, il continuait à lui paraître étrange que Fafnir se charge de jouer les intermédiaires…

— Alors, qu'avez-vous à offrir au Collectionneur ? Mais peut-être devrais-je plutôt vous demander ce que vous espérez obtenir de lui en échange ?

Amma plissa les yeux. On ne commençait jamais

une négociation de cette manière… L'erreur de Fafnir convainquit Amma que le nain n'agissait pas pour le compte du Collectionneur. Celui-ci ne se serait jamais fié à quelqu'un d'aussi peu qualifié…

— Son prix habituel me convient.

— Son prix habituel ? répéta Fafnir en fronçant les sourcils.

Non, il ne travaillait pas pour le Collectionneur…

Alors que faisait-il là ? Elle crut le deviner.

— Je vois que vous êtes un commerçant expérimenté, alors je vais aller droit au but, reprit-elle après un soupir exagéré. Comme je vous l'ai dit, j'ai fait affaire avec le Collectionneur il y a longtemps. Je lui ai donné un objet en échange d'une information, et j'aimerais récupérer cet objet… C'est aussi simple que ça.

Le regard étincelant, Fafnir se rapprocha du bord du fauteuil.

— Et que seriez-vous prête à donner en échange de cet objet ?

Amma passa sa langue sur ses lèvres en s'efforçant d'avoir l'air hésitante.

Le nain tomba dans son piège.

— J'ai entendu dire que vous connaissiez un dragon, s'empressa-t-il d'ajouter. Etes-vous proche de lui ? Pensez-vous qu'il accepterait de vous aider à rentrer en possession de cet objet ?

L'empressement du nain était presque palpable.

Cette fois, Amma n'eut pas besoin de faire semblant d'hésiter.

— Je… Les dragons tiennent beaucoup à leur trésor…

— Et s'il ne s'agissait pas de son trésor ? répliqua

le nain en agrippant le bord du fauteuil. S'il s'agissait de quelque chose qui ne lui manquera pas ?

— S'agissant d'un dragon, il existe bien peu de choses qui répondent à ce critère...

Fafnir esquissa un sourire, tira un flacon de sa poche et l'agita sous son nez. Il contenait un liquide vert.

Amma se raidit.

— Qu'est-ce que c'est ?

— Rien de très dangereux. Un simple sédatif... Ça vous rendra la tâche plus facile.

De sa main libre, il tira un autre flacon de la poche de son manteau. Celui-là était de verre et orné de décorations métalliques, exactement comme celui dont il s'était servi pour récolter le sang du dragon mort, et comme celui que Joarr avait ramassé devant le bar à portail.

Fafnir le lui tendit.

— Pourquoi me donnez-vous ça ? lui demanda-t-elle en faisant semblant d'examiner le flacon.

Amma se sentit gagnée par la nausée et eut du mal à garder le flacon dans sa main. Elle savait parfaitement à quoi il servait et ce que Fafnir s'apprêtait à lui demander.

— Les dragons sont des créatures très rares, déclara-t-il.

Elle déglutit péniblement et acquiesça.

— D'après certaines légendes, il serait possible de s'attribuer leurs pouvoirs.

— Vraiment ? Je ne connais pas ces légendes.

— Ce qui provient du corps d'un dragon se vend très cher, poursuivit-il en secouant la tête comme si cette idée le dégoûtait.

Amma baissa les yeux vers le flacon en se demandant s'il avait déjà été rempli.

Fafnir éclata de rire.

— Nous ne sommes pas des monstres, bien sûr ! Nous ne vendons pas de membres de dragons... seulement des choses qui n'exigent pas qu'il leur soit fait du mal.

— Tant mieux...

Considérait-il vraiment qu'il n'avait fait aucun mal au dragon dont il conservait le cadavre ?

Amma ferma brièvement les yeux pour se calmer et tâcha d'avoir l'air intéressée par ce qu'il lui disait.

— Et à quoi sert ce flacon ? lui demanda-t-elle en agitant l'objet.

— A récolter du sang, répondit-il en recommençant à sourire. Certaines... personnes sont prêtes à payer le prix fort pour du sang de dragon. Elles s'en servent pour fabriquer des élixirs et des onguents grâce auxquels on soigne de terribles maladies.

A l'entendre, il ne cherchait qu'à faire le bien...

— Et ça, à quoi ça sert ? demanda-t-elle en lui montrant le flacon de liquide vert qu'il tenait toujours.

— Ça ? répéta-t-il en le secouant comme s'il avait oublié son existence. Vous n'en aurez peut-être même pas besoin si vous êtes vraiment proche du dragon... C'est seulement que... certains des dragons auxquels nous avons eu affaire étaient un peu réticents...

— Réticents ?

— Grâce à cette potion, le dragon ne saura même pas que vous lui avez pris du sang, expliqua-t-il en baissant la voix. Vous n'avez qu'à en verser dans une boisson... Le dragon perdra conscience pendant quelques minutes — le temps qu'il vous faut pour remplir l'autre flacon. Et ils guérissent si vite... S'il remarque sa blessure, il pensera qu'il s'est coupé en se rasant sous sa forme humaine...

Amma en doutait fort, mais elle lui prit le flacon.

Les yeux de Fafnir étincelèrent de plus belle. Il s'enfonça de nouveau dans le fauteuil, l'air extrêmement satisfait.

— Bien... Maintenant, parlez-moi de cet objet que vous avez donné au Collectionneur...

Amma, qui examinait le liquide vert, faillit ne pas entendre sa question. Elle posa les deux flacons à côté d'elle dans le fauteuil. Lorsqu'elle releva les yeux, le nain la fixait et attendait visiblement une réponse.

— C'est...

Elle hésita. Il ne lui avait pas parlé du calice... Mais tout avait commencé par la lettre de quelqu'un qui prétendait l'avoir en sa possession et être prêt à le revendre. Cette personne connaissait l'importance du calice... Mais s'agissait-il de Fafnir ?

— Ce n'est pas grand-chose... A vrai dire, je suis même surprise qu'il ait intéressé votre père, dit-elle en se forçant à rire. Il a dû avoir pitié de moi... J'étais assez désespérée, à cette époque.

— Alors il ne devrait voir aucun inconvénient à vous le revendre...

Amma l'espérait... Elle esquissa un sourire qui se voulait timide et reconnaissant.

— C'est une coupe, lui dit-elle. Elle est en or, incrustée de joyaux, mais n'a rien de remarquable.

Fafnir se raidit.

— Une coupe... Le Collectionneur en possède beaucoup. Pourriez-vous être plus précise ?

Amma comprit immédiatement qu'il savait de

quelle coupe elle parlait. Mais l'avait-il en sa possession et était-il disposé à la lui rendre ?

— Elle doit faire à peu près cette taille, dit-elle en plaçant ses mains l'une au-dessus de l'autre, et elle est ornée d'un dragon.

Elle fournit encore quelques détails, puis Fafnir hocha la tête.

— Je crois voir de quelle coupe il s'agit. Si je peux me permettre, pourquoi tenez-vous tant à la récupérer ?

— Je..., balbutia-t-elle en cherchant un mensonge crédible. Je ne l'ai pas acquise honnêtement... et j'ai fini par en éprouver du remords. Je ne suis pas une voleuse, je vous assure ! J'étais si désespérée...

Il se mordit la lèvre, sauta du fauteuil et se planta devant elle pour lui tapoter la main avant qu'elle n'ait pu faire un geste.

— Vous voulez réparer une injustice... C'est très noble de votre part, et bien compréhensible. Je suis sûr que le Collectionneur se fera un plaisir de vous y aider. D'ailleurs, il n'achète jamais un objet s'il apprend qu'il a été volé. Je ne sais pas si un flacon de sang suffira... mais je vais essayer de l'en convaincre.

— Vous feriez ça ? lui demanda-t-elle en écarquillant les yeux avec innocence.

Il se pencha vers elle. En plus de l'odeur de moisissure dont ses cheveux et ses vêtements étaient imprégnés, Amma sentit de nouveau la magie qu'elle avait perçue lorsque Joarr et elle s'étaient approchés de lui au bar. Elle avait cru s'être trompée après avoir essayé vainement d'absorber son énergie. A présent, elle était certaine qu'il y avait de la magie en lui... Elle se força à rester impassible.

— Pensez-vous pouvoir obtenir le sang que je vous ai demandé ? insista-t-il en se léchant les lèvres.

Amma ne put s'empêcher de grimacer avant de se souvenir du rôle qu'elle avait décidé de tenir. Ne supportant plus de le regarder, elle baissa les yeux en espérant qu'il allait y voir de la timidité et des remords.

— Vous êtes certain que ça ne va pas lui faire de mal ? Il ne sentira rien ?

— Je vous le jure !

Il recommença à lui tapoter la main, puis la lâcha pour tirer une carte de visite de sa poche et la poser sur ses genoux.

— Appelez-moi à ce numéro quand ce sera fait. Je vous donnerai un rendez-vous.

Elle ramassa la carte et acquiesça, puis laissa Fafnir s'esquiver sans lever les yeux. Elle resta immobile un long moment tandis que le bar se remplissait sans qu'elle s'en aperçoive. Qu'allait-elle faire ? Un flacon du sang de Joarr en échange du calice… Cela ne semblait pas cher payé.

Fafnir avait raison : toutes les créatures capables de changer de forme guérissaient vite. Combien de temps faudrait-il au corps de Joarr pour retrouver son volume normal de sang ? Quelques minutes ?

Il lui suffisait de faire ce que Fafnir voulait pour récupérer le calice et fuir Joarr — ce qui lui semblait urgent depuis qu'elle avait craché du feu. Les sorcières ne crachaient pas de feu. Seuls les dragons avaient ce pouvoir. Ce qui lui arrivait était sans doute lié à sa grossesse. Si Joarr s'en apercevait, il allait vite comprendre qu'elle était enceinte…

C'était une bonne affaire que lui proposait Fafnir… au moins pour elle. Si elle retrouvait le calice et le rendait à Joarr, il serait forcé de renoncer à ses droits sur leur fils.

Leur fils… Rien n'était plus important à ses yeux. La chaleur des bras de Joarr lui revint à l'esprit malgré elle. Amma secoua la tête et se concentra sur son enfant en tâchant d'en oublier le père.

Alors elle relut la carte de Fafnir pour la centième fois et s'essuya les yeux lorsque les caractères se brouillèrent.

Son fils… Si elle était honnête envers elle-même, ce n'était pas la seule chose qu'elle voulait… mais c'était le maximum qu'elle pouvait obtenir.

20

Joarr rentra à l'hôtel vivement contrarié. Il s'était attendu — et préparé — à tomber dans un piège.

Sauf qu'il ne s'était rien passé du tout. Le bar où il s'était rendu était peuplé de toutes sortes de créatures des neuf mondes. On y organisait des combats entre des géants, des nains, des elfes et des trolls. Hormis deux entraîneurs qui s'étaient aperçus qu'il était un dragon et l'avaient supplié de monter sur le ring, personne ne s'était approché de lui. Le deuxième coach s'était montré si insistant qu'il avait été contraint de le congeler.

Cela avait dissuadé les autres de tenter leur chance…

Au bout du compte, il avait passé douze heures à regarder des combats en buvant de la bière tiède jusqu'à ce que la seule odeur de cette boisson lui donne la nausée. Il empestait la fumée et la transpiration et avait reçu des éclaboussures des fluides les plus variés.

L'aube approchant, il s'était résigné à l'idée qu'on s'était moqué de lui.

Epuisé et impatient de voir Amma, il appuya avec mauvaise humeur sur le bouton de l'ascenseur et attendit.

Une famille vint attendre à côté de lui.

— Ce n'était qu'un homme de petite taille, mon chéri, dit la mère à son enfant. Il n'était pas anormal pour autant. Les gens sont tous différents les uns des autres…

Elle leva les yeux vers Joarr et esquissa un sourire embarrassé.

— Les enfants…, lui dit-elle pour excuser son fils.

— Pourquoi était-il habillé bizarrement ? demanda le garçon.

La mère posa une main sur sa tête et l'attira contre elle.

— Il n'était pas habillé bizarrement, répondit-elle en rougissant.

Joarr baissa les yeux vers le garçon en comprenant subitement ce qui s'était passé.

— Un nain ? Il y avait un nain à l'hôtel ?

— Monsieur… Ce n'est vraiment pas…, balbutia la mère.

Voilà pourquoi il avait passé des heures à attendre sans que personne ne vienne vers lui…

Il ne s'agissait pas d'un piège, mais d'une diversion… On l'avait envoyé dans ce bar pour l'éloigner d'Amma.

Il se précipita vers l'escalier de secours sans laisser la femme finir sa phrase.

Amma !

Ses pensées ne cessaient de hurler son nom. Sans doute l'aurait-elle entendu s'il avait été sous forme de dragon, mais son corps humain n'était pas capable de communication télépathique. Il ouvrit brutalement la porte de l'escalier de secours et escalada les marches trois par trois.

⁂

En entendant la porte de la chambre s'ouvrir si brutalement qu'elle heurta le mur, Amma sursauta et généra une boule d'énergie par réflexe avant de se tourner vers Joarr.

Il avait les cheveux ébouriffés et le regard d'un dément. A peine l'avait-il aperçue qu'il se précipita vers elle et la serra dans ses bras.

Elle enfouit son visage au creux de son cou, ferma les yeux, inspira profondément et se mit à trembler malgré elle.

Joarr prit son menton entre ses doigts pour la forcer à relever la tête.

— As-tu vu un nain ? lui demanda-t-il.

Elle hésita. Elle ne s'attendait pas à cette question et n'avait pas réfléchi à ce qu'elle allait répondre. La potion que lui avait donnée Fafnir se trouvait toujours dans sa poche et elle n'était pas encore parvenue à une décision. Cette potion risquait-elle de faire du mal à Joarr ? Il lui avait dit lui-même que les dragons ne pouvaient pas mourir par empoisonnement… Mais ils n'étaient pas censés mourir du tout, sauf s'ils étaient terrassés par un héros, et le cadavre qu'ils avaient découvert ne présentait pas la moindre blessure.

Elle poussa un soupir. S'apercevant que son haleine avait une odeur de fumée, elle s'empressa de détourner la tête pour répondre :

— Non. Pourquoi me demandes-tu ça ? Et où étais-tu ? Ton mot… était vague. J'étais inquiète.

— On m'a piégé, répondit-il en se passant nerveusement la main dans les cheveux. Quelqu'un a laissé une lettre pour moi à la réception, quelqu'un qui prétendait avoir le calice…

Amma se figea alors qu'elle avait glissé sa main dans sa poche et effleurait le flacon sans y penser.

— Sauf que j'ai attendu pendant des heures sans que personne ne vienne me voir… en tout cas pas pour me parler du calice.

— Oh…, murmura-t-elle avant de retenir un nouveau soupir. Au moins on ne t'a pas agressé… C'est sûr ?

Joarr secoua la tête.

— Non. Toi non plus, apparemment.

Ce n'était ni une question ni une affirmation… et Joarr épiait sa réaction.

Elle éclata de rire.

— Non. Il ne m'est rien arrivé de plus excitant qu'une poursuite en voiture et quelques explosions, répondit-elle en lui montrant la télévision qu'elle venait d'allumer.

Elle s'en détourna pour se diriger vers le plateau de nourriture qu'elle s'était fait livrer plusieurs heures plus tôt.

— Veux-tu manger quelque chose ? J'ai commandé un repas avant de me rendre compte que je n'avais pas faim.

Joarr observa le plateau, puis secoua la tête.

— Non merci.

— Un verre, peut-être ? suggéra-t-elle en prenant un verre dans une main et une bouteille de whisky dans l'autre. Je vais trinquer avec toi.

— Comment pourrais-je refuser ?

Il s'approcha d'elle et voulut la prendre dans ses bras, mais elle esquiva son geste.

Elle devait absolument garder ses distances pour avoir le courage de mettre son plan à exécution.

D'ailleurs, cela lui serait encore plus facile si elle se mettait en colère…

— J'ai deux mots à te dire, déclara-t-elle. Je croyais qu'on faisait équipe… Alors pourquoi as-tu disparu sans me prévenir ?

Elle servit deux verres de whisky, puis les emporta jusqu'au meuble de la télévision sur lequel elle avait posé le seau à glaçons. Profitant de ce qu'elle tournait le dos à Joarr, elle vida le contenu du flacon dans son verre.

Lorsqu'elle se retourna vers lui, il s'était allongé sur le lit et fronçait les sourcils.

— A quoi rimait cette lettre, si ce n'était ni un piège ni une diversion ?

Elle alla s'asseoir à côté de lui sur le lit et lui tendit son verre.

— Il y a peut-être eu un imprévu. Celui qui t'a envoyé cette lettre s'est peut-être retrouvé dans l'impossibilité de te rejoindre. Dans ce cas, tu devrais avoir rapidement de ses nouvelles… Va-t'en savoir ! Tout sera peut-être réglé demain soir…

Il approcha son verre de ses lèvres, mais suspendit son geste.

— Peut-être…, répondit-il. Alors les dragons retrouveront leur calice, je rentrerai chez moi… et toi ? Où iras-tu, Amma ?

— Je ne sais pas, répondit-elle en se forçant à sourire. En tout cas, j'aurai gagné la part de ton trésor que tu m'as promise…

— C'est vrai. Ta part de mon trésor…, murmura-t-il avant de prendre une gorgée. J'avais oublié…

Amma le regarda avaler sa gorgée et écarter le verre de ses lèvres en retenant son souffle.

— Que vas-tu choisir, Amma ? As-tu déjà quelque chose à l'esprit ?

Elle aussi but une gorgée pour se laisser le temps de réfléchir à sa réponse.

— Je vais te prendre quelque chose qui ne te manquera pas. Une chose que tu ne sais même pas que tu possèdes…

Il secoua la tête.

— Qu'est-ce qui te fait croire ça ? Je te l'ai dit : je connais chaque pièce de mon trésor.

Il écarta une mèche de cheveux de son visage et lui caressa la joue.

— Tout a de la valeur pour moi. Quelle qu'elle soit, la chose que tu choisiras va terriblement me manquer, ajouta-t-il avant de l'embrasser.

Ses lèvres avaient le goût du whisky et celui, plus discret, de la potion qu'elle avait versée dedans. Mais peut-être était-ce sa mauvaise conscience qui le lui faisait imaginer… Si elle avait jamais eu la moindre chance de vivre quelque chose avec ce dragon, elle venait de la gâcher.

Amma remua son cocktail rose qui avait une odeur infecte en prenant garde de ne pas éclabousser ses vêtements. Elle avait laissé Joarr évanoui à l'hôtel. Il respirait, sa peau avait une couleur normale et rien n'indiquait que la potion de Fafnir lui ait fait le moindre mal.

Il semblait en parfaite santé — si l'on faisait abstraction de la coupure qu'elle lui avait faite au bras.

Elle ferma les yeux tout en continuant à remuer son verre et projeta un glaçon sur le sol par inadvertance. Le barman jeta un coup d'œil dans sa direction, puis s'empressa de détourner les yeux.

Elle était assise sur un canapé dans le salon où Fafnir avait interrogé le premier couple d'humains. Lorsqu'elle s'était présentée à la porte, un nain qu'elle ne connaissait pas l'avait fait entrer sans lui poser de questions. Il avait fermé derrière elle, l'avait escortée dans ce salon, puis avait disparu, sans doute pour aller chercher Fafnir.

Cela faisait plusieurs minutes qu'elle attendait le nain buveur de sang et elle commençait à perdre patience. Elle n'aspirait plus qu'à récupérer le calice, le rendre à Joarr et disparaître. Elle porta la main au ruban grâce auquel elle avait suspendu le flacon à son cou. Son contenu était chaud contre sa peau.

Le flacon formait une bosse sous son chemisier, mais elle s'en moquait éperdument. Elle n'avait pas trouvé d'endroit plus sûr où le cacher. Joarr allait comprendre dès son réveil qu'elle s'était jouée de lui. Son seul espoir était d'avoir le temps de revenir avant, avec le calice. Si elle y parvenait, le dragon serait forcé de tenir sa promesse sans lui demander de comptes sur les moyens qu'elle avait employés pour se procurer l'objet tant convoité.

Elle posa sa main sur son ventre. Désormais, tout dépendait de Fafnir.

Joarr roula sur le ventre. Le bras qu'il tendit pour toucher Amma ne rencontra que des draps froids. Il cligna des yeux, s'efforça de rassembler ses esprits et tâta l'endroit où elle aurait dû se trouver… Il était seul dans le lit.

Il se mit sur le dos et voulut se redresser, mais

une migraine atroce le força à se laisser retomber sur l'oreiller en prenant sa tête entre ses mains. C'était comme si une armée de nains creusait des galeries sous son crâne à grands coups de pioche. Il poussa un grognement et tourna la tête vers la table de nuit.

Un verre vide y était posé. Il cligna des yeux et fouilla dans sa mémoire. Combien de verres de whisky avait-il bu ? Un seul, d'après ses souvenirs… Amma le lui avait servi et en avait elle-même bu un, assise à côté de lui… Déconcerté, il tourna la tête vers l'autre table de nuit et y découvrit un verre plein.

Il poussa un juron et le regretta aussitôt en sentant les nains s'agiter de plus belle sous son crâne.

Joarr posa son bras sur ses yeux pour échapper à la lumière et se concentra. Amma se trouvait avec lui. Ils avaient vu un verre. Lui l'avait vidé tandis qu'Amma n'avait bu qu'une gorgée du sien, apparemment. Lorsqu'il avait voulu l'embrasser, elle l'avait repoussé et encouragé à boire davantage.

Même si une part de lui refusait d'y croire, ce qui s'était passé était évident.

Il se redressa péniblement, s'aperçut qu'il était habillé et essaya de se lever. Son équilibre était précaire, mais il parvint à agripper le dossier d'une chaise et le monde finit par cesser de tanguer. Son pantalon et sa chemise étaient complètement froissés. En les lissant machinalement, il découvrit une petite tache rouge sur sa manche. Il la déboutonna, la retroussa jusqu'à son coude et vit une petite coupure presque guérie sur son avant-bras.

La sorcière lui avait volé du sang…

21

Fafnir s'approcha d'Amma en jetant des regards méfiants par-dessus son épaule. Une fois près d'elle, il s'adossa à une stalagmite — sans doute pour se soustraire à la vue de ceux qui se trouvaient dans la grande salle du bar.

Ses mains s'ouvraient et se fermaient convulsivement.

— Je vous avais demandé de m'appeler, lui dit-il en fronçant les sourcils.

— J'ai perdu votre carte, se défendit-elle en recommençant à agiter son verre. Comme je pensais vous trouver ici, je suis venue… Est-ce que ça pose un problème ?

En réalité, elle avait tenu à choisir elle-même le lieu de leur rencontre.

— Non, répondit-il après avoir grommelé quelques mots inintelligibles.

— Alors ? Le Collectionneur a-t-il accepté de faire affaire avec moi ?

En l'entendant mentionner le Collectionneur, Fafnir jeta un coup d'œil inquiet par-dessus son épaule.

— Bien sûr…, lui répondit-il. Il est prêt à faire affaire avec vous… mais pas ici. Allons dans mon bureau.

Pas de nouvelles acrobaties sur les planches…,

songea Amma lorsqu'il lui indiqua l'une des pièces suspendues. Elle se força à acquiescer.

— Si vous voulez.

— Parfait. Attendez-moi quelques instants, s'il vous plaît. Je dois d'abord m'occuper de quelque chose.

Il s'éclipsa en laissant Amma seule avec son cocktail rose. Elle ne l'avait commandé que pour se donner une contenance et n'avait aucune envie de le boire. Sans qu'elle comprenne pourquoi, il lui rappelait Joarr, qu'elle avait laissé évanoui sur le lit. Elle se leva pour aller le verser dans une fontaine qui imitait un rocher creux dans lequel de l'eau s'égouttait d'une stalactite.

En se retournant, elle vit Fafnir en train de parler avec un nain vêtu d'un pantalon rouge, d'une veste de pirate et d'un tricorne. Le Collectionneur… Il était là. Amma sentit son cœur s'affoler.

Fafnir ne lui avait donc pas dit que des mensonges. Si le Collectionneur était là, le calice ne devait pas être bien loin…

Fafnir, qui lui tournait le dos, entraîna le Collectionneur vers l'escalier qui menait au bar du rez-de-chaussée, puis revint vers elle.

Le souffle court, le nain lui saisit le bras pour l'entraîner vers l'une des planches. Amma réussit à se libérer.

— N'était-ce pas le Collectionneur ?

— Qui ? Ce nain ? Non. Ce n'est… qu'un ami de mon frère, répondit Fafnir en grimaçant. Il a pris l'habitude de s'habiller comme mon père… je le soupçonne d'avoir de mauvaises intentions et je lui ai demandé de partir.

Il fit signe à l'un des employés qui actionnaient les planches pour lui demander d'en abaisser une.

Amma ne croyait pas un mot de ce qu'il venait de lui dire.

— Alors le Collectionneur est là-haut ? insista-t-elle.

Elle leva les yeux vers les pièces suspendues sans pouvoir s'empêcher d'être de plus en plus nerveuse.

Fafnir secoua la tête.

— Non. Il ne fait jamais d'affaires ici. Mais puisque vous êtes là et que vous avez… le sang…

Le nain haussa les sourcils pour lui demander confirmation.

Elle hocha la tête.

— Dans ce cas, je vais faire une exception et lui servir d'intermédiaire. Ne vous inquiétez pas : je vais vous donner l'objet que vous êtes venue chercher.

— Le calice ?

— C'est ça… La coupe.

Il l'invita à monter sur la planche qui venait de se positionner devant eux.

— La dernière fois que je suis montée sur l'une de ces planches, votre frère m'a menacée avec une épée, lui fit-elle remarquer en plissant les yeux avant de jeter un regard significatif à la hache qu'il portait à la ceinture.

— Je ne suis pas mon frère ! se contenta-t-il de répondre en écartant les bras.

— C'est vrai…, répondit-elle en soutenant son regard.

Fafnir grommela un juron, puis tira sa hache de son étui et la posa sur le plateau d'une serveuse.

Tandis que celle-ci s'éloignait, il l'invita une

nouvelle fois à grimper sur la planche et Amma s'y résigna.

L'ascension se déroula sans incident et Amma se détendit progressivement. Son corps finit par épouser les mouvements de la planche au lieu de se raidir à chaque balancement. Elle parvint même à regarder les clients en contrebas sans éprouver de vertige.

Elle repéra Regin, qui donnait des ordres à une serveuse. A l'instant précis où la planche atteignait le bord de l'une des pièces suspendues, le Collectionneur réapparut.

Fafnir, qui s'en était aperçu aussi, s'empressa de l'entraîner vers une porte fermée.

— Par ici…

C'était une porte de bois massive. Elle semblait ancienne et était ornée de décorations métalliques qui formaient une sorte de Z. Alors qu'elle devait être très lourde, le nain n'exerça qu'une légère poussée pour l'ouvrir.

Le bureau dans lequel elle pénétra était plongé dans l'obscurité. Fafnir referma la porte avant d'allumer une lanterne dont la lumière n'atteignait pas tous les recoins de la pièce.

Amma leva les yeux. Découvrant une ampoule électrique au plafond, elle la montra à Fafnir en l'interrogeant du regard.

— Elle est grillée, déclara-t-il. Je préfère la lumière des flammes, de toute manière… pas vous ?

Amma eut l'impression que cette question était un piège… mais sa mauvaise conscience devait encore lui jouer des tours.

— Je préfère surtout y voir clair quand je fais des affaires, répondit-elle prudemment.

— Ne vous inquiétez pas. Tout va bien se passer…

Amma recommença à jeter des regards suspicieux autour d'elle. Rien n'indiquait que Fafnir l'avait attirée dans un piège, mais il valait mieux être prudente. Lorsqu'elle eut acquis la certitude que personne ne se cachait dans la pièce et qu'il n'y avait pas d'armes à la portée du nain, elle tira le flacon de sous son chemisier.

Les yeux du nain se mirent à briller. Lorsqu'il entrouvrit la bouche pour se lécher les lèvres, Amma crut voir une flamme danser au fond de sa gorge.

Elle perdait la raison, songea-t-elle en serrant le flacon. Elle commençait à voir des dragons partout.

Fafnir tendit la main.

Amma passa le ruban par-dessus sa tête, mais garda le flacon dans la main.

— Où est le calice ? demanda-t-elle.

Voyant que Fafnir cherchait à lui prendre le flacon sans se soucier de sa question, elle puisa dans sa magie et tendit une paume menaçante vers lui.

— Tu ne m'as pas demandé ce que j'étais, nain... C'est une erreur que tu vas regretter si tu avais l'intention de me voler.

Fafnir recula en plissant les yeux et porta sa main à sa ceinture par réflexe.

Amma esquissa un sourire.

— Où est le calice ? répéta-t-elle.

— Une sorcière..., grogna le nain. Si j'avais su...

— Quoi ? Tu as un problème avec les sorcières ? répliqua-t-elle en se réjouissant de la tournure que prenait leur face-à-face.

Se sentant en position de force, elle estima que le nain allait la craindre davantage si elle lui prouvait qu'elle voyait clair dans son jeu.

— Par ailleurs, je sais très bien ce que tu comptes

faire de ce sang, reprit-elle en agitant le flacon sous son nez. Et je parie que le Collectionneur n'a pas la moindre idée de ce que fabrique son fils… Comment réagirait-il s'il le découvrait ?

Malgré la médiocrité de l'éclairage, elle vit blêmir le nain. Fafnir laissa ses bras retomber le long de son corps en grinçant des dents. Tremblant de rage, il tourna les yeux vers un grand miroir qui ornait l'un des murs avant de lui répondre.

— Ça ne te regarde pas, sorcière. Tu es venue pour le calice, et je peux te le donner. T'intéresse-t-il toujours ?

Il lui montra la porte pour lui signifier qu'elle pouvait repartir librement, mais ses doigts tremblaient. Il n'allait pas manquer de l'attaquer si elle faisait mine de s'en aller, or Amma ne voulait pas en arriver là.

Elle replia les doigts pour faire disparaître la boule d'énergie dont elle le menaçait.

— Je veux voir le calice.

— Donne-moi d'abord le sang, exigea-t-il, le regard étincelant.

— Je vais te laisser le renifler, mais c'est tout, répliqua-t-elle en tapotant le flacon contre la paume de son autre main.

Fafnir fit une grimace, mais acquiesça.

Amma déboucha le flacon et le plaça sous le nez du nain, qui inspira bruyamment en fermant les yeux.

Elle se raidit. Le nain allait-il découvrir sa supercherie rien qu'en reniflant le flacon ? Elle inspira profondément en s'interdisant de baisser les yeux vers son bras.

Le nain rouvrit les siens et se mordilla la lèvre.

— Il est différent…, commenta-t-il.

Amma se prépara à puiser dans sa magie pour se défendre.

— Mais je vais chercher le calice…, ajouta Fafnir avant de se lécher les lèvres.

Il trottina vers le miroir, jeta un coup d'œil méfiant à son reflet, puis actionna un mécanisme. Le miroir s'écarta du mur pour révéler la porte d'une pièce secrète. Fafnir y disparut pendant quelques instants, puis en ressortit avec un sac en toile sur l'épaule.

Le nain revint se planter devant elle, tira du sac un objet enveloppé dans un carré de velours et tendit ses deux mains.

Amma posa le flacon dans sa main vide tout en prenant l'objet. Fafnir serra le flacon sur son cœur en la regardant déballer le calice et l'examiner. Il était exactement tel qu'en son souvenir.

Un petit nuage de fumée s'échappa de ses lèvres lorsqu'elle soupira de soulagement. Amma s'empressa de fermer la bouche et jeta un regard inquiet au nain, qui fronçait les sourcils. Par chance, il semblait seulement déconcerté. Il s'était aperçu que quelque chose d'étrange venait de se produire, mais n'avait pas compris quoi. Elle agita le carré de velours en se réjouissant de la médiocrité de l'éclairage avant d'en envelopper le calice.

— Pouvons-nous estimer cette affaire conclue ? demanda-t-elle à Fafnir.

— Oui, répondit-il en esquissant un sourire mauvais.

Amma hocha la tête et jeta un coup d'œil en direction de la porte.

— Tenez ! dit Fafnir en lui tendant le sac. Je suis sûr que vous ne voulez pas l'abîmer, ni attirer l'attention…

Elle hésita, mais il avait raison. Elle n'avait pas pensé à emporter un sac et le calice était trop volumineux pour qu'elle le cache sous son chemisier. Amma le plaça délicatement dans le sac que Fafnir tenait ouvert devant elle. Alors qu'il le refermait, il laissa tomber son flacon, poussa un juron, et se baissa pour le chercher sur le sol. L'ayant retrouvé sous son bureau, il se redressa pour l'observer à la lumière de la lanterne.

Amma attendit en enfonçant ses doigts dans sa cuisse.

— Je te l'ai donné, finit-elle par lui faire remarquer. Si tu l'as abîmé, ça ne me regarde pas. Une négociation ne peut plus être remise en cause quand elle est terminée. Le Collectionneur le sait très bien…

— Mais il n'est pas là, répliqua Fafnir en retroussant sa lèvre supérieure.

Amma fit un pas menaçant dans sa direction et s'arrêta lorsqu'il lui tendit le sac.

— Peu importe : le flacon semble intact, reprit-il. C'était un plaisir de faire affaire avec toi. Nous pourrions recommencer, à l'occasion… Fréquentes-tu beaucoup les dragons ?

Amma glissa les anses du sac sur son épaule et haussa les sourcils.

— Je ne tiens pas à renouveler cette expérience.

Fafnir haussa les épaules, puis lui montra la porte.

— Tant pis… J'imagine que tu sauras retrouver la sortie.

Saisie d'un frisson en se dirigeant vers la porte, Amma jeta un coup d'œil par-dessus son épaule. Le nain, qui n'avait pas bougé, la fixait intensément. Tout en serrant le sac sous son bras, elle puisa dans sa magie pour être en mesure de réagir à la moindre alerte.

Elle tourna lentement la poignée de la porte, s'attendant à ce que Fafnir se jette sur elle, mais il n'en fit rien. Elle quitta le bureau et regagna la planche qui leur avait permis d'y accéder sans le moindre incident.

Elle grimpait dessus lorsque la situation lui échappa.

22

Joarr écarta de son chemin le nain qui surveillait la porte. Il en avait assez d'être prudent. Qu'il essaie donc de l'arrêter ! Il allait voir comment un dragon réagissait à la provocation…

Le nain n'émit pas la moindre protestation — contrairement aux humains qui le couvrirent d'insultes en le voyant s'engouffrer dans le bâtiment. Lorsqu'il atteignit le bas de l'escalier, le vacarme qui provenait de la grande salle de l'étage étouffa leurs cris. Il escalada les marches quatre à quatre en se frayant un chemin entre les humains qui se précipitaient dans la direction opposée.

La grande salle était envahie par les nains. Il y en avait au moins cinquante. Certains étaient habillés en noir, comme ceux qui l'avaient attaqué devant le bar à portail, les autres portaient des chemises et des pantalons en toile écrue beaucoup plus traditionnels. Le pirate se détachait nettement du lot. Il était vêtu d'un costume rouge et perché sur une planche en plein milieu de la salle. Il avait un tricorne orné d'une plume de paon sur la tête et un sabre aussi grand que lui à la main. Il cria quelque chose que Joarr n'entendit pas à quelqu'un qui se trouvait au-dessus de lui.

Joarr suivit la direction de son regard et se figea.

Amma se trouvait sur le seuil de l'une des pièces suspendues. Elle jetait autour d'elle des regards d'animal pris au piège et serrait un sac en toile sous son bras.

Des planches descendirent jusqu'au sol lorsque le pirate recommença à crier. Les nains qui n'y trouvèrent pas de place entreprirent de grimper aux cordes comme des singes... ou des pirates. Certains avaient même un couteau entre les dents. Les autres, qui faisaient preuve de moins d'originalité, avaient dégainé leur hache. Tous convergeaient vers Amma.

Comprenant que la bataille était inévitable, celle-ci se figea et tendit les bras, mais aucun rayon ne jaillit de ses paumes.

Elle attendait d'être certaine d'atteindre ses cibles..., comprit Joarr.

L'indécision le paralysa pendant quelques instants. A qui devait-il prêter main-forte ? A Amma, qui l'avait drogué et lui avait volé son sang, ou aux nains ?

Il n'avait aucune raison d'aider les nains. Quelles que soient ses raisons d'en vouloir à Amma, leur problème n'était pas le sien.

A vrai dire, le mieux qu'il avait à faire était de n'aider personne. Il n'avait qu'à attendre l'issue de la bataille et s'en prendre ensuite au vainqueur.

Sauf que... Il releva les yeux vers Amma. Ses cheveux s'agitaient comme s'ils étaient soulevés par un courant d'air, mais c'était sa magie qui les animait... une magie qu'elle n'avait pas hésité à lui offrir lorsqu'ils avaient fait l'amour.

Le pire était qu'en dépit de sa trahison et de l'impossibilité d'envisager un avenir avec elle, il l'aimait.

S'agrippant à cette unique certitude, Joarr se transforma.

*
* *

Le Collectionneur attendait qu'elle ressorte du bureau de Fafnir… avec une cinquantaine de nains armés.

Il n'avait guère changé depuis leur dernière rencontre, un siècle plus tôt.

Il était perché sur une planche si étroite que seul un nain pouvait s'y maintenir en équilibre, une planche soutenue par des chaînes en métal au lieu de cordes, ce qui lui garantissait une plus grande stabilité. Il était armé d'un sabre aussi grand que lui qu'il agitait au-dessus de sa tête.

Amma tendit les bras pour lui montrer qu'elle était prête à se battre si c'était nécessaire, mais elle n'attaqua pas. Même si tous les nains convergeaient vers elle, personne ne lui avait encore fait de mal. Et ses cibles seraient plus faciles à atteindre lorsqu'elles se seraient rapprochées.

Elle fixa le Collectionneur en faisant semblant de ne pas avoir remarqué son armée de sbires. Il était hors de sa portée — mais à peine. Le vieux nain devait savoir ce qu'il faisait et à quelle distance se placer pour ne courir aucun risque… sauf qu'il ignorait que ses pouvoirs s'étaient prodigieusement développés depuis qu'elle portait l'enfant de Joarr.

Elle était beaucoup plus forte qu'avant. Rassurée par cette pensée, elle observa son adversaire.

Il était de taille moyenne pour un nain. Son visage était rasé de près et il avait de longs cheveux gris qu'il portait attachés en queue-de-cheval. Seul son goût pour les vêtements excentriques permettait de le distinguer de n'importe quel autre nain.

Comme lors de leur rencontre précédente, il portait

un assortiment de vêtements provenant d'époques et de lieux différents : une chemise en daim ornée de franges, un pantalon rouge qui lui arrivait au genou, et des baskets semblables à celles que portaient les athlètes humains. Sa veste rouge devait dater du XIXe siècle et il avait piqué une plume de paon dans son tricorne. Le tout formait un ensemble très désagréable à l'œil.

Il ordonna qu'on élève sa planche sans la quitter des yeux. Parvenu à la même hauteur qu'elle, il y planta son sabre et s'y assit comme un enfant sur une balançoire.

— Amma… Te voilà de retour… Cherches-tu d'autres informations ? As-tu un objet à me vendre ?

Son regard étincelant la détailla des pieds à la tête. De la part de quelqu'un d'autre, un tel examen aurait été une invitation ou une provocation ; de la sienne, c'était un inventaire.

— Tu n'es pas en train de me voler quelque chose, au moins ? lui demanda-t-il en fixant le sac.

— Ce que j'emporte m'appartient, répondit-elle en le serrant plus fort sous son bras.

— Et de quoi peut-il bien s'agir, ma petite orpheline ?

Il rapprocha sa main de son sabre et agita les jambes pour se balancer.

— J'ai fait affaire avec ton fils, lui dit-elle.

— Mon fils ? répéta-t-il en haussant les sourcils. Il ne peut pas s'agir de Regin… Il a trop de bon sens pour faire des affaires dans mon dos. Tu dois parler de Fafnir, j'imagine. Fafnir est un imbécile ! Si ce que tu dis est vrai, tu dois être aussi stupide que lui…

Amma secoua la main, ce qui fit tinter le bracelet de l'elfe de l'ombre.

Le nain parut stupéfié par ce son.

— Tu mens ! s'écria-t-il en pointant un doigt vers elle. Tu as quelque chose qui m'appartient…

Ne comprenant pas sa réaction, Amma hésita quelques instants. Cela suffit au Collectionneur pour ramasser son sabre et bondir vers elle. Amma recula et entendit les autres nains crier.

Le dos plaqué à la porte, elle ne voyait plus ce qui se passait en contrebas. En revanche, elle comprit parfaitement ce que hurlaient les nains.

— Un dragon !

Le Collectionneur atterrit sur le rebord de la pièce suspendue qui abritait le bureau de Fafnir, se retourna pour jeter un coup d'œil dans la salle, puis avança sur elle le sabre au poing.

— Un dragon dans mon bar… Est-ce toi qui l'as amené ? Est-ce ce même dragon qui a semé le chaos l'autre soir, quand j'étais absent ? l'interrogea-t-il en faisant un pas de plus. Si vous avez l'intention de voler mon trésor, oubliez ça tout de suite. Il est bien protégé… Même un dragon ne pourra rien me prendre.

Subitement, Amma eut l'impression que le calice pesait plus lourd au fond du sac. Il était évident que le Collectionneur n'avait pas autorisé Fafnir à le lui vendre. Ce dernier lui avait sans doute tendu un piège… Après avoir obtenu son flacon de sang, il avait dû l'accuser de vol pour que l'armée de son père se charge de l'éliminer.

Sauf que Fafnir, lui aussi, ignorait l'étendue de ses pouvoirs…

Un rugissement fit trembler les murs et la température s'éleva brusquement. Des gouttes de sueur se formèrent sur le front du nain qui la menaçait.

Amma esquissa un sourire. Ni Fafnir ni son père n'avaient songé que Joarr pourrait intervenir…

Le dragon apparut derrière le Collectionneur. Il était couvert de plaies faites par les haches des nains, mais ne semblait pas s'en apercevoir. Il battit des ailes pour se maintenir immobile, rugit encore et cracha du feu.

Le Collectionneur fit volte-face et leva son sabre comme s'il s'était agi d'un bouclier. Les flammes de Joarr le frappèrent et rebondirent dans toutes les directions comme un jet d'eau contre un mur.

Alors Amma comprit qu'il ne s'agissait pas d'un sabre ordinaire — ni même d'un sabre forgé par un nain.

C'était logique… Ils avaient affaire au Collectionneur, à qui elle avait vendu le calice. Combien d'autres objets magiques avait-il acquis au cours des siècles ?

Le nain éclata de rire. Tout en continuant à lever son sabre, il tira une sorte de disque métallique du rebord de son chapeau et le lança vers Joarr.

Joarr, qui continuait à cracher du feu, ne s'en aperçut pas. Il ne pouvait pas se douter des ressources dont disposait son adversaire…

Amma lui hurla de plonger tout en attaquant… mais ce fut du feu, et non de la magie, qui jaillit de ses doigts.

Elle ne pouvait plus ni se mentir à elle-même ni le cacher aux autres : elle était en train de devenir un dragon.

En plus de l'entendre crier, Joarr avait lu dans ses pensées. Après lui avoir jeté un bref regard, il replia ses ailes et se laissa tomber comme une pierre.

Terrifiée, Amma poussa un nouveau cri et courut vers le bord de la pièce. Le dragon, qui s'était immobilisé quelques mètres plus bas, leva les yeux vers elle. Alors, malgré tous les efforts qu'elle avait faits jusque-là pour lui cacher son existence, elle ne put s'empêcher de songer à leur enfant. Elle l'imagina grandir et devenir un dragon aussi majestueux que son père… Et l'idée qu'elle risquait de le perdre la paralysa de terreur.

Joarr entendit tout et écarquilla les yeux.

Affolée par l'erreur qu'elle venait de commettre, Amma recula en titubant.

Elle avait tout perdu, songea-t-elle en serrant le sac contre son cœur. Mais non ! se dit-elle subitement. Elle avait le calice… Joarr connaissait son secret, mais cela ne changeait rien : il allait devoir tenir sa promesse.

Amma se rapprocha du bord de la plate-forme, arracha le sac de son épaule et le lança vers le dragon.

— Voilà ma part du marché ! lui cria-t-elle avant de poser ses mains sur son ventre. En échange, je veux garder ton fils !

Elle ne put prononcer ce dernier mot sans que sa voix ne se brise.

23

Joarr n'arrivait pas à croire ce qu'il venait d'entendre et de lire dans l'esprit d'Amma. Un fils… Il allait avoir un fils ! Elle était enceinte… et elle pensait que c'était à cause de cela qu'elle pouvait cracher du feu. Elle ne lui avait révélé son secret que parce qu'elle croyait s'être trahie en attaquant le Collectionneur…

Sauf que ce n'était pas le cas. C'était un autre secret qui expliquait son pouvoir — un secret que le Collectionneur devait connaître.

Joarr s'apprêtait à le lui révéler lorsqu'elle jeta le sac.

Son cœur se serra. Alors qu'il songeait à elle, à leur avenir, elle n'avait qu'une idée en tête : lui prendre son fils.

Elle s'était jouée de lui… Rien de ce qu'ils avaient vécu ensemble n'avait de sens pour elle. Elle ne lui avait offert sa magie et son soutien que pour mieux lui voler son trésor le plus précieux.

Pendant quelques instants, il regarda tomber le sac sans se soucier de ce qui pouvait lui arriver. Plus rien n'avait d'importance à ses yeux… Mais il se ressaisit subitement. Les dragons croyaient avoir besoin du calice et l'avaient chargé de le retrouver. Il plongea sous le sac dont les anses s'accrochèrent à l'une des écailles de sa colonne vertébrale.

Alors il releva les yeux vers Amma, qui avait reculé. Il aurait pu continuer à lire dans son esprit mais préféra s'en abstenir. Son geste et ses dernières paroles lui avaient fait trop de mal.

Il n'y avait rien de plus douloureux que d'être trahi par la femme qu'on aimait…

Joarr baissa les yeux et se posa. Alors qu'il s'apprêtait à reprendre forme humaine, une rage folle s'empara de lui.

Il ne lui suffisait pas d'avoir retrouvé le calice… Des dragons étaient morts et on l'avait trahi : l'honneur de sa race et sa douleur le poussaient à la vengeance.

Il allait tout détruire.

Il rassembla tout son pouvoir — le sien propre et celui qu'Amma lui avait offert — tout en grandissant jusqu'à atteindre sa taille normale. Lorsqu'il leva ses ailes, celles-ci effleurèrent le rebord où se tenait Amma.

Il sentit la sorcière absorber sa magie sans rien pouvoir faire pour l'en empêcher. Ce n'était pas grave… Elle ne pourrait pas rassembler assez de pouvoir pour échapper à son courroux.

Les quelques humains qui se trouvaient encore dans le bar poussèrent des hurlements et se précipitèrent vers la sortie. Il heurta plusieurs planches en changeant de taille et en fit tomber les nains qui y étaient perchés. Amma le regarda faire sans bouger… et le Collectionneur en profita pour se jeter sur elle.

La sorcière se défendit en projetant un jet de flammes dans sa direction sans comprendre que ce feu était le sien.

Le Collectionneur tira un petit objet de sa poche et le tendit vers Amma. Il en jaillit un souffle puissant qui rabattit les flammes sur elle. Celles-ci l'enveloppèrent sans lui faire le moindre mal... évidemment. Elles n'avaient pas plus d'effet sur la sorcière que son feu et sa glace n'avaient d'effet sur lui-même.

Alors Joarr se concentra sur les pensées du Collectionneur. Entre deux séries de jurons, il se demandait où pouvaient être ses fils, et surtout Fafnir.

Fafnir... Joarr l'avait oublié pendant quelques minutes, mais le nain buveur de sang avait des comptes à lui rendre.

— Où est Fafnir ? hurla-t-il dans les esprits d'Amma et du Collectionneur.

Ce dernier recommença à jurer, puis maudit son fils, qui mettait son trésor en péril. Fou de rage, il jeta un coup d'œil en direction de la porte près de laquelle se tenait Amma. Fafnir devait se cacher derrière.

Le Collectionneur cracha par terre, puis sauta dans le vide pour atterrir sur une planche qui venait de descendre du plafond.

Joarr décida de l'ignorer. Qu'il s'enfuie donc... Il n'avait plus besoin du Collectionneur, maintenant qu'il avait récupéré le calice. C'était Fafnir qu'il voulait. Même s'il ne savait pas comment il s'y était pris, Joarr était certain que c'était lui qui avait causé la mort des trois dragons. Il voulait Amma, aussi... Il pourrait toujours décider plus tard de ce qu'il allait lui faire.

Alors la voix du Collectionneur s'éleva au-dessus du tohu-bohu.

— Feu !

Les nains s'étaient rassemblés et avaient échangé leurs haches contre des mitraillettes.

Voyant venir une pluie de balles, Joarr écarta

les ailes pour les empêcher d'atteindre Amma. La fusillade généra un vacarme assourdissant qu'il amplifia en poussant un rugissement.

Ses instincts de dragon commençaient à prendre le dessus sur sa raison. Son trésor était tout proche… de même que Fafnir, le nain qui s'en était pris à ses frères.

Il ouvrit grand sa gueule, puisa dans ses réserves et cracha un épais jet de glace qui recouvrit tout et transforma les nains en statues. Plusieurs d'entre eux, emportés par le poids de leur mitraillette, tombèrent comme des dominos.

Joarr chercha le Collectionneur des yeux et le retrouva sur sa planche, un nouvel objet à la main.

— Tu lui as menti, n'est-ce pas ? lui lança Joarr par télépathie. Son père n'est pas un elfe… Pourquoi as-tu fait ça ? Avais-tu peur qu'elle refuse de te vendre le calice si tu lui disais la vérité ?

Le Collectionneur secoua énergiquement la tête en grommelant, mais Joarr lut dans ses pensées qu'il avait vu juste. Néanmoins, rétablir la vérité n'était pas le plus urgent. Avant tout, il voulait retrouver Fafnir.

Joarr fouilla l'esprit du Collectionneur pour découvrir ce qu'était sa plus grande peur et y parvint sans peine. Peut-être avait-il des ancêtres dragons, lui aussi…

Son trésor… Rien ne le terrifiait davantage que l'idée de se faire voler son trésor, et cela l'obsédait tant qu'il lui révéla où il l'avait caché sans le vouloir.

— Tu sais que je peux lire dans ton esprit, lui rappela-t-il en plissant les yeux. Tu n'as aucun secret pour moi. Ton trésor est impressionnant… Sais-tu que ton fils a tué des dragons ? Sais-tu comment il s'y est pris ?

Le Collectionneur paniqua et s'efforça vainement de lui cacher ses pensées.

— Le calice ! rugit Joarr en crachant un jet de flammes. Tu savais qu'il te l'avait pris, tu connaissais ses pouvoirs et tu n'as rien fait ! Ça fait de toi son complice…

— C'est fini, Joarr…, intervint Amma en s'approchant du rebord.

Elle était étrangement pâle, tout à coup.

Fou d'inquiétude, Joarr se retourna vers le Collectionneur.

— Que lui as-tu fait ?

Rien… Joarr le lut clairement dans son esprit : le Collectionneur ne comprenait pas non plus ce qui arrivait à la sorcière.

— Qu'as-tu donné à Fafnir, Amma ? lui demanda-t-il.

Ses jambes n'avaient plus la force de la soutenir.

— Ce n'était pas ton sang, murmura-t-elle en s'effondrant. Je n'avais pas confiance en lui… J'ai cru pouvoir le duper.

— Alors le sang de qui ? hurla Joarr.

Amma releva l'une de ses manches pour lui montrer le bandage qui entourait son bras.

— Non ! Le calice permet de s'approprier les pouvoirs des dragons en buvant leur sang.

— Mais je ne suis pas un dragon…, balbutia-t-elle avant de se passer la main sur le visage. Et je t'ai donné le calice…

Joarr se retourna vers le Collectionneur.

— Prenez le sac qui se trouve sur mon dos ! lui

ordonna-t-il en s'approchant de lui. Montrez-moi ce qu'il contient.

Le Collectionneur fit une grimace, mais obéit et sortit du sac un objet enveloppé dans un carré de velours.

— S'agit-il du calice ? lui demanda Joarr.

Il l'entendit siffloter mentalement pour tenter de lui cacher ce qu'il voulait savoir.

— Répondez immédiatement si vous ne voulez pas que je révèle l'emplacement de votre trésor à tous les dragons !

Le Collectionneur grinça des dents avant de se résigner à répondre.

— Non. Du moins, ce n'est pas le calice que tu cherches, précisa-t-il en lui montrant une coupe en argent.

— Fafnir s'est joué de toi, Amma ! lança-t-il à la sorcière.

Elle gisait de tout son long et parvint à peine à relever la tête en entendant son nom.

Alors la porte qui se trouvait derrière elle s'ouvrit et Fafnir apparut, tenant la coupe entre ses mains. Les joues rouges et le regard fiévreux, il le porta à ses lèvres puis avança d'un pas.

Il était hypnotisé par le calice, au point que Joarr eut l'impression qu'il ne percevait même pas leur présence.

— Voleur ! hurla le Collectionneur en lâchant le sac pour mieux agiter son sabre. Je savais que tu tournais autour de mon trésor… mais comment as-tu pu être assez stupide pour me voler ?

Fafnir releva la tête sans paraître le voir.

— Je n'étais pas censé boire plus d'une gorgée par jour… Mais j'ai compris tout de suite que la sorcière se moquait de moi ! dit-il en se tapotant le nez, ce qui le fit tituber. Ce n'est pas du sang de dragon… Je n'ai pas réussi à identifier tout de suite la créature dont il provient, mais ça valait la peine de le goûter. Et vous savez quoi ? Il est bon ! J'en reprendrais bien un peu…

Il baissa les yeux vers Amma, qui essaya de tendre un bras vers lui mais n'en eut pas la force.

— En position ! hurla encore le Collectionneur.

— Je n'en ai presque plus…, se lamenta Fafnir en inclinant le calice. Je vais me resservir !

Il tira une dague de sa ceinture et se rapprocha d'Amma.

Joarr se raidit, cracha un jet de flammes qui atteignit Fafnir en plein torse, puis tourna la tête pour pousser doucement Amma.

Alors Fafnir se releva. Il tenait toujours le calice dans une main et sa dague dans l'autre. Ses vêtements avaient disparu et son corps noirci était complètement nu… mais ne présentait pas la moindre brûlure.

Fafnir était indemne.

Joarr écarquilla les yeux. Le jet de flammes qu'il venait de cracher aurait réduit en cendres n'importe quelle créature… sauf un dragon.

Fafnir semblait aussi surpris que lui — et enchanté. Il laissa tomber sa dague, posa le calice à ses pieds et se toucha le ventre.

— Je n'ai pas brûlé ! s'écria-t-il, visiblement fou de joie.

Il éclata de rire, puis baissa les yeux vers son père.

— Qui est le plus faible, à présent ? lui lança-t-il. A qui vas-tu te fier ? Sûrement pas à Regin… C'est un moins-que-rien à côté de moi ! Je suis le plus puissant de tes fils ! Je suis un dragon !

Sur ces mots, il se jeta dans le vide.

Au même instant, le Collectionneur donna un signal qui déclencha une nouvelle fusillade.

Joarr écarta encore les ailes pour protéger Amma, puis baissa les yeux, s'attendant à trouver Fafnir les os brisés et le corps criblé de balles.

Il se trompait… et ce qu'il vit lui glaça le sang.

Fafnir avait changé d'apparence le temps de sa chute mais, au lieu de se transformer en dragon, il était devenu un wyrm…

La créature noire dépourvue d'ailes se redressa sur ses courtes pattes, puis se tourna vers son père en agitant sa langue pareille à celle des serpents.

— Tu as raison ! lui lança-t-il. Je t'ai volé… et je ne le regrette pas. Regarde-moi ! Le feu des dragons et les balles de tes hommes ne peuvent rien contre moi. Je suis invulnérable !

Joarr trouva étrange et perturbant d'entendre parler une créature aussi monstrueuse — mais pas plus que d'avoir vu Fafnir lécher la blessure qu'il avait infligée au cadavre du dragon.

De toute manière, ce nain l'avait toujours perturbé.

Le Collectionneur sortit une arbalète miniature de sa poche, y glissa un carreau et tira. Fafnir se contenta d'ouvrir sa gueule pour engloutir le projectile, se rapprocha de son père en se tortillant et n'en fit qu'une bouchée. La plume de paon qui ornait le tricorne du Collectionneur resta visible au coin de ses lèvres pendant quelques instants, puis disparut comme tout le reste.

Le Collectionneur n'était plus.

Fafnir éclata de rire en crachant des morceaux de roche en fusion. Les nains qui lui avaient tiré dessus lâchèrent leurs mitraillettes pour se précipiter vers la sortie.

— Ne touchez pas à mon trésor ! leur cria-t-il alors qu'ils s'enfuyaient. Je connais jusqu'au moindre grain de poussière d'or qui le constitue ! Si je découvre qu'il manque quelque chose, je vous retrouverai... et je vous mangerai !

Il recommença à rire en posant ses courtes pattes sur son ventre.

— Joarr..., murmura Amma. Tiens !

Elle s'était rapprochée de lui en rampant et tenait le calice que Fafnir avait posé. Epuisée par l'effort qu'elle venait de fournir, elle s'effondra en l'éclaboussant des dernières gouttes de sang qu'il contenait. Joarr poussa un juron et prit son chemisier entre ses crocs. Entendant un bruit de tissu déchiré, il changea de prise avant de la soulever. Elle n'eut pas la moindre réaction, mais ses doigts tétanisés ne lâchèrent pas le calice.

Joarr battit rapidement des ailes pour se maintenir à quelques mètres au-dessus du sol et essaya de se retourner. Maintenant que Fafnir s'était transformé, l'espace commençait à manquer...

Pourtant Joarr persévéra. Il devait trouver un endroit où poser Amma... Il ne pouvait quitter le bâtiment qu'en traversant la toiture, or l'endroit avait été réaménagé par des nains. Peut-être allait-il devoir commencer par brûler les poutres... ce qui lui serait impossible tant qu'il garderait Amma dans la gueule.

Fafnir l'observait en ricanant.

Il ne restait plus grand-chose du nain dans la créature qui lui faisait face. Les wyrms n'étaient animés que par l'avidité et la méchanceté… Celui-là avait dévoré son propre père avec un plaisir évident.

Avec Amma dans la gueule, il ne pouvait pas non plus le combattre. Joarr tourna la tête et envisagea un instant de la reposer sur le rebord de la pièce suspendue.

Son mouvement attira l'attention de Fafnir sur ce qu'il tenait entre ses crocs. Le regard du wyrm se posa sur le calice.

— C'est à moi ! s'écria-t-il en se jetant sur lui.

Il essaya d'atteindre le calice d'un coup de langue, mais Joarr détourna la tête pour mettre Amma hors de sa portée. La langue du wyrm, d'où s'égouttait de la bave, lui fouetta douloureusement l'épaule.

Les dragons devaient dépenser tant d'énergie pour se faire du mal qu'ils s'affrontaient rarement les uns les autres. Mais Fafnir y semblait bien décidé : son coup avait porté et Joarr en ressentait une douleur durable.

Il sentit des flammes rouler dans sa gorge et n'aspira plus qu'à réduire le wyrm en cendres comme il avait incinéré le cadavre du jeune dragon. Malheureusement, c'était une prouesse qu'il ne pouvait pas réaliser seul… et Amma n'était pas en état de l'aider.

La sorcière était toujours évanouie entre ses crocs, ce qui l'empêchait même de se défendre.

Lorsque Fafnir attaqua encore, Joarr se résigna à la reposer sur le rebord de la pièce suspendue. Elle resta dans la position dans laquelle il la posa, à plat ventre, la tête posée sur un bras, les doigts crispés autour du calice.

— Amma ! lui cria-t-il par télépathie. Ressaisis-toi ! Ne laisse pas le nain gagner ! Pense à notre fils…

Il souffla de l'air chaud sur son corps inerte en espérant que sa magie allait la ramener à la vie, mais elle resta parfaitement immobile.

Pas Fafnir.

— Le calice est à moi ! hurla-t-il en s'approchant de sa démarche grotesque.

La moitié inférieure de son corps était celle d'un serpent monstrueux et il ne disposait que de deux courtes pattes pour se traîner sur le sol.

Il donna un nouveau coup de langue tout en crachant du feu.

Maintenant qu'il pouvait se défendre, Joarr puisa dans ses réserves en songeant à Amma et à leur fils. Ils étaient mourants… et il devait les sauver.

Il décida d'employer le froid plutôt que le feu en espérant être capable de produire un éclat de glace assez dur pour transpercer la peau du monstre.

Une épée en plein cœur… Voilà comment les héros tuaient les dragons. Joarr ne prétendait pas être un héros — mais il était ce qui s'en rapprochait le plus dans ces circonstances.

Il inspira profondément et cracha.

Fafnir se servit de sa langue pour dévier des projectiles, tout en s'amusant à en attraper d'autres pour les faire fondre. Il ne cessait de rire et semblait voir leur combat comme un jeu qu'il ne pouvait pas perdre.

Mais il se trompait… Et Joarr allait trouver un moyen de le vaincre.

Après quelques minutes, ce dernier sentit que le souffle commençait à lui manquer. Le froid extrême qu'il s'efforçait de produire l'épuisait.

Fafnir se mit à rire de plus belle en se tapant le ventre. Joarr secoua la tête pour se ressaisir. Alors qu'il s'apprêtait à cracher une nouvelle salve d'éclats de glace, la langue de Fafnir passa à la vitesse de l'éclair près de la sête pour aller s'enrouler comme celle d'un caméléon autour du corps d'Amma.

Horrifié, Joarr le vit attirer sa sorcière vers sa gueule grande ouverte.

24

Amma sentit quelque chose de chaud et de gluant l'envelopper. Jamais elle n'avait manqué de forces à ce point… Elle se rappelait avoir entendu la voix de Joarr résonner dans sa tête et le crut d'abord responsable de ce qu'elle éprouvait. Elle comprit qu'il s'agissait d'autre chose lorsqu'elle se sentit arrachée au rebord sur lequel elle gisait. Alors que Joarr savait désormais qu'elle avait tout fait pour lui voler leur fils, sa voix ne lui avait pas semblé hargneuse mais… inquiète.

Perturbée par cette idée, elle oublia d'essayer de comprendre ce qui lui arrivait.

— Amma ! cria Joarr.

Sa voix résonnait comme un ordre. Elle n'avait jamais aimé les ordres…

— Défends-toi, merde !

Voilà qu'il se fâchait, songea-t-elle en fronçant les sourcils. Tant mieux… La colère allait lui rendre les choses plus faciles. Elle songea à l'armée des dragons, qui essaierait de voler son fils si elle découvrait son existence, et à la manière dont les enfants étaient séparés de leurs parents. On n'avait même pas laissé Joarr rejoindre sa mère quand son père était mort… On l'avait laissé se débrouiller tout seul.

Il n'était pas question que cela arrive à son fils ! Elle ne laisserait pas…

Elle comprit subitement qu'un dragon la tenait. C'était la chaleur d'un dragon qui l'enveloppait — mais pas celle, réconfortante, des bras de Joarr. Cette chaleur était… *maléfique*. Ce fut le mot qui s'imposa à son esprit. Elle était gluante, étouffante, et lui donnait la nausée… mais c'était de la chaleur, donc du pouvoir.

Elle serra les dents et entreprit de l'absorber.

Joarr regarda Fafnir ramener le corps inerte d'Amma vers sa gueule. Il était épuisé et incapable de faire quoi que ce soit avant d'avoir reconstitué une partie de ses réserves. Cela ne serait pas très long… l'affaire de quelques minutes… Sauf qu'il ne les avait pas — il n'avait même pas quelques secondes.

Fou de rage, il cria son nom. Qu'était devenue la sorcière qui avait triomphé de lui ? Elle ne se laisserait pas avaler sans rien faire… Elle se défendrait !

Il ferma les yeux pour mieux se concentrer sur la glace qui se formait dans son ventre. Elle durcissait… mais il devait encore attendre. S'il frappait trop tôt, comme il l'avait fait jusque-là, il allait tout perdre. La prochaine fois devait être la bonne…

Un bruit étrange lui fit ouvrir les yeux. Amma avait bougé. Elle s'était redressée pour faire face à Fafnir et projetait un rayon d'énergie entre ses deux yeux. Le wyrm poussa un cri mais continua à l'attirer vers sa gueule.

Changeant de tactique, Amma visa sa langue.

Cela donna une idée à Joarr. S'il avait besoin de

reconstituer ses réserves de glace pour tuer Fafnir, il y avait d'autres moyens de sauver Amma. Il ouvrit grand sa gueule, projeta sa tête en avant et engloutit Amma en sectionnant la langue du wyrm d'un coup de croc.

Fafnir poussa un hurlement tandis que Joarr luttait contre un haut-le-cœur pour ne pas recracher Amma avec le morceau immonde du wyrm.

Fafnir agita la tête, puis attrapa sa langue mutilée pour l'observer comme s'il s'attendait à la voir repousser. C'était de l'ordre du possible... mais sûrement pas avant que Joarr ne le tue.

— Amma ?

Joarr ouvrit sa gueule pour lui fournir de l'air et de la lumière et dut encore lutter contre le réflexe de tout recracher.

— Pose-moi sur son dos ! lui ordonna Amma. Je peux absorber son pouvoir et te le transmettre.

Joarr secoua prudemment la tête. C'était une idée insensée. Il n'allait pas la poser sur le dos du wyrm, alors qu'il venait juste de la lui arracher... Elle était très faible. Elle avait employé sa magie, quelques secondes plus tôt, mais Joarr sentait que cela avait épuisé ses réserves. Il lui fit part de ses objections par télépathie.

— Je suis trop faible pour emmagasiner son pouvoir, mais je peux te l'offrir, répliqua-t-elle.

Comme lorsqu'ils avaient fait l'amour...

Il acquiesça en prenant garde de ne pas trop la secouer.

Fafnir leur avait tourné le dos, mais il continuait à grogner et sa fureur allait croissant. La fumée qui s'échappait de sa gueule formait un nuage au-dessus de sa tête.

Joarr s'en rapprocha discrètement et laissa Amma grimper sur son dos.

Dès qu'elle eut quitté sa gueule, il se mit à cracher pour essayer de se débarrasser de l'horrible goût du sang du wyrm.

— Tiens ! cria Amma en lui tendant le calice. Il t'appartient !

Elle était si faible que le seul geste de tendre le bras lui était difficile. Joarr baissa les yeux. Il ne voulait pas du calice. Il ne voulait pas regagner son monde… sans leur fils et sans elle.

— Joarr ! insista-t-elle d'une voix faible mais déterminée.

Il releva la tête.

— Je ferai ce que tu voudras si tu sauves notre fils…

A cet instant, rien n'avait plus d'importance à ses yeux. Pour sauver Amma et l'enfant qu'elle portait, il était même prêt à se transformer en wyrm.

Amma était mourante. Elle sentait que ses forces l'abandonnaient. Son fils allait mourir avec elle, et c'était terriblement injuste. Il avait attendu si longtemps — plus d'un siècle — pour se développer en elle…

Parce qu'elle s'était crue maligne en donnant son propre sang au nain au lieu de celui de Joarr, son fils et elle allaient mourir. Fafnir s'apprêtait à réussir là où les elfes avaient échoué.

Joarr croyait encore pouvoir la sauver et elle n'avait pas de temps à perdre à le détromper. Elle devait l'aider à tuer le wyrm. Au moins, elle consacrerait ses dernières forces à une bonne cause…

Elle tendit une main vers Joarr, posa l'autre sur le dos du wyrm et commença à aspirer sa magie.

Le pouvoir d'Amma, ou plutôt celui de Fafnir qu'elle lui transférait, frappa Joarr de plein fouet. Elle l'aspirait le plus vite possible… Il commença par résister. Elle en avait tant besoin pour elle-même et pour leur fils… Mais Fafnir ne tarda pas à comprendre ce qui se passait. Il tourna la tête en hurlant et se mit à cracher des morceaux de roche en fusion sur son propre dos.

Amma était si faible que ces projectiles allaient finir par la tuer.

Joarr comprit qu'il n'avait pas le choix : il devait accepter ce qu'elle lui offrait pour mettre un terme à ce combat.

Il cessa de résister et laissa le flux de pouvoir le pénétrer.

Il était si puissant qu'il eut l'impression de recevoir une décharge électrique et dut serrer les crocs pour ne pas crier. Il ferma les yeux et se concentra sur la glace qui se formait dans son ventre.

Il sentit durcir les éclats et les passa en revue mentalement pour sélectionner les plus pointus.

Ce qu'Amma faisait pour lui était stupéfiant. Jamais aucun dragon n'avait été aussi puissant que lui à cet instant…

Et c'était précisément ce que craignait Ormar. Un dragon aussi puissant pouvait détruire les neuf mondes. D'ailleurs, si Amma mourait et si leur fils devait ne jamais voir le jour, il allait être tenté de le faire…

Mais tout n'était pas encore perdu.

Il se concentra de nouveau sur son ventre, choisit l'éclat le plus pointu et attendit que le wyrm se retourne.

Ce ne fut pas long. Sachant la sorcière sur son dos, Fafnir ne tenait plus en place. Comme il n'avait pas réussi à la déloger en crachant sur elle des morceaux de roche, il décida de changer de tactique et essaya de l'atteindre avec le bout de sa queue. Malheureusement, ce mouvement le força à prendre appui sur ses pattes, ce qui empêcha Joarr de viser son cœur.

— Va-t'en ! cria-t-il à Amma par télépathie. Descends de son dos !

Amma lui jeta un regard chargé de tristesse. Elle se croyait sur le point de mourir…

Elle se trompait. Joarr allait tout faire pour l'empêcher… mais il devait agir vite. Fafnir risquait de l'écraser dans ses mouvements désordonnés dès qu'elle aurait quitté son dos.

Amma cessa d'absorber les pouvoirs du wyrm. Comme le flux d'énergie qui transitait par elle lui tenait lieu de prise, elle se mit aussitôt à glisser. Voyant qu'elle allait atterrir sous le ventre de Fafnir, elle se reconnecta à sa magie et resta suspendue à son flanc. Elle tenait toujours le calice. Un instant, Joarr se demanda si elle parviendrait à le lâcher un jour…

Il se ressaisit vite : les acrobaties d'Amma lui avaient offert une occasion qu'il ne devait pas laisser passer. Fou de rage, Fafnir s'était redressé pour essayer de la chasser à coups de pattes.

Joarr se concentra sur son cœur, qui se trouvait tout près de l'endroit où s'était agrippée la sorcière, et projeta son éclat de glace.

Celui-ci jaillit de sa gorge à la vitesse de l'éclair et atteignit sa cible. Le wyrm tomba à la renverse en décrochant une stalactite, qui se planta dans le sol, avant d'aller s'écraser contre le mur.

Amma, qui était restée accrochée à son flanc, leva les yeux vers Joarr, esquissa un sourire, puis lâcha prise. Lorsqu'elle tomba, inanimée, à côté du wyrm, le calice lui échappa et roula dans la direction de Joarr.

Ce dernier poussa un juron, reprit forme humaine sans même s'être assuré que le wyrm était mort et se précipita vers elle en donnant un coup de pied dans le calice au passage.

La peau de la sorcière était glacée. Joarr la prit dans ses bras et lui insuffla sa chaleur en lui ordonnant de vivre, même s'il savait qu'elle ne l'entendait pas.

Amma se réchauffa progressivement, mais resta inconsciente et se laissa traverser par son pouvoir sans rien en absorber. Ce qu'il faisait ne servait à rien… Son corps ne se réchauffait qu'à la manière d'un objet qu'il aurait tenu entre ses mains.

Joarr ferma les yeux et laissa sa tête tomber sur sa poitrine.

— Je peux t'aider à sauver la sorcière… mais pas gratuitement, bien sûr.

Joarr releva brusquement la tête et découvrit le Collectionneur perché sur le cadavre de son fils. Il était couvert de sang de la tête aux pieds, sa plume de paon retombait lamentablement derrière lui, et il le menaçait de son arbalète.

— Merci de lui avoir ouvert le torse, reprit-il. Je ne savais pas comment j'allais sortir de là…

Joarr baissa les yeux vers le cadavre du wyrm. Son éclat de glace y était encore planté et commençait à fondre. L'endroit où il avait transpercé la peau du monstre servait de point de départ à une longue entaille.

— Les armes forgées par des nains peuvent presque tout trancher, ajouta le Collectionneur en lui montrant la dague qui pendait à sa ceinture, mais tu m'as bien aidé.

— Dis-moi comment la sauver ! lui ordonna Joarr en avançant vers lui.

Amma n'avait toujours pas fait le moindre geste et il ne la sentait même pas respirer.

— Ces carreaux aussi ont été forgés par des nains, l'avertit le Collectionneur en agitant son arbalète. Evite de me donner l'envie de m'en servir…

— Ces carreaux ne me tueront pas, répliqua Joarr.

— Toi, peut-être… mais elle ?

Joarr s'arrêta net.

— Ce qu'elle a fait était stupide, déclara le nain en secouant la tête. Pourquoi a-t-elle donné son sang à mon fils ?

— Peut-être parce que tu lui as menti…, grogna Joarr. Quand elle t'a apporté le calice, tu lui as dit que son père était un elfe, mais c'est faux, n'est-ce pas ? Les elfes ont tout fait pour détruire son corps sans y parvenir. Or je ne connais qu'une créature aussi résistante…

Le Collectionneur soupira.

— C'est vrai. Tu as raison. Ta petite sorcière est fille de dragon. C'est pour cette raison qu'elle a été élevée par sa mère. Malheureusement, tout comme ton père, sa mère est morte avant d'avoir mené cette tâche à bien… il lui a donc fallu se débrouiller avec ses deux harpies de sœurs.

— Et tu lui as menti pour qu'elle te donne le calice…

— Un dragon ne m'aurait jamais donné l'objet auquel votre espèce accorde le plus de prix… Elle n'était pas attachée aux dragons, bien sûr, mais elle était en quête d'une famille. Je ne voulais pas courir le risque de provoquer un accès soudain de loyauté… Et puis où était le mal ? Les dragons ne l'auraient jamais acceptée, de toute manière.

Il avait raison. Les dragons auraient rejeté Amma comme les elfes l'avaient fait — à ceci près qu'eux auraient su la tuer. Elle ne serait pas restée enfermée à Gunngar pendant un siècle… parce qu'elle n'aurait pas survécu.

— Que veux-tu ? demanda Joarr.

— Le trésor des dragons, bien sûr, répondit le Collectionneur en lui décochant un sourire. Tu vas nous faire entrer dans la forteresse d'Ormar, mes hommes et moi. Si tu t'y prends bien, personne ne sera blessé.

Joarr sentit la colère le gagner.

— Tu veux que je trahisse les dragons ?

Cette question parut amuser le nain, qui secoua la tête avec condescendance.

— Tu sembles avoir oublié qui je suis… Je ne collectionne pas que des objets : je dispose aussi d'une foule d'informations. On ne sait jamais quand elles peuvent vous être utiles. Par exemple, je sais que tu es le Gardien du calice… qui a perdu le calice. Comment l'armée des dragons a-t-elle pris la nouvelle ?

Le Collectionneur éclata de rire en voyant Joarr écarquiller les yeux.

— Je suis au courant de tout, poursuivit-il. Je savais

que mon idiot de fils m'avait volé le calice. Je savais ce qu'il en faisait, et aussi qu'il avait envoyé une lettre à Ormar. Quel effet sa lettre a-t-elle produit ?

Joarr se mordit la lèvre et serra Amma plus fort.

Les yeux du Collectionneur étincelèrent de cruauté.

— Ont-ils fait preuve de clémence ? T'ont-ils proposé de t'aider à le retrouver ? Ou bien t'ont-ils menacé ? Tu n'es pas le premier dragon auquel j'ai affaire, tu sais… Je connais bien ton espèce. A vrai dire, je vous ressemble assez.

Joarr lui jeta un regard interrogateur auquel il répondit en secouant la tête.

— Non. Il n'y a pas la moindre goutte de sang de dragon dans mes veines. Mais je comprends très bien le besoin de tenir les autres à l'écart de ce qu'on possède.

En revanche, le Collectionneur ne comprenait pas qu'il n'avait rien en commun avec lui… Comme il avait besoin de lui soutirer le moyen de sauver Amma, Joarr entra dans son jeu.

— Alors vous savez ce qui arrive aux dragons auxquels on prend leur trésor ? lui demanda-t-il en baissant les yeux vers le cadavre de Fafnir.

Le nain attendit que Joarr recommence à soutenir son regard pour lui répondre.

— J'en ai entendu parler… Je veux mon trésor, c'est tout. Je ne souhaite de mal à personne, mais ce qui se passera ensuite ne me regarde pas.

Joarr hocha la tête.

— Je peux comprendre… Nous devrions discuter de tout ça.

D'un signe de tête, il demanda au Collectionneur la permission de poser Amma. Le nain acquiesça. Joarr s'éloigna de quelques pas, déposa la sorcière sur le sol et prit le temps d'écarter ses cheveux de son visage. Alors il se tourna vers le Collectionneur.

— Sauf que j'ai bien peur que cette discussion ne nous mène nulle part, ajouta-t-il juste avant de se transformer.

Il aimait Amma et savait qu'il ne pourrait pas vivre sans elle, mais il savait aussi que le Collectionneur n'était pas digne de confiance. Même si les dragons s'étaient montrés hostiles à son égard, il ne pouvait pas les condamner tous à se transformer en wyrms. Il n'avait pas renoncé à sauver Amma pour autant. Il allait seulement devoir trouver un moyen par lui-même…

Le Collectionneur déclencha son arbalète. Le carreau vint se loger dans son torse, à quelques centimètres de son cœur, mais Joarr ne s'en effraya pas. Il avait lu dans les pensées de son adversaire et savait qu'il n'avait rien d'un héros. Il ne pouvait pas vaincre un dragon, tout comme Fafnir n'en aurait pas été capable s'il ne s'était pas servi du calice.

Le calice… Joarr tourna la tête vers l'endroit où il avait roulé.

Le calice était à l'origine de tous ses problèmes. Il n'était pas le talisman pour lequel les dragons le prenaient… S'il était si important de le protéger, c'est parce qu'il avait le pouvoir de les détruire. En réalité, il était leur talon d'Achille.

Fafnir avait tué trois dragons en y buvant leur sang. Son espèce ne serait-elle pas mieux protégée si cet objet était détruit ?

Le Collectionneur tira une deuxième fois. Alors son arbalète se mit à projeter des carreaux à la même vitesse que les mitraillettes de ses sbires tiraient des balles en paraissant disposer d'une réserve infinie de munitions. Joarr rabattit l'une de ses ailes devant lui et étendit l'autre pour protéger Amma. Les carreaux se plantèrent dans ses écailles et Joarr vit la pointe de certains apparaître à l'intérieur de son aile repliée mais, comme il l'avait dit au Collectionneur, les blessures qu'ils lui infligeaient n'étaient que des égratignures dont il allait vite guérir.

Joarr jeta un coup d'œil à Amma, qui ne bougeait toujours pas, et en oublia le Collectionneur. Son arbalète et ses projets insensés n'avaient aucune importance… Les dragons n'avaient pas besoin du calice pour se défendre contre un nain, même s'il s'agissait du Collectionneur.

Non… Ce qui avait fait du mal à Amma et pouvait leur en faire, c'était l'objet qu'on l'avait chargé de protéger : le calice. Joarr décida brusquement qu'il devait le détruire. Puisque Amma ne pouvait pas l'aider, il allait devoir y parvenir seul.

Il ne lui restait plus qu'à espérer que la magie qu'elle lui avait transmise allait suffire…

Joarr ouvrit la gueule en songeant à Amma et à leur enfant qui n'aspirait qu'à vivre. Il songea aux dragons, non tels qu'il avait appris à les mépriser, mais tels qu'il les avait connus lorsqu'ils étaient encore jeunes et insouciants. Si seulement ils pouvaient renoncer à leurs traditions absurdes et se contenter de profiter de leur longue existence…

Alors il cracha un jet de flammes d'une température qu'il n'avait jamais atteinte.

Le Collectionneur cria quelque chose et tira une nouvelle salve de carreaux en visant sa gorge. Comme il ne pouvait rien faire pour s'en protéger, Joarr en fit abstraction et se concentra sur le calice.

La douleur qu'il ressentait obscurément ne fit que renforcer sa détermination.

Lorsque son jet heurta le calice, celui-ci se mit à rouler comme s'il était vivant et s'enfuyait. Joarr s'en rapprocha en puisant encore davantage dans ses réserves. Les flammes qu'il crachait virèrent au bleu.

Les joyaux qui ornaient le calice étincelèrent comme pour se moquer de lui. Sentant qu'il commençait à fatiguer, Joarr jeta un coup d'œil à Amma… et la vit bouger. Elle roula sur le côté et se mit à tousser.

Alors Joarr ne sentit plus ni douleur ni fatigue. Il ferma les yeux et ne songea plus qu'à détruire l'objet qu'il avait passé sa vie à protéger.

25

Lorsque Amma ouvrit les yeux, une vive lumière la força à les protéger avec sa main. Il faisait une chaleur invraisemblable... Elle essaya de relever la tête, mais ce mouvement la fatigua tant qu'elle dut la laisser retomber sur le sol. C'était si bon de rester immobile... Elle n'aspirait qu'à fermer les yeux et à se rendormir pour ne plus jamais se réveiller, mais une petite part d'elle-même lui soufflait qu'elle ne devait pas céder à cette tentation. Elle devait lutter... Elle se souvint que quelqu'un lui avait dit quelque chose d'approchant avant qu'elle ne perde conscience.

Elle ouvrit et referma ses mains pour y faire circuler son sang et charger ses doigts de magie. Pourquoi n'en avait-elle pas ? C'était sans importance... Il y en avait tant autour d'elle que l'air semblait vibrer. Elle l'absorba comme elle aurait inspiré à pleins poumons un air printanier.

Elle se sentit tout de suite mieux et reprit brusquement conscience de la situation. Mobilisant toute sa volonté, elle se redressa et comprit pourquoi il faisait si chaud.

A quelques pas d'elle, Joarr était en train de cracher sur le calice un jet de flammes d'une température inouïe.

Le calice... Elle essaya de se relever sans y parvenir.

Pourquoi essayait-il de le détruire ? Les dragons en avaient besoin, il en avait besoin… leur fils en avait besoin. Ses idées étaient encore confuses, mais elle se souvenait de son plan : elle voulait rendre le calice à Joarr, puis le lui voler une nouvelle fois.

Elle jeta des regards autour d'elle, mais Joarr lui masquait une grande partie de la salle.

Une explosion se produisit derrière lui. Amma faillit être renversée par son souffle et vit de la fumée s'élever au-dessus de Joarr.

Ils n'étaient pas seuls. Il y avait quelqu'un derrière Joarr, qui essayait de l'empêcher de détruire le calice. Elle devait l'aider… L'avenir de son fils en dépendait.

Une nouvelle explosion ébranla Joarr sans qu'il se laisse déconcentrer.

Elle se rapprocha de lui à quatre pattes et tendit le bras pour absorber davantage de magie. Alors elle comprit subitement ce qu'elle devait faire.

Elle se redressa en tremblant et tendit ses deux paumes vers le calice.

Si Joarr pensait qu'il fallait le détruire, elle allait l'y aider.

Quelque chose de bien plus gros qu'un carreau d'arbalète l'atteignit dans le dos. Joarr paria sur un boulet de canon. On lui en avait déjà tiré dessus plusieurs siècles auparavant.

Le Collectionneur commençait sans doute à perdre patience… Malheureusement pour lui, les dragons étaient les créatures les plus patientes des neuf mondes.

Mais malheureusement pour Joarr, le calice était

plus solide qu'il ne s'y attendait et ses réserves s'épuisaient.

Que ferait-il lorsqu'il ne pourrait plus produire ni feu ni glace ? Comment allait-il survivre aux assauts du nain le mieux armé de tous les temps ?

Il allait devoir se débrouiller… parce qu'il était bien déterminé à consacrer toutes ses forces à détruire la coupe.

Du coin de l'œil, il vit quelque chose bouger derrière lui. Il crut d'abord qu'il s'agissait du nain ou de l'un de ses sbires, qui l'avait contourné pour l'attaquer du côté où il était le plus vulnérable. Alors qu'il se répétait que rien ne pourrait le déconcentrer, il reconnut la magie réconfortante d'Amma.

Elle joignit ses efforts aux siens en projetant deux rayons bleus vers le calice, et la température s'éleva au point qu'il fut forcé de reculer.

Joarr n'avait jamais rien vu de tel.

Le calice sauta en l'air lorsque les rayons d'Amma le heurtèrent, puis explosa en un nuage de poussière d'or. Il ne resta plus que les joyaux rouges, verts et bleus qui l'ornaient, lesquels retombèrent en pluie autour de lui.

Amma baissa les yeux vers ses mains et les vit briller. Une fine couche de poussière d'or s'était déposée partout. Elle tourna la tête vers Joarr, qui reprit forme humaine le temps d'un battement de cils et s'approcha d'elle à grands pas. Se souvenant qu'elle l'avait trahi et qu'elle avait tout fait pour lui cacher sa grossesse, Amma recula. Mais ses pensées étaient si confuses et Joarr si déterminé qu'il l'atteignit avant que l'idée de fuir ne se soit vraiment imposée à elle.

— Tu es guérie ! s'écria-t-il en la serrant dans ses bras.

Amma maudit sa faiblesse mais ne put s'empêcher de se blottir contre lui pour s'imprégner de sa chaleur.

Parvenant à se ressaisir, elle posa une main sur son torse et le repoussa.

— Arrête ! Je…

Elle détourna les yeux. Que pouvait-elle lui dire ?

— Tu as détruit le calice, balbutia-t-elle.

— Il n'était pas ce que les dragons croyaient, répondit-il en posant sa main sur la sienne. Fafnir s'en servait pour absorber les pouvoirs de ceux dont il buvait le sang. C'est de ça que les trois dragons sont morts… Je l'ai détruit pour que plus personne ne s'en serve.

Il s'interrompit pour scruter son regard pendant quelques instants.

— C'est ton sang que tu as donné à Fafnir, ajouta-t-il.

Elle jeta un coup d'œil à l'avant-bras de Joarr, là où elle l'avait coupé. Elle avait d'abord eu l'intention de faire ce que Fafnir voulait, puis elle avait compris qu'il devait y avoir un lien entre sa soif de sang et la mort des dragons. Pour ne pas faire courir de risques à Joarr, elle avait donné son propre sang au nain.

— Je croyais que ce qu'il faisait n'affectait que les dragons. Mais je me suis sentie si fatiguée, tout à coup… C'était à cause de Fafnir, n'est-ce pas ?

La mauvaise conscience lui fit fermer les yeux. Elle avait mis la vie de son fils en danger…

— Je croyais que ce qu'il faisait n'affectait que

les dragons, répéta-t-elle, les yeux toujours clos. Je ne pensais pas…

Elle s'interrompit encore. Même si Joarr avait découvert son secret, elle avait fait tant d'efforts pour lui cacher sa grossesse qu'il lui était difficile d'en parler.

— Je croyais ne lui donner que mon sang…, conclut-elle.

Pas celui de leur enfant. Qu'elle avait été stupide…

— Ce qui t'est arrivé n'a rien à voir avec notre fils, lui répondit Joarr d'une voix douce.

Amma rouvrit les yeux pour l'observer avec étonnement. Pourquoi n'était-il pas en colère ? Elle le méritait pourtant… Alors elle comprit : il n'avait aucune raison d'être en colère, puisque leur fils lui revenait de droit d'après les lois des dragons. Bien sûr, elle lui avait rendu le calice… mais personne ne pouvait en témoigner. De toute manière, l'armée des dragons tout entière allait le soutenir. Comment avait-elle pu espérer gagner ?

Tandis qu'elle prenait conscience de l'ampleur de sa défaite, Joarr répéta ce qu'il venait de dire.

Elle cligna des yeux.

— Alors le calice permettait de voler les pouvoirs à d'autres créatures que les dragons ? Il avait le même effet sur les sorcières et les elfes ?

— Pas tout à fait, répondit Joarr en se tournant vers le Collectionneur, qui avait choisi de se faire discret. Et si tu le lui expliquais, toi ?

Le Collectionneur éclata de rire.

— En échange de quoi ? Je n'ai pas pour habitude de livrer des informations gratuitement.

— Elle t'a déjà payé cette information, grogna

Joarr en se plaçant instinctivement devant Amma. Il est temps d'honorer ta part du marché.

Le Collectionneur retira son tricorne et se mit à jouer avec sa plume.

— Tu as sûrement mieux à m'offrir.

— Effectivement ! répliqua Joarr en avançant d'un pas. Je suis certain que la proposition que tu m'as faite intéresserait beaucoup Ormar…

Le Collectionneur perdit un peu de son assurance.

— De même que l'emplacement de ton trésor, ajouta Joarr.

Le Collectionneur fit une grimace, cassa sa plume et se tourna brusquement vers Amma.

— Ton père n'était pas un elfe mais un dragon. A ma connaissance, il est toujours en vie.

Amma écarquilla les yeux et posa une main sur son ventre.

— Mais vous aviez dit… Je suis allée à Alfheim…

Le Collectionneur l'interrompit d'un geste agacé.

— Et les elfes t'ont emprisonnée, lui rappela-t-il sans la moindre compassion. Crois-moi : c'est beaucoup mieux que ce que les dragons t'auraient fait.

Il reporta son attention sur Joarr.

— Voilà ! Tu es content ?

Amma ne sentait plus ni ses mains ni ses pieds, mais son cœur affolé ne manquait pas un battement. Elle sentait aussi la colère la gagner. Sur la base des informations que le Collectionneur lui avait fournies, elle s'était rendue à Alfheim et avait prétendu être la fille d'un parfait inconnu… Elle serra les dents et se tourna vers le nain.

— Pourquoi avoir choisi ces elfes ?

Il secoua la tête d'un air las. De toute évidence, il n'éprouvait pas le moindre remords.

— Ils m'avaient trompé dans une affaire, quelques mois plus tôt.

Et ils lui avaient volé un siècle de sa vie… Sa colère s'accrut. Amma serra les poings et avança vers le nain d'un pas décidé.

Le Collectionneur en perdit son air blasé. Il haussa les sourcils avec inquiétude, jeta un bref coup d'œil de côté, puis bondit pour s'agripper à une corde qui pendait près de lui tout en fouillant dans sa poche. Amma entendit un déclic, puis elle le vit se faire hisser à toute allure par une force invisible. Il ne lui fallut que quelques secondes pour atteindre le plafond. Amma tendit les paumes vers lui et projeta les boules de feu que générait sa rage même si elle le savait hors de portée.

Son mensonge lui avait coûté si cher…

Le Collectionneur regarda ses boules de feu retomber sur le sol, puis sauta sur le rebord d'une pièce suspendue et disparut.

Amma sentit un bras se glisser autour de sa taille et la chaleur de Joarr l'envelopper, mais elle était toujours folle de rage. Elle voulait retrouver le nain et se venger du mal qu'il lui avait fait.

— Il est parti, murmura Joarr.

Elle ne répondit pas et scruta les hauteurs de la salle en espérant voir le nain réapparaître.

— Il doit disposer d'une sortie de secours, insista Joarr. De plusieurs, sans doute…

Elle fixa un long moment la pièce suspendue dans laquelle il avait disparu, espérant le voir en ressortir comme un rat de son trou.

— Je ne te prendrai pas ton fils, murmura Joarr.

Amma sentit ses épaules s'affaisser mais ne trouva pas la force de se tourner vers lui.

— Ce serait injuste pour lui comme pour toi, reprit-il après un soupir. Il vaut mieux que les dragons ignorent son existence…

Elle parvint à se retourner.

— Alors tu vas tenir ta promesse ?

Il baissa les yeux pendant quelques instants et Amma vit une immense résignation se peindre sur son visage.

— Si c'est comme ça que tu vois les choses, oui, répondit-il en relevant la tête. Notre fils a besoin de toi.

Amma hésita. Ce qu'elle s'apprêtait à dire n'avait aucun sens dans le monde des dragons.

— Il … Il a aussi besoin d'un père.

Joarr esquissa un sourire triste et ironique.

— Non, dit-il avant de lui indiquer le cadavre de Fafnir d'un signe de tête. Voilà ce qui m'attend. Tu dois le tenir à l'écart de ce que je vais devenir.

Il pressa tristement ses lèvres contre les siennes, puis se détourna d'elle et disparut dans l'escalier.

Amma en oublia le Collectionneur pour courir après lui, mais ses jambes étaient plus longues que les siennes et sa décision était prise. Lorsqu'elle se précipita hors du bar, la rue était déserte. Elle leva les yeux vers le ciel et le découvrit nuageux. Joarr avait repris sa forme de dragon pour la fuir en lui laissant leur fils…

Elle posa sa main sur son ventre et ferma les yeux. C'était exactement ce qu'elle avait espéré, planifié… Mais elle ne s'était pas attendue à tant souffrir de perdre Joarr.

26

Deux semaines s'étaient écoulées depuis qu'Amma s'était précipitée hors du bar du Collectionneur à la poursuite de Joarr. Elle n'avait pas quitté le monde des humains. Elle n'avait nulle part où aller et broyait du noir depuis que Joarr l'avait quittée. Elle essayait de penser à leur fils, mais cela la rendait encore plus triste.

Leur fils… qui n'allait pas connaître son père. Si elle le décidait, il pouvait même ne jamais savoir que son père était un dragon. Alors il grandirait comme elle… seul, avec le sentiment qu'il lui manquait quelque chose. Bien sûr, puisqu'il était aux trois quarts dragon, il en aurait sans doute les pouvoirs.

Le père qu'elle avait cherché toute sa vie était un dragon… Amma ne s'était pas encore habituée à cette idée.

Elle laissa s'écouler une journée de plus en essayant de décider de ce qu'elle allait faire. Les dragons femelles devaient bien vivre quelque part, peut-être ensemble… Mais aucune d'elles n'était de sa famille, sauf si son père avait eu d'autres filles.

Des demi-sœurs… Elle n'avait pas besoin de davantage de demi-sœurs qui la mépriseraient.

C'était d'une véritable famille qu'ils avaient besoin, son fils et elle.

Pourquoi s'attardait-elle dans le monde des humains au lieu de tout faire pour donner à son fils la vie qu'il méritait ?

Elle se rendit au portail le plus proche.

Joarr, assis sur un rocher, contemplait les montagnes du monde des dragons. Il avait dépassé les limites de la patience d'Ormar. A son retour, il avait tout raconté au représentant de l'armée — en ne taisant que la grossesse d'Amma. C'était un secret qu'il comptait défendre au prix de sa vie si cela devenait nécessaire.

Mais il avait dit qu'il avait détruit le calice. Il avait même expliqué pourquoi, alors qu'il savait que cela ne ferait aucune différence aux yeux de Ryke. Le représentant avait répondu que cette décision ne lui appartenait pas, qu'il aurait dû rapporter le calice et laisser Ormar juger.

Le fait que ç'avait été le seul moyen de sauver Amma n'avait aucune pertinence à ses yeux.

Alors qu'elle était tout pour lui, ce n'était qu'une femelle pour l'armée des dragons.

Ormar avait confisqué son trésor, sa maison et sa caverne, mais cela ne lui avait fait aucun effet en comparaison de la douleur qu'il avait ressentie en se détournant d'Amma.

Il n'avait pas eu le choix. Il n'avait jamais eu le moindre doute sur la manière dont Ormar réagirait en entendant son histoire et se savait destiné à devenir un wyrm. Il ne voulait pas qu'Amma et leur fils le voient dans cet état.

Pas plus qu'il ne voulait que l'existence de son fils soit connue d'Ormar.

L'armée des dragons pouvait bien le condamner à ce destin cruel tant qu'elle ne touchait pas à son enfant…

Le ciel s'embrasa sous les rayons du soleil couchant.

C'était un spectacle magnifique… Joarr n'aurait pas pu rêver plus bel endroit pour mener une existence de monstre.

Il ferma les yeux, songea à Amma une dernière fois, puis se transforma.

Le garm qui gérait le bar à portail du monde des dragons leva les yeux vers Amma lorsqu'elle apparut.

Elle se toucha le poignet. Elle s'était servie du bracelet de l'elfe pour payer son passage et il lui manquait déjà. C'était la seule chose qu'elle avait gardée en souvenir de sa brève relation avec Joarr. Non, ce n'était pas la seule…, songea-t-elle en posant sa main sur son ventre.

Le garm la dévisageait toujours lorsqu'elle releva la tête. Il tira une feuille de sous son comptoir et la lui tendit.

Il s'agissait d'une mise en garde. Ormar avait exilé un dragon et interdit l'accès à la zone où il était banni. Le mot *wyrm* s'étalait sur toute la largeur de la page.

Amma froissa la feuille.

— Est-il vraiment…

Elle ne put achever sa phrase. Il lui était impossible d'imaginer Joarr sous la forme du monstre qu'était devenu Fafnir.

Alors que le garm était sur le point de lui répondre, elle leva la main pour l'en empêcher.

Joarr ne pouvait pas être un wyrm. Ce n'était pas

parce que l'armée des dragons lui avait tout pris qu'il allait devenir un monstre. Sa vie et sa personnalité ne se résumaient pas à la somme de ses possessions. De plus, il y avait une chose qu'Ormar ne pouvait pas lui prendre : son amour.

Elle quitta le bar à grands pas et trouva une moto sur le parking. Sans se soucier de savoir à qui elle appartenait, elle la fit démarrer par magie et fonça vers la zone où la mise en garde défendait de se rendre.

Le soleil se levait et le paysage était somptueux, mais Amma s'en aperçut à peine. Le vent lui fouettait le visage. Elle n'avait jamais conduit de moto jusqu'à ce jour et devait avoir recours à la magie pour maîtriser l'engin. Ce mode de locomotion était aussi exaltant que terrifiant.

Après un brusque virage à droite, elle passa entre deux piliers de marbre et comprit qu'elle venait d'entrer dans la zone interdite.

La route serpenta encore pendant quelques kilomètres avant de s'arrêter abruptement. Amma avait atteint sa destination : la grotte des wyrms… des oubliés.

Mais Joarr n'était pas plus oublié qu'il n'était un wyrm — et Amma était venue s'assurer qu'il en avait bien conscience.

Elle descendit de la moto et emprunta le chemin caillouteux qui menait vers l'entrée de la grotte. La sécheresse de l'endroit contrastait vivement avec les paysages verdoyants qu'elle avait traversés pour venir. C'était comme si toute cette zone avait été ravagée par un incendie. Les roches qui formaient l'entrée de la grotte étaient même noircies.

Elle posa sa main sur l'une d'elles et l'en retira couverte de suie.

— Joarr ! appela-t-elle.

Elle s'efforça de garder une voix calme, alors qu'elle mourait d'envie de se précipiter à l'intérieur de la grotte… ou dans la direction opposée. Tout l'incitait à fuir ce lieu inhospitalier.

Amma entendit un bruit, puis vit une flamme jaillir de la grotte. Elle ne chercha pas à s'en protéger, bien au contraire. Elle se plaça sur la trajectoire du jet et le laissa l'envelopper comme une accolade de bienvenue.

Alors elle comprit qu'elle avait eu raison et que tout allait bien se passer.

Elle appela encore d'une voix plus forte.

— Va-t'en ! lui cria Joarr par télépathie. Tu n'aurais pas dû venir ! Ils vont découvrir…

Il n'acheva pas sa phrase, comme s'il craignait que quelqu'un n'épie ses pensées — ce qui était peut-être le cas.

Amma jeta des coups d'œil alentour. Joarr était le seul dragon qu'elle connaisse. Maintenant qu'elle se savait liée à son espèce, elle était curieuse d'en voir d'autres… mais pas son père. Elle avait abandonné cette quête. Son père appartenait au passé ; c'étaient l'avenir, sa nouvelle famille et Joarr qui l'intéressaient.

Elle reporta son attention sur la grotte et avança d'un pas.

— Eh bien, je suis venue et je ne m'en irai pas ! Tu as une dette envers moi !

— Quoi ? Je t'ai donné ce que tu voulais ! Je ne te dois rien.

Elle éclata d'un rire amer.

— C'est faux !

Elle entendit de nouveau le bruit d'une créature qui se déplaçait dans la grotte.

L'appréhension lui fit retenir son souffle. Elle savait bien que Joarr ne pouvait pas s'être transformé en wyrm… mais elle frémissait malgré elle.

Amma distingua une masse sombre qui s'approchait et ferma les yeux pour ne les rouvrir que lorsqu'elle perçut la chaleur de son corps.

Les reflets du soleil sur des écailles argentées l'aveuglèrent, et des larmes de soulagement inondèrent ses joues.

Elle se remit à rire sans aucune amertume cette fois.

— Notre marché ne tient plus, lui dit-elle. Tu m'as laissé notre fils, mais tu me cachais quelque chose de bien plus précieux…

Les yeux bleus de Joarr étincelèrent dans la pénombre.

— Comment ça ? lui demanda-t-il en se penchant vers elle. Tu ne veux plus de lui ?

— Je veux autre chose, répondit Amma en soutenant son regard.

Des flammes s'échappèrent de sa gueule.

— Mais si tu ne veux plus de lui…, grogna-t-il.

Elle laissa ses flammes dont la température s'élevait lui caresser la peau.

— Que veux-tu, alors ? Que t'ai-je caché ?

— Ton cœur, répondit-elle en lui offrant un sourire. Je veux ton cœur, Joarr. Il me revient et je ne partirai pas sans lui.

Elle tendit la main.

Joarr secoua la tête en soufflant de la fumée.

— Je n'ai plus rien. Les dragons qui perdent leur trésor sont condamnés à se transformer en wyrms et à achever leur existence dans la solitude. Va-t'en et protège notre fils… de moi.

Il se détourna d'elle.

Amma lui lança une boule d'énergie dans le dos pour le forcer à lui faire face.

Elle écarta les bras et ne chercha plus à dissimuler sa colère. De quel droit les dragons leur faisaient-ils autant de mal ?

— Tu n'as plus rien ? Et moi ? Et notre fils ? Tu m'as expliqué que les dragons accordaient de la valeur à tout… Etait-ce un mensonge ? N'avons-nous aucune valeur à tes yeux ?

— Non, mais… Je n'ai pas…

Maintenant qu'elle avait laissé sa colère s'exprimer, elle ne pouvait plus la faire taire.

— Et depuis quand crois-tu aux légendes des dragons ? Tu ne croyais pas à celle du calice, et tu avais raison ! Pourquoi croire à celle qui te prétend condamné à devenir un wyrm ? Ton fils et moi n'avons-nous aucune valeur à tes yeux ? répéta-t-elle.

— Si ! rugit Joarr en crachant un jet de flammes qui la heurta comme un raz-de-marée et la plaqua contre la paroi de la grotte.

Joarr reprit aussitôt forme humaine et se précipita vers elle.

— Amma ? s'inquiéta-t-il en la prenant dans ses bras. Rien n'a plus de valeur à mes yeux que vous deux…

— Nous en avons assez pour que tu oublies ce

que tu as perdu et que tu repartes avec moi ? lui demanda-t-elle en posant une main sur son torse.

Il secoua la tête et Amma sentit son cœur manquer un battement.

Joarr se pencha pour l'embrasser délicatement.

— Tu avais raison : je n'ai rien perdu puisque je vous ai.

Il l'embrassa plus ardemment, puis la souleva dans ses bras pour l'emporter hors de la grotte. Amma sentit le soleil lui caresser la peau et se délecta de sa chaleur. Joarr et elle venaient de conquérir un trésor qu'aucun dragon n'avait possédé avant eux… un dénouement heureux.

NOCTURNE

Pour profiter encore plus
de l'univers fascinant
de votre collection préférée,
découvrez les 3 nouveaux romans
du mois de novembre.

LE SECRET DE L'OMBRE, de Lori Devoti - n°72

Impassible, Amma soutient le regard de Joarr, prince de la nuit, et tente d'ériger un mur impénétrable dans son esprit. En aucun cas, elle ne doit céder à l'attrait qu'exerce sur elle celui qui fut son amant. A aucun prix, elle ne doit oublier que s'ils sont réunis à nouveau, c'est seulement pour combattre les créatures qui menacent la paix des peuples de l'ombre.
Car aussitôt sa mission terminée, elle disparaîtra. Elle s'enfuira pour empêcher Joarr de découvrir son secret : elle porte en elle son fils, fruit de leur liaison passée. Et elle sait que si elle reste, il le lui enlèvera pour l'élever loin d'elle, obéissant ainsi aux lois sacrées de son espèce…

LA MORSURE INTERDITE, de Rachel Lee - n° 73

- 2e volet de la série : Le rendez-vous des Immortels -

Le cœur battant, le souffle court, Yvonne sent les lèvres de Creed caresser sa peau, ses canines démesurées effleurer sa gorge. Retenant un cri d'impatience, elle attire à elle la tête de son amant. Ainsi, le moment qu'ils ont évoqué si souvent depuis leur rencontre est enfin venu. Pour la première fois, elle va faire don de son sang à celui qu'elle aime, et connaître la jouissance suprême.
Mais alors qu'elle sent monter en elle une irrépressible vague de plaisir, Creed la repousse et s'éloigne d'elle, silencieux, le regard sombre. Comme s'il craignait, en la mordant, de lui faire perdre à jamais sa part d'humanité. Comme s'il refusait de la faire sienne pour l'éternité…

LA PROPHÉTIE DES VAMPIRES, de Maggie Shayne - n° 74

- 1er volet de la série : Children of Twilight -

Les vampires existent réellement… Comme une bombe, la nouvelle est tombée et, de tous côtés, les humains s'organisent pour traquer les créatures de la nuit. Loin de cette folie meurtrière, Lucy Lanfair, jeune archéologue discrète et solitaire, poursuit ses recherches sans se douter que sa vie est sur le point de basculer. Mais un soir, elle est attaquée dans la rue et enlevée...
Dans la chambre où on l'a enfermée, elle voit apparaître un homme à l'allure noble et imposante. De son regard sombre, il l'observe en silence et, laissant apparaître entre ses lèvres des canines pointues, il lui révèle qu'il la retiendra prisonnière jusqu'au moment où elle terminera la transcription de l'ancienne prophétie dont elle a sans le savoir décrypté les premiers mots.
Une prophétie qui renferme le secret de la survie des vampires…

NOCTURNE

Votre prochain rendez-vous le 1er décembre

LE SECRET DES LOUPS, de Linda Thomas-Sundstrom - n° 75

Alors qu'il traque, comme chaque nuit, une bande de criminels insaisissables qui se cachent dans le parc de la ville et tuent sauvagement leurs victimes, Adam aperçoit une ombre sous le couvert des arbres. S'étant approché en silence, il retient un juron. Car la silhouette qui se tient à quelques pas de lui, dans un rayon de lune, est celle d'une femme. Une créature à la chevelure luxuriante qui le fixe d'un regard farouche avant de disparaître brusquement en laissant derrière elle un parfum entêtant. Une fragrance envoûtante qui obsède Adam et l'emplit d'un trouble étrange et inconnu…

LES PRINCES DE MINUIT, de Maureen Child, Vivi Anna, et Theresa Meyers - n° 76

Fascinants et magnifiques, les vampires séduisent tous ceux qui les approchent…

Allongé devant sa porte, l'homme respire avec peine et porte sur son visage des traces de brûlures. En dépit de la peur qui l'étreint, Tessa, fascinée par le regard clair de l'inconnu, décide de le secourir. Sans se douter qu'il s'agit d'un vampire qui, en ce matin de Noël, s'est laissé surprendre par les premières lueurs de l'aube…

Victime d'un accident de voiture en pleine tempête de neige, Darien revient à lui et se retrouve face à une femme d'une éblouissante beauté qui l'emmène dans son palais de glace. Troublé, Darien ne sait plus où il se trouve. A-t-il quitté le monde des vivants ? La merveilleuse créature est-elle réelle ou imaginaire ?

Depuis la nuit des temps, les vampires de La Nouvelle-Orléans sont victimes d'une malédiction qui, tous les cent ans, menace leur existence. Pour Raphael, prince des vampires, la mission est aussi cruelle qu'inéluctable : pour sauver son peuple, il doit séduire une femme, une humaine qui acceptera, par amour pour lui, de faire le sacrifice de sa vie…

Best-Sellers n°535 •thriller

Tourmentée - Pamela Callow

Hantée par la mort de sa jeune sœur, fragilisée par une rupture amoureuse mais décidée à aller de l'avant, Kate Lange se lance à corps perdu dans sa carrière d'avocate, en Nouvelle-Ecosse. Mais le meurtre horrible de Lisa, la petite-fille de l'une de ses clientes venue lui demander conseil au sujet de l'adolescente, ravive ses blessures secrètes : aurait-elle pu empêcher ce drame ? Est-elle responsable de cette mort – comme de celle de sa petite sœur, morte 15 ans auparavant dans un accident de voiture dont elle seule a réchappé ? Tourmentée par le poids de ses doutes, déterminée à faire la lumière sur le meurtre de Lisa, Kate décide de mener sa propre enquête. Quitte à risquer sa carrière en s'exposant aux critiques acerbes et au regard d'acier de l'intransigeant Randall Barrett, son directeur de cabinet. Et sans savoir que le danger est toujours là. Car le tueur, lui, a déjà repéré sa nouvelle proie…

Best-Sellers n°536 • roman

Le pavillon d'hiver - Susan Wiggs

Désemparée et démunie après l'incendie de sa maison, Jenny Majesky accepte la proposition de sa grand-mère : s'installer au pavillon d'hiver du lac des Saules, la propriété familiale où, adolescente, elle passait ses étés. Loin de tout, dans ce décor sauvage empreint de nostalgie, la neige et le silence font resurgir en elle un flot de souvenirs : le premier – et l'unique – baiser de Rourke, le garçon qu'elle aimait alors, et, plus tard, la douleur muette dans ses yeux quand Joey, son meilleur ami, l'avait demandée en mariage. Elle avait tant espéré, pourtant, que Rourke se déclare ou lui fasse un signe… avant d'épouser Joey. Depuis, les années ont passé. Les non-dits et la mort tragique de Joey ont achevé de les séparer ; Rourke multiplie les conquêtes éphémères et, bien que la côtoyant tous les jours dans la petite ville d'Avalon, semble tout faire pour l'éviter. Aussi, quelle n'est pas sa surprise, peu après son installation, de le voir se présenter à la porte du pavillon.

Best-Sellers n°537 • thriller

Pulsion meurtrière - Erica Spindler

Eté 1983. Une femme est retrouvée pendue dans une maison inoccupée de Thistledown, dans le Missouri, après s'être livrée à des jeux sulfureux avec son amant. Des jeux que trois adolescentes trop curieuses avaient pris l'habitude d'épier. Persuadées que le compagnon de la victime a cédé à des instincts pervers et meurtriers, elles le dénoncent à la police. Mais il est trop tard, et l'homme disparaît du jour au lendemain sans laisser de traces. Quinze ans après ce drame, il resurgit brutalement dans la vie des trois amies. Courriers menaçants, coups de fil anonymes : Andie, Julie et Raven replongent dans l'horreur d'un passé qu'elles avaient cru pouvoir oublier. Et cette fois, il ne fait aucun doute que la folie de l'assassin ne connaît plus de limites.

Best-Sellers n°538 • thriller

Et vos péchés seront pardonnés - Nora Roberts

Washington DC, 15 août… Une étudiante est retrouvée assassinée. Puis une autre. Rien de commun entre ces deux femmes, sinon l'arme du crime : une étole de soie blanche qui a servi à les étrangler. Et la « signature » manuscrite du meurtrier : « Ses péchés seront pardonnés ». Très vite, dans la presse, le tueur psychopathe est surnommé « Le Prêtre ». L'enquête policière piétine… Au troisième meurtre, Ben Paris et Ed Jackson, chargés de l'enquête, font appel à une psychiatre, Tess Court, pour qu'elle les aide à établir le profil psychologique du tueur. « Le Prêtre », un tueur en série qui met en scène ses crimes avec un soin méticuleux, choisit soigneusement ses victimes : jeunes, belles, et blondes. Malgré la surveillance policière, les crimes continuent… Qui est ce tueur de l'ombre ? Pourquoi ne commet-il pas la moindre faute malgré tous les pièges qui lui sont tenus ?

Best-Sellers n°539 • roman

La promesse de Beach Lane - Sherryl Woods

Depuis plusieurs années, Susie O'Brien est engagée avec Mack Franklin dans un jeu amoureux troublant et ambigu. Mais en dépit du désir manifeste qui crépite entre eux, elle persiste à dire que leur relation n'est pas vraiment sérieuse. Et, triste coup du destin, au moment où Susie sent enfin naître en elle une envie d'engagement et de vie commune, elle apprend qu'elle est atteinte d'une maladie grave. Heureusement, Mack, pour lui prouver son amour et son soutien inconditionnels, la demande en mariage. Mais Susie est gagnée par l'inquiétude quand une ancienne petite amie de Mack arrive à Chesapeake. Comment être à la hauteur de cette femme qui a tout pour elle et qui éprouve manifestement toujours des sentiments pour Mack, quand elle-même doit affronter l'épreuve la plus difficile de sa vie ?

Best-Sellers n°540 • anthologie

Magie d'hiver

Les cinq histoires réunies dans ce livre explorent la magie d'un hiver scintillant de givre, où les flocons de neige offrent un écrin précieux à la tendresse et à la passion. Au fil des pages, les plus belles plumes du roman féminin feront miroiter les mille et une facettes de l'émotion amoureuse. Emotion bouleversante pour Laura et Gabbe qui, bloqué comme elle par une tempête de neige, va aider la jeune femme à mettre au monde un enfant. Intense émotion pour Adelaïde et Maxim, qui, au soir d'un réveillon pour le moins inattendu, vont devoir apprendre à s'apprivoiser. Emotion profonde pour Tracy et Graham, parents adoptifs d'une jeune orpheline à qui ils vont réapprendre la confiance et l'amour. Quant à Savannah et Trace, c'est à une adorable vieille dame qu'ils vont devoir le bonheur de leur rencontre de Noël. Et si Katharine ne peut se résoudre au mariage de raison que lui propose Daniel, c'est parce qu'elle l'aime en secret. Mais en cette période de fêtes, tous les espoirs ne sont-ils pas permis ?

Best-Sellers n°541 • historique
L'ange du passé - Judith James

Angleterre, 17ème siècle

En pleine tempête, alors que la guerre civile fait rage, Elizabeth découvre un homme presque inconscient sur le seuil de sa modeste demeure. Ses vêtements ne laissent aucun doute sur son appartenance : c'est un soldat, un ennemi de surcroît. Aussi Elizabeth hésite-t-elle : en portant secours à cet inconnu, elle se mettrait en danger, elle et tous ceux qui partagent son foyer. Mais ses hésitations volent en éclat lorsqu'elle découvre le visage du jeune homme. Ce regard intense, ces traits séduisants ne sont autres que ceux de William de Veres, l'ami d'enfance dont elle était éperdument amoureuse, celui qui, alors qu'ils n'étaient que des adolescents, lui a promis de toujours veiller sur elle ! Bouleversée, Elizabeth décide de venir en aide à William, au risque de se voir accuser de trahison. Une décision qui va complètement bouleverser son existence...

Best-Sellers n°542 • historique
L'héritière de Boston - Kat Martin

Londres, 1859.

Venue à Londres pour faire annuler son mariage avec Rule Dewar, Violet Griffin est convaincue que son époux sera soulagé par sa requête. Après tout, si, sur son lit de mort, le père de Violet ne l'avait pas supplié de prendre soin de sa fille, jamais le séduisant Anglais n'aurait posé les yeux sur elle. La preuve : depuis qu'ils ont échangé leurs vœux trois ans plus tôt, Rule n'a jamais remis les pieds à Boston, préférant mener une vie de débauche en Angleterre, sans même prendre la peine de se montrer discret.

Et pourtant, contre toute attente, Rule Dewar ne se montre pas aussi coopératif que prévu. Pis encore ! il impose ses propres conditions à Violet : pour obtenir son accord, elle devra accepter de vivre sous son toit pendant trente jours...

Composé et édité par les
éditions HARLEQUIN
Achevé d'imprimer en France (Malesherbes)
par Maury-Imprimeur
en octobre 2012

Dépôt légal en novembre 2012
N° d'imprimeur : 175873